U0091172

旺家俏娘子 1

文創風 116

農家妞妞 著

目錄

自序 …… 005
第一章 得失之間 …… 009
第二章 家徒四壁 …… 015
第三章 尋食 …… 021
第四章 冤家路窄 …… 029
第五章 爭吵 …… 033
第六章 上山 …… 041
第七章 甜湯 …… 047
第八章 一心掙錢 …… 053
第九章 趕集 …… 059
第十章 錦繡茶莊 …… 063
第十一章 太公釣魚 …… 069
第十二章 茶藝過人 …… 073
第十三章 全村挖薯 …… 077
第十四章 油茶樹 …… 083
第十五章 李家小子 …… 087
第十六章 意料之中 …… 095
第十七章 簽訂協議 …… 099
第十八章 茶具草圖 …… 105
第十九章 重訂契約 …… 111

第二十章　桃花的心事……115
第二十一章　油茶樹苗……123
第二十二章　兩情相悅……129
第二十三章　喬家妹子……135
第二十四章　病婦人……139
第二十五章　錢財來訪……145
第二十六章　出資請工……159
第二十七章　上代恩怨……167
第二十八章　夜有所夢……179
第二十九章　小年禮……187
第三十章　意外早產……197
第三十一章　憂心……209
第三十二章　柳神醫與徒弟……221
第三十三章　歡聚除夕……239
第三十四章　新年新氣象……249
第三十五章　滿月宴……259
第三十六章　新的一步……277
第三十七章　君相助……289
第三十八章　整地……299
第三十九章　編隊伍……309
第四十章　錢鎮長……319

自序

我是一個很喜歡看書的妞，尤其喜愛溫暖人心的故事，看到感動的情節時，淚水總會潸然而下。

看過太多轟轟烈烈的愛情小說，年到三十的我，突然有種想把平凡的幸福寫下來的衝動。走過戀愛的季節，經過婚姻的洗禮，如今步入相夫教子的生活。這些生活中的點點滴滴，讓妞妞明白了一個道理——平凡的日子也能充滿幸福！

當初設下這個題材，走這種風格，其實是受了某句話的感染，某句我愛了好幾年的話，某句來自「微笑PASTA」中成曉詩的話——「平凡中也有美味」。

每當覺得生活失去激情，妞妞總是拿這句話來安撫自己，而妞妞也很快就發現即使生活平凡，只要自己用心體會，就能了解「平凡的生活也可以充滿幸福」！

幸福，每個人追逐一生，就是為了成就自己內心的幸福；幸福，它以各種姿態出現在我們的生活裡，而每個人對幸福的理解各異，衡量的尺寸也大不相同。

其實，妞妞不是情感專家，只是想將自己對生活和感情的理解跟大家一起分享。

在妞妞眼裡，幸福無關錢財和地位，一如在大冷天裡，愛人幫我暖腳，那是妞妞的幸福；一如看著孩子們香甜地沈睡，或在放學後跟我談論上學的趣事，那是妞妞的幸福；一如節慶假日與父母聚餐，閒話家常，那也是妞妞的幸福……

在妞妞心裡，幸福有時只需要一個信任的眼神、一個有力的擁抱、一抹童真的笑容、一道平常的媽媽菜……

寫這部小說的理由，就是想將自己對生活、對婚姻的態度傳遞給大家。這是一部沒有華麗詞藻的小說，即便用字平實，但是翻開一看，相信你們會覺得幸福滿滿、感觸良多。

這裡面有許多情節來自妞妞的生活縮影，尤其是與孩子們相處的部分，很多都是孩子們給我的回饋。妞妞希望能藉此為大家帶來幸福的正面能量，能讓每個人都能在忙碌的生活中，感受到平凡中的幸福。

當然，寫作中，妞妞也會遇到瓶頸，尤其是在今年三月的時候，妞妞失去了最親愛的奶奶。那段時間裡，妞妞覺得世界變成黑白兩色，真的很想就此收筆。

不過，在那些色彩灰暗的日子裡，妞妞收到來自讀者的關心和鼓勵、家人的支援，再依靠著與奶奶的回憶，以及奶奶的教誨，就這樣咬牙堅持到底。

能將書成套出版，是最讓妞妞意外的一個驚喜，感謝出版社給妞妞一個散發正面能量的平臺，也謝謝所有喜歡妞妞的讀者。

希望你們能從故事中找到溫馨，能從中得到哪怕是一丁點的感動和鼓勵，這樣妞妞就心滿意足，寫書的初衷也就得以實現了。

P.S.妞妞是臺言小說和臺劇迷，曾在臺資企業任職十年，對臺北也算有一定的了解。感謝臺灣的讀者，謝謝你們的支持！

感謝！鞠躬！O(∩_∩)O

第一章　得失之間

一個大腹便便的孕婦站在小山坡上，眼神悠遠，出神望著四周層巒疊嶂、雲霧繚繞的大山，山下的村莊裡炊煙已裊裊升起。

大山、炊煙、梯田，呈現出一幅安靜祥和的田園生活。

可這會兒她的心情卻恰恰相反，只見她胸前急促起伏，雙手狠狠捏成拳，小嘴抿成了一條線。

「啊……」隔了許久，她像發洩似地對著遠處的大山吶喊，山谷間霎時傳來響亮的回音。

「唉呀。」肚子裡的孩子像是被這聲響給嚇了一跳，舉拳往她肚皮敲了敲。她錯愕地低下頭，驚喜地看著因胎動而微微抖動的衣服，臉上散發著耀眼的母性光輝。

「呵呵！」她溫柔地撫摸肚子，與腹中寶寶進行無言的交流，心中的鬱悶一掃而空。

「大嫂，妳怎麼啦？是不是肚子疼？」不遠處傳來擔憂的詢問，只聞其聲，不見其人。

喬春彎腰提起靜放在腳邊的竹籃子，淺淺一笑道：「桃花，我沒事！剛剛只是看到毛毛蟲了。」

「呼……沒事就好！可把我嚇壞了，還以為大嫂要早產了呢！走吧，咱們回家去，娘該做好飯了。」面容清秀的桃花從下坡路口冒了出來，氣喘吁吁跑到喬春跟前，神色緊張地盯著她的肚子瞧了好一會兒，確定沒有異常之後，才鬆了一口氣。

「大嫂怎麼會連個小蟲子都怕成這樣？去年翻地挖到蚯蚓時，還撿到小桶裡，說要帶回家養鴨子，怎麼受了打擊後就變成這樣了？回去是不是該跟娘說一聲？」桃花走在前頭，低聲自言自語。

喬春耳際清楚傳來桃花的低喃，聽到她說「蚯蚓」時，雞皮疙瘩驟然起滿全身。她平生最怕的就是這類無骨爬行動物，蛇更是她的死穴，光聽也能嚇她個半死。

「那個……桃花，我……我只挖了這一點東西，山坡上的野菜好像都已經被人拔光了。」喬春幾個大步上前，與桃花並肩而行。她眼睛瞄了瞄桃花籃子裡滿滿的野菜，窘迫地攏了攏耳邊的頭髮，小臉微微發熱。

桃花瞅了一眼躺在喬春竹籃底的那一小把野菜，嘴角輕輕勾起，親暱地挽著她的臂彎，安撫似地說：「大嫂，算了吧！這年頭大家都不好過，村莊附近的野菜也不多。走吧，不然娘又要擔心了。」

喬春萬萬沒想到她堂堂「春滿園茶館」老闆，居然還得靠挖野菜果腹——她忍不住重重嘆了口氣，思緒飛騰。

沒多久前，她還傷心欲絕地躺在手術檯上，無奈接受就要失去胎兒的事實。從麻醉中清醒時，她不敢睜開眼，而是伸手怯怯地撫上腹部，沒想到竟被腹中的胎兒微微踢了一腳。

這一踢可不得了，喬春連忙睜開眼，可是映入眼簾的不是白病房，而是橫樑青瓦，還有少許蜘蛛網。

來不及從震驚中回過神來，耳邊就傳來一個婦人歡天喜地的聲音：「春兒，妳醒啦？別擔心！大夫說了，妳只是有點貧血，調理一下就好了。」說完便轉身匆匆離去了。

喬春還來不及看清那婦人的臉，只見遠遠一個身影忙進忙出，讓她內心很是疑惑。

春兒？她是在叫自己嗎？貧血？調理一下就好了？不是胎死腹中，動完手術了嗎？這地方是哪裡？喬米呢？她不是一直陪著自己嗎？人呢？

「妳的臉色真蒼白……春兒，來，喝點蛋花湯補一補。」方才的婦人，也就是林氏，輕輕扶喬春坐了起來，細心地在她後方墊上兩個枕頭，讓她坐得舒服一點。

喬春望著伸到自己面前的湯匙，張嘴喝了一口，被那雞蛋味攪得胃裡不大舒服，便輕輕搖了搖頭，說：「我不喝了。」

她抬起頭，滿臉困惑地看著身穿古裝、頭髮用一支木釵簡單綰起的林氏，皺了皺眉，用力抓住她的手，急切地問道：「肚子裡的孩子沒事吧？」

林氏微愣，瞥了一眼溢出來的蛋花湯，眼神中掠過一絲可惜，但她很快就擱下這件事，保證似地對喬春說道：「孩子沒事！我不是說了嗎？大夫說只要靜養跟調理身體就行了。」

「哦。」喬春驟然鬆開她的手，嘴角逸出一抹如釋重負的笑容，可是當她低頭看到青布白花的被單時，又連忙抬頭看著林氏，問道：「這是哪裡？我姊姊喬米呢？」

「這裡是我們家啊！姊姊？妳不是排行老大嗎？妳只有三個妹妹，哪來的姊姊？春兒，妳是不是睡糊塗啦？」林氏顯然被她嚇了一大跳，睜大眼睛，吃驚地看著她，反問道。

「這裡是我們家？我沒有姊姊，只有妹妹？」喬春慌亂地看著林氏，不死心地問道。

「對！不信，妳就問一下桃花。」林氏點頭如搗蒜，為了證明自己的話，還伸手拉過一直默默站在一旁的女孩。

「娘說得沒錯，大嫂，這裡是我們家，孩子沒事，還有……據我所知，妳真的只有妹妹，沒有姊姊。」桃花睜著一雙大眼，一邊點頭，一邊肯定地說。

喬春看了看林氏，又看了看桃花，想從她們臉上找到一絲不確定，可是除了真誠的眼神，再無其他。她頓時心亂如麻，逕自躺了下來，側身面向牆壁，吶吶道：「我想休息一下，可以嗎？」

冷靜，她需要冷靜。再睡一下吧，說不定醒來後會發現這匪夷所思的事情，都只是一場夢而已。

「唉，那妳好好休息，有什麼事就叫我。」林氏輕輕嘆了口氣，搖頭看著一動也不動的喬春，端著幾乎原封不動的蛋花湯出去了。

「娘，大嫂怎麼會這樣？會不會是因為受不了打擊，腦子出什麼問題了？」耳邊傳來桃花著急的聲音。

「小孩子胡說些什麼！妳大嫂只是傷心得有點語無倫次罷了。只是沒想到我們瞞了將近三個月，紙終究還是包不住火，妳大哥的死訊還是讓她知道了。嗚嗚……妳說，妳大哥怎麼就這麼歹命，連自己的孩子都不能看一眼？」林氏低聲抽噎著，斷斷續續地向桃花哭訴。

當初意外發生時，喬春剛好回娘家探親，顧慮到她才剛有身孕，因此林氏向村長請求，拜託他要村民幫忙瞞著，免得喬春受不了打擊流產。喬春回村以後不見丈夫，一問起來，林氏與桃花自然有所隱瞞，再問旁人，也只說丈夫到遠地工作去了，暫時不會回來。

這些日子林氏總是在夜深人靜時，咬著被角無聲哭泣。人生最大的哀痛莫過於白髮人送黑髮人，更何況那還是她一直引以為傲的兒子，唐家唯一的男丁。

現在她除了夜夜流淚，看著喬春那一天一天長大的肚子，一顆心也七上八下。唐家唯一的男丁沒了，繼承香火的希望就寄託在喬春肚子裡，這教她怎能不擔心？

「娘，您小聲一點，這話教嫂子聽見了，又得傷心難過了，是不是？」桃花低聲說道。

喬春無心再細聽下去，她伸手往自己大腿上狠狠掐了一把──真痛！

天啊！這不是作夢，這是真的！她居然像電視劇中的女主角一樣，穿越到一個完全不同的時空了！

現在喬春到這個地方已經兩個多月了，這些日子裡，她無時無刻不想回到原來的世界。她想念媽媽的拿手菜，爸爸渾厚有力的歌聲，像妹妹不像姊姊的可愛喬米。

她失落過、糾結過也哭泣過，可是她卻無力改變眼前的事實。經過剛剛在山上那一吼，她算是明白了一個道理──既來之，則安之。坦白說她覺得很妙，因為這個被她附身的人也叫喬春，長得跟她幾乎一模一樣，說不是命運安排，她還真不信。

其實這一切也不是全然沒好處。在這個世界裡，她並非孤單一人，她有爹娘，有三個妹妹，有婆婆跟小姑，重點是她的肚子裡還有健康的寶寶。

今生還能為人母，也算是對她前世最大的補償了。不管是在現代也好，在古代也罷，有了新生命，自己就會堅持下去！

第二章　家徒四壁

「大嫂，等一下！來，這些放到妳籃子裡去。」桃花突然停下了腳步，轉身看著大腹便便的喬春，從自己的籃子裡抓了一把一把野菜往她籃子裡填。

「妳把妳挖的野菜都給了我，等會兒娘會說妳的。」喬春回過神來，感激地看著桃花。

「沒事，娘捨不得說我。」桃花回了她一個大大的笑臉，繼續挽著她的手，與她並肩往村莊裡走去。

這個村子坐落在一個四周環山的盆地裡，村口東邊有一條小路通往鎮上，名叫山中村。山中村占地算是和平鎮所有村子中最大的，人口也最多，卻是貧窮排行前三的村莊。

村民的祖輩多以種田為生，因此一踏進村莊口，入眼的全是錯落有致的房子和一層層梯田。雖然地多，但真正用來種稻的水田很少，四周半山腰以下的黃泥沙地，則全都用來種一些耐旱的雜糧。

因為人多，地又不肥，每個人平均產量自然也不高，再者每年還要上繳苛捐雜稅，因此每年到了青黃不接的時期，村民大多只能靠挖些野菜來度過家中無糧的困境。

「唷，這不是春兒嗎？怎麼沒多少日子不見，肚子就這麼大啦？該不會是雙生子吧？聽老人們說，雙生子可不能放在一起養，否則會出事。」迎面走過來的是李大的媳婦王氏，她斜眼打量喬春的肚子，眼裡閃過一絲輕視，口無遮攔地說著。

哼，空有一副好皮囊又怎樣？還不是年紀輕輕就守了寡！那天在石頭家門外，聽到李大和石頭在說什麼可惜了喬春這麼一個俏娘子，聽得她心頭直冒火，等李大回家就把他給揍了一頓。這會兒遇到喬春，她自然不可能嘴下留情。

「喂，李大嫂，哪有妳這樣說話的？」桃花看著王氏那一張口就沒好話的嘴，不由得火冒三丈。真是太欺負人了，她大哥已經沒了，她怎能連唐家唯一的香火都要詛咒呢？

「我說桃花，妳一個沒出閣的姑娘家，怎麼可以像潑婦一樣大聲說話？」王氏狠狠瞪了桃花一眼，像是長輩般對她訓話。

「妳……妳……」桃花畢竟是個小姑娘，平日裡也是柔柔弱弱，被王氏這麼一說，頓時氣得臉紅脖子粗，一句完整的話也說不出來。

「桃花，咱們回家。天快黑了，可別讓不知打哪兒冒出來的狗給咬了。嫂子跟妳說，這狗咬咱們，咱們可不能也去咬狗。」喬春拉著氣得渾身顫抖的桃花，輕聲安撫她，瞧也不瞧王氏一眼，繞過她便往家的方向走去。

「哼，沒鬼用的東西，光有一副好臉蛋有啥屁用？」王氏得意洋洋地看著喬春她們消失在前面拐彎處，彷彿是個打了勝仗的勇士。

只是王氏轉身剛走不遠，便從喬春的話中品出一些異味，她頓時氣得雙手扠腰，對著喬春她們的方向大聲罵了起來。「喬春，妳說誰是狗？妳還是隻狐狸精呢！」

「呵呵！大嫂，王氏在後面發飆呢。」桃花聽著王氏那氣急敗壞的怒吼聲，忍不住笑了出來。

「別理那隻瘋狗，下次她要再敢說這話，我一定不會輕饒她。」喬春那晶亮的眼眸底下閃過一道厲光，堅定地說道。

以前她是因為老想著要離開這裡，所以事事都不關心，可是現在她既然決定要留下來，那麼對任何欺負她家人、詛咒她孩子的人，她都不會再一笑置之。

喬春想到前世死在腹中的孩子，心就像被針扎似地痛了起來。那是她畢生的遺憾，這次她絕不允許任何意外發生，一定要保護好肚子裡的寶寶！

「娘，我們回來了！」桃花在門口大聲叫道。

「回來啦！」林氏從廚房裡走了出來，雙手在圍裙上擦了擦，接過她們手中的竹籃，低頭一看，皺了皺眉，道：「今天怎麼一個下午就挖了這一點點？」

「娘，不少啦！這村莊附近的野菜早就被人挖光了，要不是大嫂找到一處沒被人挖過的地方，連這些都沒有。」桃花牽著喬春的手，笑呵呵地看著林氏。

「哦，那妳們去休息一下吧，很快就可以吃飯了。」林氏點了點頭，提著籃子一頭鑽進廚房裡。

「桃花，謝謝妳！」喬春緊握著桃花的手，心裡頓時暖暖的。她知道桃花是一個從不說謊的好姑娘，可是剛剛為了不讓婆婆責備她，而撒下一個善意謊言。她的愛護之心讓她很感動，這就像以往喬米祖護自己一樣。

「大嫂，這是我應該做的。妳先休息一下，我去廚房幫娘準備晚飯。」桃花拉著喬春到桌邊坐下，這才進了廚房。

喬春看著桌上的「野菜套餐」，不禁暗暗叫苦。最近這些日子以來，她們幾乎每頓飯都是野菜窩窩頭、只有鹽沒有油的清炒野菜，還有野菜湯，膩到她都快吐了。

「春兒，吃啊！妳不餓，肚子裡的孩子都餓了，妳可不能餓壞我的乖孫啊！」林氏放下碗，瞄了一眼正盯著桌面發呆的喬春。

「哦，好！我吃！」喬春點了點頭，左手拿著一個窩窩頭，右手挾起一束野菜，苦哈哈地嚼著。

為了孩子的健康，她忍了，可是這個家怎麼會這麼窮，連米飯都吃不上呢？

「唉，我們家現在剩下的糧食怕是撐不了多久了。」林氏喝完湯，放下碗，重重嘆了口氣。

「離收成還有一個多月呢……娘，咱們家還有銀兩嗎？不如到鎮上買點口糧吧！我們倆湊和著過還行，可是大嫂肚子裡還有孩子，再苦也不能讓孩子在肚子裡就吃不飽吧？」桃花心一酸，跟著放下碗，看著林氏，輕聲問道。

「家裡哪還有什麼銀兩？要是有的話，也不至於賣掉那兩間房了。咱們家什麼情況妳又不是不知道，以前妳大哥在的時候還好，可是現在……唉！」林氏長吁短嘆的，說到敏感話題時，飛快地瞄了一眼喬春，驟然止住接下來要說的話。

林氏偷偷看了喬春一眼，發現她神情平靜時，才略略安心了些，只不過她心裡很是困惑。喬春剛聽到子諾發生不幸那時，可是哭得死去活來，還以頭撞牆，試圖殉情。怎麼人一清醒過來，就像變了個人似的，對任何事都不上心，就算平日裡不小心說起子諾的事，她的表情也是淡淡的。

「娘，您放心。明天我和桃花再去找吃的，我們三個人三雙手，不會挨餓的。」喬春看著一臉擔憂的林氏，輕聲說道。

「是啊！娘，有我和嫂子呢，一切都會沒事的。」桃花趕緊幫腔，安撫著林氏。

「好，娘相信妳們。」林氏抬袖抹去眼角的淚，一臉欣慰。

第三章　尋食

喬春平躺在床上，雙手輕輕撫摸著肚子。不知是不是之前的手術造成心理陰影，她現在只要有空閒，就會不自覺地將手貼在肚皮上，只有感受到胎動，她才能暫時放鬆心裡那根緊繃的弦。

既然決定留在這裡，首先就得了解這個家的狀況。

她剛剛才從桃花口中知道這個家到底有多窮。據說以前公公還在世時，唐家的日子在村裡也算不差，可隨著公公離世、唐子諾遭遇不測，這個家就因先後失去經濟支柱，驟然成為山中村的超級貧戶。

婆婆林氏面對生活的困境，忍痛將家裡另外兩間房子賣了出去，但這些銀子卻還是撐不到稻穀成熟。現在家裡已經沒有半粒米，完全到達巧婦難為無米之炊的境界。

「唉。」黑暗中，喬春忍不住嘆了口氣。

錢，不管身在哪朝哪代，都是生活的根本。

二十一世紀的她算是個成功的商人，在她的管理下，「春滿園茶館」在全國各地的分店可不少，更涉及一些養生方面的產業。只是山中村這個地方，到底有什麼能拿來換錢呢？

看來，只有了解這裡的地理、氣溫、民風，才能評估可以發展的產業了。只不過，當務之急是解決肚皮問題，明天跟桃花出去時，一定要用心觀察一下這裡的情況，如果能找到什麼無本之利，就再好不過了。喬春暗暗想著。

翌日上午，喬春和桃花來到離村子較遠的山腳下，想看看山裡有沒有能吃的東西。

「大嫂，我們還是一起找吧？」桃花瞅了一眼喬春的大肚子，不放心地說。

自從大嫂撞牆暈倒，病了一場以後，她就覺得她整個人都不太對勁了，可是她又說不出來哪裡有問題。如果放大嫂一個在山上亂逛，後果她可真不敢往下想。

喬春抬眸看著桃花略帶憂愁的臉，明白她的擔心。可是，如果兩個人老是在一起，找到食物的機會就少了一半。只是要她一個人頂著大肚子在這山裡爬上爬下，她也擔心會出什麼意外，現在寶寶的安全對她來說，可比什麼都重要。

沈吟了一下，喬春便淺笑著向桃花點了點頭，「好，我們一起去找。桃花，我好像聽到水聲了，這裡有河嗎？」

「有啊，從前面那個小路口下去有一條河，我們村裡的水就是從這裡流下去的。」桃花伸手往山下指了指。

喬春順著她指的方向往下一看，透過灌木叢，隱隱看到一小部分的河面。河邊的土壤濕潤，應該比較適合野菜類的植物生長吧？

想到這裡，喬春便說：「桃花，不如我們去河邊看看？」

「不行！河邊咱們可不能去。」桃花一聽，想都沒想，一個勁兒地擺手搖頭，否決喬春的提議。

喬春疑惑地看著桃花激烈的反應，不就是去河邊找野菜，她怎麼一副害怕的樣子？不能去的地方，就表示平日裡應該也沒人去過，那一定會有很多可以吃的東西，或許有什麼意外的收穫也說不定。

喬春思考著，就更加篤定自己的想法。「桃花，為什麼不能去河邊？我看妳好像很害怕，河裡有什麼東西嗎？」

「噓，大嫂妳小聲點。」桃花神色緊張地制止喬春，她小心翼翼地朝四周掃視一圈，這才壓低聲音說：「大嫂，妳怎麼連這個都忘了？河裡有不乾淨的東西，村裡的老人們都是這麼說的，所以平時都不會有人到河邊去。」

「哈哈！」喬春一聽，忍不住大笑起來，這種說法可嚇不了她。在她看來，這些都是無稽之談，世上根本沒有什麼鬼怪。

「桃花，這世上沒有鬼怪，我今天一定要去河邊。妳相信我，我有預感，我們一定會有大收穫的。」

桃花看著喬春那一臉堅定的樣子，知道沒法讓喬春打消念頭了，於是她深呼吸了幾下，道：「大嫂，我們就去河邊，不過得讓我走前面，妳在後面慢慢跟著我。」

其實桃花還是很害怕，可是看喬春的模樣，她也知道自己阻止不了她。反正家裡已經沒東西吃了，或許河邊真的有野菜，就拚這一次吧！

喬春上前拍了拍桃花的肩膀，說道：「桃花，妳放心，我們今天一定可以找到很多食物的。」

說完，兩個人便慢慢朝河邊走去。

隨著水聲愈來愈清晰，桃花反而愈走愈慢，喬春明白這是因為桃花感到恐懼的緣故。

在走動過程中，喬春四處搜尋有沒有能吃的東西，不期然抬頭看向河邊灌木叢，立刻被那黃澄澄的小果子給吸引住，忍不住開心叫了起來。「桃花，我看到一樣好東西了！」

「哇，大嫂，好多野菜啊！」還沒來得及回應喬春的發現，桃花便指著河邊那一片綠油油的野韭菜，三步併作兩步跳到河邊，興奮地叫嚷起來。

喬春看著孩子氣的桃花，忍不住失笑。這會兒她看到野菜，倒是什麼鬼怪都給忘了。說到底她不過是個十二歲的孩子，在自己那個時代，這歲數的孩子正在無憂無慮上學、交朋友、迷動漫、玩電動，窮人家的孩子早當家，這話說得一點都不假。

「看到啦！瞧妳興奮的。」喬春慢慢走到河邊，伸手指向河邊那棵結滿果子的樹，說道：「桃花，待會兒妳去那邊摘幾個果子下來給我瞧瞧，好不好？」

「大嫂，那果子能吃嗎？連牛都不吃的東西，人可以吃嗎？」桃花滿臉疑惑地看著喬春，問道。

「噗。」喬春一聽桃花的話，噗哧一聲笑了。牛不吃的東西，人就不能吃？這是什麼邏輯啊！

「應該可以吃，我看著眼熟，所以才要妳摘來給我確認。」如果她沒有看錯，那應該是自己小時候常摘來當零食吃的黃梨子，想到黃梨子那酸酸甜甜的味道，喬春忍不住吞了吞口水。

「可以啊！不過我們還是先摘野菜，然後再去摘果子吧。」桃花說著，已經蹲下身子，忙不迭地拔起野韭菜。

喬春低頭看著桃花連根拔起野韭菜，覺得很是可惜。小時候去外婆家時，有見過外婆摘這東西，不過外婆叫它石韭菜，用雞蛋炒，可好吃了。

「桃花，妳不要把這野韭菜的根給拔了，掐斷就行了。這東西過不了多久就會再長出來，以後我們還能來摘。」喬春出聲制止了桃花的動作。

桃花驟然停了下來，抬頭疑惑地看著喬春，不確定地問道：「大嫂，妳是說這東西掐斷以後，還會再重新長出來？我怎麼沒聽大人說過？」

「呃……這是小時候我姥姥告訴我的，可能是你們這村的人不知道吧？」喬春實在想不到什麼好理由，便隨口編了一個，反正她這個世界裡的姥姥也不在了。更何況她這也不算撒謊，確實是她外婆說的。

「真的？」桃花輕蹙著眉，低下頭繼續處理這一大片野韭菜，喬春見她不再問，也蹲下來幫忙摘。

小時候她見過外婆把這些東西種在房子牆角下，那時外婆住的房子也是泥磚屋，看來這野韭菜是喜陰的植物。

喬春盯著那一小堆被桃花拔出來的野韭菜頭看了好一會兒，突然靈光一現，說道：「桃花，我們要不挖一些根回去種吧？」

她可以仿效外婆把這些東西種在牆根處，這樣既不占地方，以後要吃也很方便。

「回去種？家裡哪有閒地用來種這野東西？娘不會答應的。」桃花沒有抬頭，直接回她。

真不知她大嫂清醒以後怎麼會有這麼多奇怪的想法，膽子也大了不少。以前每說起這河她都會嚇得跳起來，就連平日去河邊挑水、洗衣，也要拉著她作陪。

由於畏懼這條河的傳說，山中村的居民多半在清早就到河邊挑水、洗衣，其餘時間儘量不靠近這裡，誰知現在大嫂根本不把這禁忌當一回事。

喬春不是不知道莊稼人把田地看得比什麼都重要，哪會用來種這只要在野外找一找就能摘來吃的東西？只不過這不是浪費，對生活又大有助益，何樂而不為？

「桃花，妳先聽我說完。這野韭菜喜歡長在蔭涼的地方，所以我打算把它們種在我們家的牆根下跟田埂上，這樣一來咱們家的田埂不就不用年年除草，以後還不用大老遠跑來這裡摘。妳不是很怕來河邊？這樣就是一舉多得了！」喬春又掐了一把野韭菜放進籃子裡，慢條斯理地向桃花分析。

「這樣可以嗎？在那種地方會長得好嗎？」桃花手裡抓著一把野韭菜，不是很相信地搖了搖頭，但接著又點了點頭，道：「大嫂，如果真的不費田地，我想娘該會同意。只是，妳怎麼知道這麼多？」

「呵呵，我不是說了嗎？小時候我看我姥姥這樣種過，所以我想我們可以仿效。」喬春低著頭，攏了攏耳後的頭髮，淡淡地道。

「那我就相信大嫂。待會兒摘完後，我們就挖一些根回去種吧！」桃花說著，手邊的動作快了不少。

那雙摘菜的手是手嗎？她怎麼覺得就是兩把剪刀呢？瞧瞧她那快滿的籃子，再看看自己這才鋪滿籃底的菜，喬春不禁佩服起桃花的心靈手巧。

「大嫂，妳歇一會兒，我再摘一點就可以了。我們家三個人吃不了那麼多，還是留著過幾天再來摘吧。」桃花拍了拍手，瞄了一眼喬春那紅紅的手指頭。

「好吧！」喬春也不客氣，爽快地應了下來，一手扶著腰，一手撫著肚子，慢慢站了起來。

這會兒她真的累了。蹲了這麼久，腿麻了不說，肚子也緊繃得厲害。這些日子她稍稍走個十分鐘左右的路程，或是站久一點，肚子就硬得像塊石頭似的。

這個身體原本的主人「喬春」，喪夫時懷有一個月的身孕，林氏跟桃花瞞著唐子諾的死訊近三個月，因此現在的喬春靈魂附到她身上時，胎兒約莫四個月，而她來到這裡兩個多月，算算時間，胎兒已六個多月大了。

喬春在河邊找了一塊乾淨的大石頭坐了下來，四處打量著，想找找看還有沒有什麼好東西。

第四章　冤家路窄

「噗咚！」

突然間，喬春聽到河裡傳來聲音，她迅速轉過頭看著河面上一圈圈的水暈，仔細一瞧，頓時心喜難耐，朝著桃花大聲嚷嚷起來。「桃花，這河裡有魚！妳在上面摘野韭菜，我下去水裡抓魚。」

喬春說著，就從石頭上站了起來，挽起前袖和褲腳，一副躍躍欲試的模樣。

「下水？大嫂，妳等一下！」桃花一聽喬春說要下水抓魚，嚇得花容失色，放下手邊的工作跑到她面前，用力拉著她的手臂，睜大眼睛搖著頭道：「大嫂，千萬別下水！我們馬上回家，反正菜也摘夠了！」

桃花說著，立刻拉著喬春就要離開河邊。

剛剛還在想大嫂的膽子變大了，但她沒想到不是大了一點，根本就是膽大包天。這河有什麼傳說，大嫂又不是沒聽說過，怎麼還敢下水?!

忽然一陣冷風吹了過來，吹得樹枝嘎吱嘎吱作響，桃花嚇得頭也不敢抬，連被她拉著的喬春也能清楚感覺到她在顫抖。

「桃花，跟大嫂說，妳為什麼這麼害怕？」喬春實在想不透這地方到底有什麼古怪，桃花居然會嚇成這個樣子！

「大嫂，求妳別問我好不好？妳以前不是最怕這事的嗎？」桃花哭喪著臉道。

喬春看著桃花一臉驚慌，便不忍心再逼她。反正以後有的是機會，今天就先到這裡吧。

「好，嫂子不問了。我們回家吧！」喬春拉著桃花的手，提著籃子從原路往回走。

桃花聞言，總算鬆了口氣。

「桃花，妳們去河邊啦？」她們剛從小路上冒出頭，就遇上了王氏，她瞄了一眼喬春她們兩大籃子的野菜，眼裡閃過一絲惡意。

「桃花，走！」喬春無心搭腔，拽了拽桃花的手，從王氏身邊繞了過去。

「喬春，妳這狐媚子，有什麼好神氣的？我看妳餓暈頭了吧，居然敢去河邊？小心妳肚子裡的孩子生下來會缺點什麼東西！」王氏眼瞅著喬春從身邊繞了過去，又想到上次在她嘴上吃虧，忍不住朝她們的背影嚷了起來。

喬春驟然停下腳步，雙手緊握成拳，胸口急促起伏，轉身冷冷瞪著王氏。「妳再說一遍！」

她發誓不會再讓誰說一句詛咒她孩子的話，但這個王氏似乎很喜歡對別人的尾巴一踩再踩，她得為此付出代價！

「呃……」王氏被喬春眸底的厲光駭了一下，心中不禁納悶：素來膽小的喬春今天看起來怎麼這麼駭人？眼光像是一把刀似的！

王氏不自覺往後退了幾步，可看著喬春那樣子，她的鬥志又被點燃。笑話！她可是有名的利嘴婆子，向來都是她讓人吃癟，哪能讓自己憋屈？

想著，王氏抬頭挺胸，凶巴巴地回道：「我就再說一遍，妳能把我怎樣？我還怕妳不成？妳聽好了……」

王氏停了下來，潤潤喉嚨，一字一句道：「我說，妳是不是餓暈了頭？居然敢去河邊，小心妳肚子裡的孩子生下來會……」

「啊！」王氏還未說完，就被喬春劈頭蓋臉地打了下去，讓她忍不住尖叫。

但是王氏很快就反應過來，她也不管喬春頂著個大肚子，眼裡火花直冒地伸手推喬春，抬起腳就想往她肚子踹去。

桃花眼看王氏那股狠勁，連忙飛身撲向王氏，瞬間兩個人便滾倒在地上扭打起來。

「我已經忍妳很久了！居然想打我的大姪子？我看妳欠打！」桃花一邊抓著王氏的頭髮，一邊大聲怒罵。

喬春看著一夫當關的桃花，不禁張大嘴，怔怔站著，不曉得該去幫忙桃花，還是拉開她們。

「唐桃花，妳這個小蹄子，反天了不成？竟然敢對我下手！」王氏不甘示弱，反手打了回去。

桃花畢竟只是個十二歲的姑娘，剛剛占了上風，不過是因王氏一時大意。這會兒王氏醒過神來，憑她龐大的身軀，又是長年幹體力活的農婦，眨眼之間，瘦小的桃花已經被她反壓在胯下。王氏一手抓著桃花的頭髮，一手不停往她那粉嫩的臉上搧。

「王氏，快點停手！妳一個大人打個小姑娘，也不怕傳出去被人笑話?!」喬春眼看王氏狠狠往桃花臉上打，心一急，也顧不上自己挺著大肚，疾步上前，扯住王氏的頭髮使勁往後拉。

「啊！痛！喬春，妳這騷蹄子，快點鬆手！」王氏感覺自己的頭皮快被她給扯下來，可是自己的身子被桃花拉住，根本站不起來，只能吃痛地大叫。

「妳先放了桃花，不然我今天就讓妳變成禿驢！」喬春可不管王氏痛不痛，她只擔心桃花傷得重不重。

「妳們在幹麼？還不快點住手！」就在她們三個僵持不下時，耳邊突然傳來一道威嚴渾厚的聲音。

第五章 爭吵

「鐵村長，您快叫喬春鬆手！她們兩個打我一個，您可要為我評評理啊！」王氏一看到肩上扛著鋤頭的鐵龍，就像遇到救星般，大聲求助。

喬春看著面如黑炭的鐵龍，慢慢鬆開了手。她心想鐵龍是山中村的村長，在村裡頗有聲望，他為人仗義、正直，有些人家鬧不和時，總是找他來做中間人，她相信鐵龍會主持公道。

王氏見喬春鬆了手，便順勢一把推開桃花，憤憤瞪著她們姑嫂倆。

「桃花，妳有沒有怎樣？」喬春一個箭步上前，扶起還趴在地上的桃花，心疼地拍著她身上的泥灰。

王氏站起來，連頭髮都來不及整理，就站在鐵龍面前，一把鼻涕一把眼淚地訴說她們的惡行。「鐵村長，唐家的小蹄子居然兩個人打我一個！您瞧瞧，她們都把我打成什麼樣了？嗚嗚……您可要為我作主啊！」

鐵龍緊皺著眉頭，略帶疼惜地看了一眼小臉又紅又腫的桃花，再調過頭看著口沫星子亂飛的王氏，冷冷道：「妳們三個先回家整理一下，待會兒到老屋前的坪壩上來。」說完後他便率先往村莊走去。

「哼！待會兒有妳們好看的！」王氏見鐵龍走遠，立刻收起眼淚，惡狠狠瞪了喬春她們一眼，便扭著她那肥臀，得意地往村裡走。

王氏就不相信鐵龍會向著她們！他叫她們回家整理一下，她偏不這麼做！她才沒那麼傻，就是要保留證據，讓鄉親們看看唐家的女人是怎樣野蠻！

回到家以後，喬春和桃花放下籃子，顧不上回答林氏的疑問就出門了。她們可不能讓王氏胡說八道，得趕在她前頭才行。只不過她們沒想到王氏早已在坪壩上呼天搶地，向圍觀的村民哭訴兩姑嫂的「罪行」。

「王氏，妳給我住口，少在那兒演戲了！」喬春拉著桃花，對著人群大吼一聲。

聽到喬春的怒吼，好事的村民自動為她們姑嫂讓出一條路，有些抱著看戲的心態，有些則露出淡淡的擔憂。

「大夥兒看啊，這就是唐家的潑婦！我看啊，這子諾的不測就是被這個女人剋的！他們才成親三個月，子諾人就沒了，不就是她帶來的噩運嗎？」

王氏這麼一說，圍觀的人紛紛交頭接耳，不時伸手指著喬春，彷彿在控訴她的不是。

「嗚嗚……」喬春突然一把甩開桃花的手，一屁股坐在地上，傷心欲絕地哭了。只見她哭得上氣不接下氣，一邊用手捶著胸口，一邊大聲哭訴。

「相公啊！你怎麼就這麼狠心！留下我們孤兒寡母的，現在你人都不在了，別人還指著我的肚子詛咒，說什麼娃娃生下來會缺胳臂少腿，會是白癡，這叫我們怎麼活啊？你一心為救別人的娃而捨去自己的性命，可是現在……嗚嗚……」

桃花看著喬春哭得死去活來，想到大哥英年早逝，又想到王氏剛剛說的那些話，不禁跟著大哭。「大哥啊！你怎麼這麼狠心丟下大嫂和孩子？大嫂為了你連牆都撞了，如果不是她肚子裡還有娃娃，早就隨你去了！可是你為什麼不保佑她，還要讓那些人詛咒我們唐家唯一的香火？嗚……」

「喬春，我哪有說妳肚子裡孩子會是白癡？我只說生下來會缺點什麼！」王氏聽喬春和桃花的哭聲此起彼落，忍不住糾正她剛剛的說辭。

「想不到王氏這麼壞心！人家子諾是為了救咱們村裡的娃，才被大水沖走的，她居然還能說這樣的話！」

「真是太沒良心了！」

「就說嘛，唐家兒媳婦和桃花怎麼會是那樣的人？原來這一切都是王氏挑的火！」

「王氏真是太惡毒啦，連人家肚子裡的孩子都不放過！」

坪壩上頓時人聲鼎沸，村民突然換了立場，紛紛指責起王氏的狠毒。

王氏驚愕地捂住自己的嘴，生怕自己再說出什麼不經大腦的話來。她的眼眸像要噴出火來，惡狠狠地射向還坐在地上大哭的喬春，一張臉驟然脹成豬肝色，轉向眾人著急地解釋：「鄉親們，千萬別聽她們胡說，事情不是這樣的……」

王氏這話說得心虛，眼眸底下不自覺閃過一絲慌亂。果不其然，話一出口，就惹得坪壩上的人指著她議論紛紛。

一般人在這種不利己的情況下，大多選擇息事寧人，可王氏卻恰恰相反，她那爭強好勝的性子忍不下自己在喬春身上吃了兩次癟，更何況現在當著這麼多人的面，哪丟得起這張臉！

「喬春，妳別在那兒尋死覓活地演苦肉計，我今兒非得撕爛妳這張挑是生非的嘴！」王氏臉頰上的肥肉被氣得微微抖動，只見她拉起衣袖，摩拳擦掌地向喬春走去。

看王氏一副要將喬春生吞活剝了的樣子，坪壩上突然靜了下來，圍觀的村民不禁為喬春和桃花兩姑嫂捏了一把冷汗，但誰也不想強出頭去惹那個蠻橫不講理的女人。

「王小翠，妳丟夠人了沒？妳這個良心被狗吃了的惡婆娘，快點給我回家去，不然妳就等著我的休書！」寂靜的人群中突然傳來氣急敗壞的聲音，硬是將王氏的腳生生地釘在原地。

王氏轉過頭，吃驚地看著從人群中走出來的李大。這男人平日裡是她說一，他就不敢說二，怎麼今天這般有骨氣，倒是讓她不禁有些害怕起來。

王氏嚅動了幾下嘴唇，不確定地問道：「你要休了我？」

「對！妳要是再這般沒心沒肺，我立刻就去請村長寫見證文書，今天就送妳回娘家！」

李大看著自家媳婦那怯怯的樣子，心中升起一陣熱氣，腰桿也挺得直直的。

平日她在家怎麼對他、怎麼鬧，他都能讓著她，可今天她竟然這樣對外人，實在給李家丟人！他要是再不出來阻止這場鬧劇，以她的性格，不知會搞成啥樣？

「李大，你也別鬧了。你讓你媳婦給人家當眾道歉，這事也就算是過去了。」事情到了這個地步，要是還沒個主事的人站出來，可就真像女人的裹腳布——又臭又長了。

大夥兒一聽這聲音，紛紛讓出了一條路，他們帶著敬重目光，不約而同地望向他們的村長——鐵龍。

李大神情窘迫地看著嚴肅的鐵龍，伸手拉了拉王氏的衣角，無聲地暗示她。

「你扯我幹麼？」王氏拉不下面子，不由分說地瞪了李大一眼，可當她觸到他那指責的目光時，忍不住吞了口口水。

「道歉，去！」李大催促著王氏。

喬春仍舊低著頭，瘦小的肩膀微微聳動。眾人都以為她傷心抽噎，誰也沒有注意到她那雙黑亮的眼睛閃爍著璀璨的光芒，粉嫩的櫻唇緊緊抿著，不讓人發現她此刻正在偷笑。

小意思！之前在商場什麼厲害的角色沒見過？這點小場面，她只要裝裝腔就成了。不過，剛剛說到孩子時，她的淚是發自內心的。

「那個……對不起！」喬春的頭頂傳來王氏那心不甘情不願的道歉，任誰都聽不出絲毫誠意。

「道歉有什麼用？」林氏從人群中擠了進來，心疼地瞅著兒媳婦那顫抖的雙肩。她走過去小心翼翼地扶起喬春，將她拉到自己背後，雙眼通紅地看著李大和王氏，冷聲道：「道歉沒用，就算我們唐家沒有男人，你們也別當我這老太婆是個死人！這事關係到我的孫子，我不會退讓半步，今天當著村長和大夥兒的面，咱們就把話說清楚了。如果我的孫子真少了根汗毛，我定要王氏永無寧日！」

林氏說完，也不管王氏的臉色有多難看，她輕輕向鐵龍點了點頭，一手牽著喬春，一手拉著桃花，雄赳赳氣昂昂地離開了坪壩。

鐵龍看著林氏離去，輕輕嘆了口氣，向眾人揮了揮手，道：「都散了吧！該幹什麼就幹什麼去。」

說著，又轉過頭看著驚慌失措的李大夫婦，道：「唉，飯可以亂吃，話卻不能亂講！這年紀都白長了嗎？不過我想不會有事，就是你們得好好補償人家。」

「鐵村長教訓得是，我們會好好補償唐大嬸家的。」李大憨憨地賠笑，瞪了王氏一眼，把話接了下來。

「得了，回家去吧！」鐵龍向他們揮了揮手，從腰上解下菸桿和菸袋，裝了一嘴壺子的菸抽了起來。

「春兒，妳沒事吧？別聽那王氏胡說八道，咱們家上對得起天，下對得起地，孩子一定會健健康康的。」林氏拉著喬春和桃花走進屋裡，關上門，著急地打量一身狼狽的姑嫂倆，用力握住喬春的手。

「我沒事，謝謝娘！」喬春用力的回握林氏的手，摸著她那粗糙中已經略現皺摺的手，心裡不禁酸痛起來，更是堅定了要將這個家富起來的念頭。

剛剛婆婆那宛如母雞護小雞的慓悍樣子，著實讓她的心溫暖起來，那一瞬間她彷彿看到了另一個時空的媽媽。

「娘，您放心！我一定會把這個家撐起來的。一定會，您相信我！」

「娘，我也是，我一定會多幫著點嫂子，一起把咱家的日子過好。」

「好、好、好！娘相信妳們！」林氏眼角含淚，伸手摟過喬春和桃花，第一次相擁放聲的大哭，欲將所有的悲傷都從眼淚中發洩出來。

第六章　上山

「娘，您把東西放下，這柴我去打就可以了。」桃花從屋裡跑出來，一把搶過林氏手裡的柴刀。

她們娘兒倆已經不是第一次為了上山打柴的分工煩心了。林氏的眼睛大不如以前好，加上山路又不好走，讓桃花著實不放心。

如今眼看再過一個多月就要收割稻穀，家裡存放的柴也不多了，還真的是得多備著點。只不過家裡那三畝地的水稻夠她們忙了，根本挪不出時間去打柴。

「桃花，要不娘跟妳一塊兒去吧？這活兒娘以前又不是沒幹過。」林氏鼻頭一酸，心疼地看著桃花昔日白皙的臉已被小麥色取代，連一雙小手也長出了繭子。

林氏心想，都是她這個做娘的沒用。丈夫走了以後，這個家就由子諾擔著，如今子諾不在了，這個重擔卻又落在桃花瘦小的肩膀上，這教她如何不心疼？

「桃花，妳要上山打柴嗎？」喬春聽到院子裡的動靜，興沖沖地從屋裡走出來，眼神發亮地盯著桃花。

喬春正在愁著不能四處看看周遭的環境呢，她早就想到山上去看看有沒有什麼可以吃或可以換錢的東西了。

桃花盯著喬春的黑眸精光閃閃，心裡不由得嘀咕：怎麼大嫂一聽到要上山就雙眼發亮呢？這幾個月以來，因她有孕在身，山上一直不在她的活動範圍內。

「大嫂，妳就在家休息，陪陪娘就可以了。」桃花忽視喬春眼神投來的無聲請求，向她們揮了揮手。

「桃花，妳等等！」眼看桃花就要離開，喬春不禁著急地叫了起來。她抬眸看著林氏，道：「娘，我也去。我去山下摘點野菜回來。您放心，我會乖乖在山下等桃花，絕不會上去的。」

說完，喬春偷偷在心裡為這個謊言向林氏道歉。

開玩笑！這次她無論如何也要上山，不然上哪兒去找財路？俗話說得好，靠山吃山，靠海吃海。這周圍全是大山，不從山上找機會就太傻了。

「春兒，娘知道妳想為這個家多分擔一點，可是妳現在不是一個人，身子骨不方便。再說了，這山路不好走，要是有個什麼萬一，妳說該怎麼辦？」林氏一聽，沒多想就拒絕了。

雖然懷孕對農村婦女來說不算啥大事，可喬春的肚子對唐家而言可是寶貝。農村人最重香火，喬春這胎事關唐家能否再續香火，所以她不敢有絲毫怠慢。

喬春一聽，孩子氣地癟著嘴，不依不撓地拉著林氏的手臂，撒嬌著。「娘，我真的不會上山！我向您保證，只會在山下摘野菜。」

桃花好笑地看著喬春孩子氣的模樣，她嘴角微彎，看著林氏道：「娘，要不就讓大嫂陪我去吧，我也保證不會讓她上山。」

「那好吧！妳們兩個路上小心點。」林氏聽桃花這麼說，便應了下來。她看喬春開心地提著籃子就往外走，很是不放心地對桃花再三叮嚀：「桃花啊，妳可要看好妳大嫂，千萬別讓她上山，知道嗎？去吧！早點回來。」

「知道啦！娘，您就放心吧！」桃花笑著揮了揮手。

一路上，桃花看著滿臉雀躍，東張西望的喬春，輕笑著搖了搖頭，暗道：大嫂這條路也走過了不少遍，怎麼卻像從沒來過一般？況且她還真看不出有什麼好看的地方。

看著身旁這張既熟悉又陌生的臉，桃花不禁微微出神。

自大嫂從那場打擊中醒過來後，整個人變了不少，就連性格也和過去不同。以前她雖然長得很漂亮，但臉上不會有這麼多生動的表情。雖然現在她經常做出驚人之舉，可是桃花卻更喜歡大嫂了。

路過山下的小溪邊時，喬春突然停了下來，一臉驚喜地看著路邊下窪處，瞇著眼打量了好一會兒，像是在確認什麼東西。

「桃花，那裡好像有番薯。」喬春指著下方，開心地說。

桃花順著喬春指的方向看過去，滿臉困惑地看著她，問道：「大嫂，什麼叫番薯？可以吃嗎？」

喬春的眼睛瞪得滾圓，吃驚地看著桃花。不會吧？這裡的人不知道什麼是番薯？番薯不是早在明朝就從當時的西班牙殖民地呂宋引進中國了嗎？難道這裡的時代比明朝還早？

「桃花，大嫂能問妳一個問題嗎？」喬春按捺住心中的猜想，眼睛一眨也不眨地盯著桃花，輕聲問道：「現在是什麼年分？」

哐噹一聲，桃花手中的柴刀落地。

桃花踮著腳尖，柔軟中帶著薄繭的手覆上了喬春的額頭，不敢置信地看著她，帶著微微的顫音問道：「大嫂，妳沒事吧？妳怎麼連現在是什麼年分都不記得了？現在是大齊國永治五年，想起來了沒有？」

喬春聽了，一下子愣在那裡，只覺頭頂劃過一道閃電，雷聲轟隆隆響起。

大齊國？她所熟知的歷史中，可沒有這麼一個國家。難道歷史的洪流在軌道上某個點出現了分流，她穿越到了一個不存在於歷史中的朝代？

「大嫂，妳沒事吧？」桃花看著喬春那失魂落魄的樣子，微蹙著眉，小聲問道。

「呃……沒事，我剛剛想事情去了。」喬春向桃花瞥了一眼，便扭頭看著草叢中那綠意盎然的番薯葉，道：「桃花，妳看到那長著大葉子的綠藤了嗎？那叫番薯，是可以吃的東西。走，咱們去看看長番薯了沒有。」

喬春和桃花將綠藤撥開，往下挖了一陣子之後，果然發現底下長著番薯，她不禁樂得眉開眼笑。

現在離稻穀收割還有一個多月，按照二十一世紀番薯的收成季來算，現在剛好是採收番薯的時節，如果真的可以挖到大量番薯，那她們家就不用再擔心糧食接不上的問題了。

雖說水稻最多一年可兩收，但山中村土壤貧瘠，加上地理條件不夠好，一年只能一收，而且多在年底前收割，年關過不過得了，通常都是一次決勝負。

「大嫂，這個東西叫番薯？它真的能吃嗎？夏涼山有很多這東西，可是我從沒聽人說過這可以吃啊？」桃花蹲下身子，瞇著眼仔細打量眼前的「食物」。

「哈哈！」喬春聽著桃花的話，開心得一把抱住她，忍不住放聲大笑起來。

夏涼山有很多番薯?!真是天助我也！

第七章 甜湯

「娘，我們回來啦。」桃花在門口喊著。

「這都是些什麼東西啊？」林氏聽到桃花的聲音，連忙放下手裡的針線活，走出來一看，卻被喬春她們那滿滿一大籃都是泥巴的東西給怔住了。

「娘，這個叫番薯，它含有豐富的澱粉、維生素、纖維素等人體必須的營養成分，還有鎂、磷、鈣等礦物元素和亞油酸。能補虛乏、益氣力、健脾胃、強腎陰，重點是——這番薯還可以充作糧食。」喬春從籃子裡拿出一個番薯，眼睛閃閃發亮地看著林氏，口若懸河地向她介紹番薯。虧她之前從事過養生產業，才能說出這麼一大堆番薯的好處來。

呵呵！就知道她婆婆聽到這個可以充當糧食，一定會很高興。瞧，現在她眼睛直溜溜地盯著番薯看，不用想也明白她一定是樂到不會說話了。

「大嫂，啥是『為生死』？『牽為死』又是什麼？怎麼妳說的我都聽不懂呢？」桃花看著喬春，不解地問道。她只聽懂番薯可以當糧食，其他的她還真的是一個字都不明白。

咦？喬春微愣。她這才曉得，原來林氏不是樂到不會說話，而是被她的話給嚇住了。

喬春偷偷瞥了一眼輕蹙著眉的林氏，見她也正在打量自己，不禁冷汗涔涔。希望她這一番話可別讓她看出什麼古怪來……

都怪自己一時興奮過度，完全忘了林氏她們聽不懂這些術語。喬春想著不由得熱氣上臉，窘迫地低頭扭玩手指，道：「娘，您也別再琢磨我剛說的那些話了，反正，您記著這東西可以當糧食就行啦。」

「春兒，妳是說這東西可以當糧食？蒼天保佑，真是太好啦！我正愁著明天沒東西吃了呢！」林氏突然回過神來，雙掌合十對著天拜了拜，雙眼直冒光地看著籃子。

搞了半天，原來林氏還真的是樂傻了，她根本就沒理會喬春那些讓人聽不懂的話，腦子裡一直在重播「糧食」這兩個字吧？想著，喬春忍不住偷偷笑了。

「春兒，這布包著的又是什麼？這些綠藤也可以吃嗎？」林氏這才看見喬春腳下還有兩包東西和一堆綠藤，咧著嘴開心問道。

「是啊！大嫂，妳都還沒跟我說這布裡包的是什麼東西呢？」桃花聽林氏這一問，這才想起自己挑柴下山時，就看見大嫂身邊有兩個布包，問她也只是神秘一笑，硬是沒告訴她。

此時桃花看著那布上還沒乾透的水印子，突然像是想到了什麼似的，一臉震驚地望著喬春。

她就知道大嫂這一趟肯定不會乖乖在山下等她，她果然還是趁她上山打柴時偷偷去河邊了。

喬春瞄了一眼桃花那恍然大悟的樣子，飛快向她眨了眨眼，扭頭對林氏說：「娘，這綠藤是番薯苗，這些嫩葉可以做菜，對身體也有益處。至於這布包裡的東西……嘿嘿，都怪我嘴饞，我挖番薯時，看到路邊有一棵黃梨子樹，樹上結滿了果子，所以就摘了一些回來。」

林氏眼角餘光瞄到一旁正在擠眉弄眼的桃花，問道：「桃花，妳眼睛怎麼啦？」

「啊？」桃花愣了一下，回過神來，瞅了眼雙手抱拳作揖的喬春，嘴角微微上揚，道：「娘，我沒事，只是眼睛有點癢，可能是進了灰塵。」

「娘，我們一起把這些東西提到屋裡去，該煮飯了，要不待會兒天黑就看不見了。咱們家的燈油也快沒了吧？」桃花率先提起那一籃番薯往屋子裡走。

林氏抬頭看了下天空，一手提一袋布包，邊進屋邊呢喃著：「是啊，天色不早了，咱們得快點。燈油省著點用，將來妳大嫂生娃娃時，晚上多少用得上。」

喬春也抱起那一堆番薯藤，跟著進屋幫忙去。畢竟她弄回來的那些東西，除了她，也沒有人知道該怎麼處理。

「大嫂，這番薯真好吃，又甜又軟。」桃花一邊吃著番薯湯，一邊眉開眼笑地說著。剛剛喬春切番薯塊時，往她嘴裡塞了一塊，脆脆甜甜的，就像水果一樣，沒想到煮熟後會變得這麼鬆軟。

桃花放下碗，抹了抹嘴巴，看著一旁正在大快朵頤的林氏，道：「娘，我打柴時發現夏涼山那裡有很多番薯，要不，明天我去多挖一些回來？」

「嗯。」林氏應了一聲，將碗裡的番薯連湯一起吃完後，這才心滿意足地放下碗，打了個飽嗝，笑道：「明天我也一起去。咱們多挖些回來，畢竟還有一個多月才能割稻。再說，這番薯真是好吃！」

林氏說著看向喬春，輕聲道：「春兒，明天妳就留在家裡做飯吧。」

喬春一聽，頓時著急起來。這怎麼可以？打探環境的工作才有了一個好的開始，哪能就此停下來？還有，這番薯也只能拿來當糧食，最重要的是家裡缺錢，她得找到掙錢的法子才行！

「娘，我也要去。咱們人多好幹活，要是鄉親們知道了這番薯，以咱們家的人力，根本搶挖不了多少，還是在被人發現之前多挖點吧！」

林氏聽喬春一分析，不禁皺了皺眉頭，暗道：春兒說的話也在理，她們這麼大的動靜，誰會不知道？這番薯長在野地裡，人家要挖就挖，誰都管不著。

「可是……」林氏瞄了一眼喬春的肚子，還是不太放心地說：「妳這肚子日增月長，娘不想讓妳太過勞累。要不，妳上午在家幫我們做午飯，下午再隨我們一起去？」

林氏說著，又忍不住打量著喬春那過大的肚子。才六個多月呢，就已經像要臨盆的樣子了。難道……她真的懷了雙生子？

喬春一頭霧水地看著林氏怔怔地緊盯著她的肚子，疑惑道：「娘，我的肚子有什麼問題嗎？」

「沒……沒有問題，能有什麼問題？」林氏支支吾吾應著，突然站了起來，有些慌亂地收拾碗筷。

如果真是雙生子，那可怎麼辦？村裡的老人都說雙生子放在一個家裡養，不大容易養活！

唉，相公啊！你可要保佑孫子平平安安的，不然這個家可就真的散了！

林氏默默在心裡祈禱著。

第八章　一心掙錢

翌日一大早，喬春便提著一籃子衣服往河邊走去。這河到底有什麼傳說，喬春至今仍未弄明白，除了挑水和洗衣服外，其他時間根本看不到一個人影。

「春兒，今天是妳來洗衣服啊？妳娘呢？」上圍下的鐵嬸子看見喬春來洗衣，微笑問道。鐵嬸子是村長鐵龍的弟弟——鐵成剛的妻子，與唐家一向交好。

喬春回過神來，定眼一看，這才發現河邊已有不少婦女在洗衣服，王氏也在行列之中。讓喬春意外的是，王氏只是飛快瞪了她一眼，並沒有出聲或有其他過激的反應。

上次的事情過後，鐵村長讓李大帶了一點東西上門賠笑道歉，雖然王氏仍舊不甚情願，但李大可是誠意十足。再來，考慮到鐵村長的面子問題，林氏也就不跟她計較了。

看來，這據說是妻管嚴的李大也鹹魚翻身做主人了。瞧，原本蠻橫不可一世的王氏自那天在坪壩上兵敗以後，一身氣燄確實消了不少。

「我娘和桃花上山打柴去了。」喬春笑道。

「春兒，我洗完了，妳來這裡洗吧。我搬了塊石頭在這裡，妳身子不方便，來這兒坐著洗，會舒服一點。」鐵嬸子站起來，伸手輕輕捶了捶腰，提起已經洗好的衣服，衝著喬春招手。

「好，謝謝嬸子。」

喬春甜甜地應了聲，便提著裝衣服的籃子坐上鐵嬸子原本的位子。剛坐了下來，將衣服放在水裡泡濕，就聽到李二媳婦笑著道：「鐵大嫂子，妳今天這麼早就把衣服洗完了，這是要去哪兒呀？」

「今天不是趕集日嗎？我想去鎮上買些吃的回來，家裡頭都快斷糧了，所以想說去碰碰運氣，或許能遇上低價賣雜糧的人。」鐵嬸子停下腳步，長吁短嘆地說著。

「我家也沒啥吃的了，可是手頭緊得很，根本就拿不出一個子兒來。唉，也只能多挖些野菜度日了，只是可憐了正在長身子的孩子們。」李二媳婦搖搖頭，嘆了一口氣，低聲道。

一時間，河邊洗衣服的婦女們不由得議論起這斷糧的苦日子，可她們全是女流之輩，除了多挖點野菜，一時再也想不到有什麼填飽肚子的好辦法。

此刻，喬春根本就聽不進她們說的話，她腦子裡塞滿了鐵嬸子剛剛說的那句話——「低價賣雜糧」。雜糧？番薯不就是雜糧嗎？

自己怎麼就沒想到要去鎮上看看呢？到那裡去轉一圈，不就可以全面了解什麼東西有市場，什麼東西可以賣錢了嗎？

看來自己得爭取在下個趕集日去一趟鎮上才行，不然這發家致富的想法根本就是紙上談兵，再怎樣也得先了解市場需求，才能打開局面啊！

想到這些，喬春的心情不由得一振，瞬間覺得希望的曙光正在向自己招手。

洗完衣服回到家後，喬春看時間還早，便將昨天摘的黃梨子倒了出來，看著一顆顆黃澄澄散發著香甜氣味的黃梨子，喬春很不爭氣地嚥了嚥口水。掐指一算，也有十幾年沒吃過這東西了。

小時候每到秋天，她和朋友都會成群結隊地去山上摘黃梨子，回家煮熟後放涼，兜在書包裡當零嘴吃。那時候這可是她們這些兔崽子的最愛，重點是這玩意兒不用花錢買。

從遙遠的記憶中回過神來，喬春用裙子兜了一些黃梨子放進鍋裡，又朝鍋裡倒了些水，便開始燒火煮。

「大嫂，這果子還挺好吃的，酸酸甜甜。」桃花拿了一顆煮熟的黃梨子，邊吃邊點頭，還不忘口齒不清地讚上一句。

從外頭挖番薯回來以後，桃花就跑進廚房幫喬春的忙，誰知忙還沒幫上，就先吃起喬春剛煮好的黃梨子了。

「春兒，飯做好了沒？挖了一上午的番薯，我還真餓了。」林氏在院子裡整理剛挖回來的番薯，或許是上午耗去不少體力，這會兒都催起飯來了。

「娘，馬上就好了，我把湯煮好就開飯。」喬春輕快地朝門外應了聲，緊接著揭開鍋蓋，往鍋裡的湯加點鹽，並舀了一匙出來，噘著嘴輕輕吹了吹，嚐了下味道。「哇，真是美味極啦！」

「大嫂，妳煮的是什麼湯？」桃花看喬春一副被美味閃了舌頭的樣子，忍不住站起來朝鍋裡看了看。可是當她看清鍋裡的東西時，眉頭不由得緊皺，低聲怯怯問道：「大嫂，妳鍋裡煮的是什麼？我怎麼看都覺得像是爬在田裡的那東西？這東西長得跟蝸牛差不多，能吃嗎？」

最近大嫂的行為太怪了，有時她忍不住會懷疑這人真的是嫂子嗎？除了長得一模一樣，其他地方還真的是天壤之別。

「爬在田裡？長得像蝸牛？妳說的是田螺吧？不過，這東西不叫田螺，它叫石螺。用它煮的湯可鮮甜了，如果再把它撈出來加上薑蒜爆炒，就更好吃了。不過，今天就不炒了，以後嫂子再炒給妳吃。」

喬春說著，從籃子裡抓了一把野韭菜，用手從中間扭斷後，放進湯裡，不一會兒，便把湯盛進陶盆裡。看著盆裡的石螺，喬春忍不住嘖了聲。唉，真是太可惜了，要是有豬油多好啊！她一定能炒出一盤美味的炒石螺。

「娘，吃飯啦！」喬春對門外喊著。

「哦，來啦！」林氏趕忙應聲。

吃過午飯後，唐家三個女人就相偕出去挖番薯了。

「春兒，妳中午燒的那些番薯可真香！看來明天咱們還得來挖番薯，這番薯不僅好吃，還很有飽足感。」林氏一邊說，一邊滿頭大汗地挖番薯。

她以前一直以為這些是不中用還很礙事的藤蔓，可沒想到綠藤下居然藏有玄機，如果不是喬春，她們就已經餓肚子了。

「娘，我們明年就在自家地裡種些番薯吧？這番薯不用怎麼費心打理，只要在種植前期澆水、施點肥料，等它們長起來以後，就不用管了。而且它們也不挑地，我看村裡的旱地全是黃泥沙地，最適合用來種番薯了。」喬春見林氏對番薯讚不絕口，想了一下，便開口提出種番薯的建議。

經她們這麼一挖，村裡的人肯定會問起，等到事情傳開，這野外的番薯有可能會被挖光。如果是種在自家地裡，不僅產量高，還不用到處跟人搶挖。

「春兒，妳這想法是可以，可是我們並不知道這番薯怎麼種、什麼時候種。」林氏停了下來，沈思了一會兒。雖然她贊同喬春的提議，可這東西她們畢竟沒種過，不知道從何下手。

林氏現在對喬春已經大大改觀，以前總覺得她賢慧、知書達禮，卻沒有主見，現在的她身上散發出來的光芒卻很耀眼，不僅變堅強了，主意也是源源不絕。

看著喬春一天一天從失去子諾的陰影中走出來，林氏是一半欣慰、一半憂心。欣慰的是她的心放寬了，對孩子的成長有好處；憂心的是喬春畢竟年輕漂亮，現在又有主見，要是喬春改嫁，她的小孫子可就沒爹疼沒娘愛了。

「娘，您放心，這個我懂。您只要答應就可以了，其他事情我和桃花會做。」喬春有點訝異林氏這麼爽快就答應了，還以為自己得苦苦哀求才成呢！

喬春一邊整理林氏和桃花挖出來的番薯，一邊打量林氏，見她這會兒心情大好，心想這是個說話的好機會，便輕聲探問道：「娘，下個趕集日我想去鎮上一趟，可以嗎？」

喬春這一開口，不僅林氏錯愕地停下手裡的活兒，就連桃花也很是不解地看著喬春。

「大嫂，妳想去鎮上趕集？可是咱們家沒錢啊？」桃花真不知這大嫂腦子裡在想些什麼，沒錢去鎮上能幹麼？

林氏雖然也覺得奇怪，可是她沒有急著問原因，而是深深打量著喬春，見她的眼光不躲不閃，心想也許她有什麼想法。

「春兒，妳是想去鎮上買東西嗎？不過咱們家就像桃花說的那樣，沒錢。」林氏對喬春說道。

「娘，我不是去買東西，我想去賣東西，看看能不能掙點錢回家。」喬春看著一臉吃驚的林氏和桃花，緩緩說出她想拿番薯和黃梨子去鎮上賣的打算，唯獨隱瞞了要做市場調查的事情。

第九章 趕集

桃花挑著兩大籃子的番薯，喬春則提著一籃子煮熟的黃梨子，在天還灰濛濛時，就往鎮上趕去。

她們所在的山中村是和平鎮最偏遠的村莊，如果走路去鎮上，快則一個半時辰，慢則兩個時辰，因此她們要去鎮上賣東西，就得起早乘著霧色趕路。

「桃花，妳挑的是什麼東西啊？」

才走出村莊不遠，她們就遇上村裡那些獵戶了，他們是鐵成剛和李大，還有幾個下村的人。鐵成剛看是桃花兩姑嫂，便追了過來，看著她們籃裡的東西，問道。

「鐵叔你也去鎮上啊？我和大嫂挑了點番薯，想去鎮上看看能不能換點錢回來？」一路上四周黑壓壓的，路邊又是大山，兩姑嫂心裡也挺害怕，一看同村的熟人來了，桃花便忍不住開心起來。

「妳說這叫番薯？它是哪兒來的？能吃嗎？」鐵成剛疑惑地看著桃花籃子裡的東西。

桃花不禁一愣。她怕他們知道了，跟她們家搶挖番薯，於是便將求救的目光投向喬春。

「鐵叔，這東西其實也算雜糧的一種，能吃。我們也是從山上挖的，家裡實在沒錢了，就想著……嘿嘿。」喬春說著，故作羞澀地乾笑起來，反正這話任誰一聽，也能明白其中的意思——就是家境貧困嘛！

她們家挖番薯這事遲早會被人發現，昨天在院子裡清洗這兩籃番薯時，買了唐家兩間房子的廖氏就問了起來，她們當時也是如實告知，只是沒告訴她從哪裡挖的。

村裡的漢子一聽這東西能當糧食，立刻圍了上來，一人拿了一根細細打量，卻還是沒辦法從這番薯中，看出得去哪裡找。

幾個人你看看我、我推推你，最後還是鐵成剛出面，不好意思地低聲問道：「那個……子諾媳婦，鐵叔問妳一下，這個番薯的葉子長得什麼樣子？鐵叔也想叫妳鐵嬸子去挖一點……嘿嘿，我家也沒啥糧食了。」

喬春知道鐵成剛這是代表大夥兒在問，她沈思了一會兒，心想就算她們不說，別人也會跟在她們背後一起上山，與其這樣，還不如賣個人情給大家。

「鐵叔，我用說的，你們也聽不明白。不如這樣，明天您叫鐵嬸子來我家，讓她隨我們一起去挖，這樣行嗎？」

鐵成剛愣了好一會兒，才收回心神，他還擔心喬春不肯說呢，想不到她這麼乾脆。

「行，我回去就跟妳鐵嬸子說，明天讓她上妳們家去。」鐵成剛咧著嘴開心地應著，眼角餘光瞄到喬春那隆起的肚子和桃花那瘦小的身板，轉過頭對身旁的李大道：「李大，你幫桃花挑番薯，我幫子諾媳婦提籃子，她們一個是小姑娘，一個是孕婦，都幫著點。」

「我剛想說呢！來吧，桃花，把妳的擔子給我。」李大一直沒敢忘記答應村長要好好補償唐家的事，也就爽快應了下來。

喬春和桃花也不客氣，順勢將籃子交到李大和鐵成剛手裡，兩個人手牽著手，一路上說說笑笑。

「哇，嫂子，來趕集的人好多啊！」桃花看著集上人來人往，小販的吆喝聲此起彼落。

喬春看著桃花興奮的樣子，心口酸酸的，水氣一下子湧上了眼眶。

桃花說到底也還是個小女孩，整天為家人的溫飽上山下地，根本沒了一個小女孩這年紀該有的無憂無慮，反而成熟得像個小大人，這教她怎麼能不心疼呢？

「對啊！希望我們可以早點把東西賣出去。桃花，還記得我昨晚教妳的嗎？走，咱們賣東西去。」

喬春看著兩旁整齊林立的店家，感到有些意外。她還以為所謂的市集只是一個空地，大夥兒擺著地攤叫賣東西呢！真是沒想到這個大山環繞的地方，竟然還有這種規模的小鎮集市。

喬春和桃花一個挑東西，一個提籃子，沿著街道一路兜售。

路人都很是奇怪地看著她們籃子裡的東西，雖然問價的人也不少，可就是沒有人願意買這種沒人吃過的東西。

「黃梨子，甜甜脆脆的黃梨子！」喬春看著籃子裡的東西一個也沒賣出去，不禁著急起來，便扯開嗓子叫賣。
「這位姑娘，買點黃梨子吧？甜甜脆脆，好吃又便宜，一文錢十個。」
「這位大叔，買點黃梨子吧？既能助消化又能開胃。」
「要開胃做什麼？我的胃口要是再大一點，我家哪還夠我吃？閃開，別擋道！」被喬春攔住的中年男人，一聽喬春說黃梨子開胃，就生氣地嚷了幾句，揮了揮手便走開了。
喬春頭上驟然布滿黑線，很是鬱悶地看著那個男人的背影。她只不過是向他介紹一下而已，怎麼弄得她好像拆了他們家祖墳一樣。
倒楣！
「大嫂，咱們別著急，慢慢來，別人都不知這是什麼東西，肯定不敢隨便買來吃。」桃花看著情緒低落的喬春，輕聲安慰。
誰說她不急？她又急又緊張！這可是她第一次出來賣東西，如果一文錢都沒賣到，娘還真不知會是什麼表情，畢竟嫂子給了她很大的希望。
「嗯，我沒事！咱們繼續走吧。」喬春揚起淡淡的笑容輕輕說。

第十章　錦繡茶莊

兩個人又走了半條街，還是沒賣出一點東西，喬春轉過頭，看桃花滿頭大汗，心疼道：「桃花，妳就把東西放在前面的樹下賣吧，我的籃子輕，能到處轉轉，晚一點我再來這兒找妳。」

喬春抬頭瞇著眼看了下熱情四射的太陽公公，伸手指了指前面布店門口的樹，示意桃花到那邊去。

唉，真沒想到她滿腹商經，在這裡卻連一文錢的東西都賣不出去！這事要說出去，怕不被人笑死?!

「大嫂，我不累，我還是陪妳一起吧。」桃花擠出一抹笑容道。

她可不放心讓大嫂一個人走街串巷，這裡人那麼多，她的肚子要是被人不小心撞一下，後果可不堪設想。

喬春知道桃花擔心的是什麼，她知道再說也沒用，於是輕輕吁了一口氣，道：「那我們就到前面休息一下吧。」

喬春掏出手絹，輕輕幫桃花擦拭臉上的汗，心想這會兒要是有一碗冰鎮酸梅湯可就好了，既解渴又冰涼。

喬春正妄想著，卻隱隱約約聞到一股味道。

咦……？這是什麼味道？怎麼那麼熟悉？

喬春用力吸了吸鼻子，試圖從空氣中嗅出這味道是什麼。

紅茶？對，就是紅茶的味道！

這地方怎麼會有紅茶？紅茶最早的原產地實際上在中國雲南與西藏交界處的山嶽地帶，而且紅茶是透過發酵製出的茶，大齊國已經有這技術了嗎？況且來這裡以後她可從來沒喝過茶，所以她一直以為這裡沒有茶。

茶，那可是她的老本行啊！

喬春迅速轉過身子往身後的店鋪看過去，這才發現原來自己停在一家茶莊門口，牌子上寫著「錦繡茶莊」。從這裡看進去，正好能看到櫃上擺放的茶葉，種類似乎還不少。

太好了，她得過去看看！喬春打定主意，便趁桃花不注意，一溜煙朝茶莊走了進去。

「這位夫人，您需要什麼茶？」一個俊美的小二哥，笑著迎上前來，不著痕跡地朝喬春上下打量了一番，眼眸底下閃過一絲鄙夷。

喬春見了也不生氣，她不動聲色地觀察這家規模大、裝潢也很有特色的店鋪。

突然，喬春直直向那位正在品茶的男子走去，飛快瞥了一眼他杯裡的紅茶，輕蹙眉梢，道：「這紅茶這樣泡著實浪費了。」

說著便拿起桌上的杯子，拎著炭爐上沸騰的水壺，熟稔地沖出兩杯香氣四溢、湯色純正的紅茶。

「這……」店小二目瞪口呆地看著喬春逕自端起一杯紅茶，輕輕啜了一口，她那滿臉享受的樣子，讓想要發怒的人都不忍出聲責備。

真是個有趣的女人。

錢財深邃的黑眸裡閃過一絲趣味，端起面前那杯紅茶，跟著細細品味起來。

咦？經她這麼一泡，這茶的香味真的不一樣了！

「這位大嫂，請問您怎麼知道這茶叫紅茶？看樣子您很清楚這茶的泡法，能否賜教一二？」錢財站起來，用犀利的眼光上下打量喬春，突然微笑著向她拱手打揖，客氣地問道。

看來這個女人一點都不簡單！茶葉對於普通人家來說非常珍貴，富貴人家把綠茶當作不老藥飲用，而眼前的紅茶則是他剛從西南邊陲的雲谷運回來的，是一位山中老人的秘方。他在那兒住了半年，又用重金利誘，都沒能買到他的秘方，只是從他那邊獲贈了一些而已。

她是怎麼知道紅茶的？而且看樣子還很熟悉。

「大嫂，妳怎麼一聲不吭就來這裡了？」

喬春剛從眼前這男人的問話中回過神來，正頭痛著該怎麼解釋自己脫線的行為，耳邊就傳來桃花緊張的聲音。

原來是桃花察覺喬春不見蹤影，在外頭找了半天，這才發現她在這茶莊裡。

喬春抬眸看著桃花，那眼裡的關懷著急流露於表，心中不由得充滿歉意，低聲解釋道：「桃花，對不起！大嫂剛剛聞到熟悉的味道就進來看看，沒跟妳打招呼。」

「沒事就好，大嫂，咱們去賣東西吧。」

桃花有些侷促地站在茶莊裡，她覺得自己與這個地方格格不入。這茶莊看起來那麼富麗堂皇，而她腳邊放的是番薯，身上穿的是有補丁的衣服。她不明白，既然她們身無分文，大嫂怎麼會跑到這裡來？

喬春仔細打量眼前的男人。只見他穿著一件上面繡有一棵蒼松的淡紫色長袍，烏黑的頭髮簡單用一根玉笄束在腦後，臉如刀削，鼻梁高挺，嘴唇微薄，一雙如墨玉般的眼睛閃爍著點點星光。

好一個翩翩美男子！只是他的臉色略顯蒼白，嘴唇透著淡淡的紫黑色，乍看就是個病態美男子。

「大嫂，咱們走吧！」桃花看著大嫂毫不避嫌地盯著一個陌生男人看，心中不由得升起一股悶氣，她伸手拽了拽喬春的衣袖，低聲催促。

「啊？」喬春猛地回過神，微靦著臉，瞄了一眼嘴角含笑的男人。

喬春走過去牽起桃花的手，欠了欠身。「對不起！這位公子，小婦人失禮了，這就告辭！」

天啊！自己竟然盯著一個病美男愣愣出神，實在太丟臉了！

「這位大嫂，請稍等一下！」錢財眼看喬春就要離開，心中一急，出聲挽留。

他剛剛的問題，她還隻字未答呢?!

第十一章　太公釣魚

「請問你有什麼事嗎？」喬春回過頭來，一臉戒備地看著他。

該不會因為她喝了他一杯茶，就找她要銀子吧？錢這東西她可沒有，更何況，一杯茶也值不了什麼錢吧？

「這位大嫂，您別擔心，我只是想請教您一些事情。」錢財好笑地看著喬春那警戒的樣子，莫非她是怕他找她要銀子？

「有什麼事就問吧，我們趕時間，還要去賣東西呢！」喬春低頭瞅了一眼原封不動的黃梨子和番薯，眉頭緊緊地皺了起來。

如果待會兒東西再賣不出去，她和桃花就只能挑著回家了。

「大嫂是要賣這些？我買下了，但是我的問題還請大嫂賜教。」錢財對店裡的小二使了個眼色，對著他吩咐道：「錢歸，你從櫃檯拿十兩銀子過來，這位大嫂的東西我們全買下了。」

那個叫錢歸的小二一聽自家主子要用十兩銀子買這幾籃不知是什麼的東西，不由得急了起來，這會兒也不管主僕之分，忙道：「少爺，這東西我見都沒見過，買來幹啥啊？再說，這東西再好也不值十兩銀子啊！」

喬春一聽也很驚訝。她雖然不知大齊國的十兩銀子到底是多少錢，但看到桃花和那個叫錢歸的店小二驚愕的樣子，想必不是一筆小數目。

她輕蹙著眉，看向錢財，見他沒有吭聲，只是抿著嘴，輕輕刮了錢歸一眼，錢歸就不由自主地抖了下身子，心不甘情不願地走向櫃檯。

「收好啦！」錢歸生氣地將裝著銀子的錢袋遞到喬春面前，惡狠狠地掃了她一眼，轉身又站回錢財身邊。

「這位少爺，我們的東西怕是值不了這麼多錢吧？」喬春雖然很需要錢，但是她也只拿自己該拿的，多餘的她可不敢收。而且她完全不知眼前這個男人的身分來歷，萬一將來他找她麻煩怎麼辦？

「我家少爺姓錢！」錢歸氣呼呼地糾正喬春的稱呼。老是「這位少爺」叫個不停，好像他們家少爺連個姓氏也沒有似的。一想到少爺用十兩銀子買下那些東西，他就生氣。

「大嫂，這錢您收下，算是我向您請教的學習費。」錢財略微不悅地看了錢歸一眼，有點想不通錢歸今天怎麼這麼反常，說話也沒大沒小的。

「請教？學習？你要問什麼？」喬春疑惑地看著他，她想不通自己有什麼值得別人拿重金來請教的本領。

錢財深邃的黑眸閃過一道精光，微笑著問道：「我想請問大嫂怎麼知道剛剛那茶叫紅茶？我看您似乎很熟悉茶葉這一行，冒昧請問一下，您知道紅茶的製作方法嗎？」

喬春這一聽，算是明白了他的用意，他剛剛眼眸底下一閃而過的精光，可沒有逃過她的法眼。以她在商場縱馳多年的經驗來看，想必這茶大有文章，搞不好她可以在這異界重操舊業，靠茶葉發家致富也說不一定。

喬春輕斂眼簾，盤算著該怎樣回答他的問題。如果她想在這裡做茶葉生意，沒有靠山怕是萬萬行不通，如果可以靠上眼前這個男人，相信她的致富夢會實現得快一點、順利一點。

「茶葉這東西，小婦人也只是略有涉及。娘家以前種植過茶樹，至於我為什麼叫它紅茶，是因為我看那茶湯紅亮。難道剛剛那茶真的叫紅茶嗎？」

那錢財見喬春一副驚訝的樣子，不禁暗笑起自己的糊塗。明明這茶他才從外地帶回來，一個農婦又怎麼可能知道它的名字？

不過看她剛剛那沖茶的手法，想必她對茶很有研究，並非像她說的「略有涉及」而已。既然她種過茶，那她應該也會加工茶葉吧？「這位大嫂，您說您種過茶，那請問一下，您會加工茶葉嗎？」

喬春聽著，心裡不由得歡騰起來，看來這魚要上鈎了。

想不到自己居然也做了一回姜太公！呵呵，這可不能怪她太狡猾，畢竟防人之心不可無，她要是口無遮攔如實說出，別人卻翻臉不認人，那她可就虧大了，說不定被人賣了還幫人數錢呢！

「早年見過長輩製茶，自己也動過手，只是好些年沒碰，怕是生疏了。」喬春輕聲說。

錢財聽了有點失望，原來她也只是略懂皮毛而已，可是他怎麼覺得她應該很在行才對？他低下頭，眼光瞄到桌上的茶杯時，腦門突然一亮，抬頭看著喬春，真摯請求道：「這位大嫂，在下可否請您坐下來喝杯茶？」

喬春一聽，差點想跳起舞來。她沒有看錯這個男人，他果然沒那麼好打發，現在請她喝茶，不過是想看看她的真本事罷了。

這也正好應了喬春的計劃，只要不動聲色地露一手，之後她就不用處在被動的位置上了。

看得出來，這個男人對茶葉很是上心，甚至說急迫也不為過。她猜他一定有更遠大的想法，只是找不到內行人，而她恰恰就對茶葉很在行，可就是沒有通路。

「錢少爺，茶還是我來泡吧！」喬春見銅壺裡的水開了，便逕自提取下來，拿了兩個杯子，往杯裡倒了些開水，按方法一步一步沖泡著茶。

不一會兒，兩杯熱氣騰騰、香氣四溢的綠茶就擺在錢財面前。

第十二章　茶藝過人

「錢少爺，請喝茶。」喬春把杯子遞到錢財手邊，輕聲說道。

錢財看著喬春氣質淡泊、優雅有禮的樣子，胸口不由得一窒，一股莫名的情愫悄然而生。

錢財伸手優雅地端起杯子，輕輕啜了一口茶湯，卻不急著嚥下，將茶湯稍稍停留在口腔中，細細品味著茶的清香。

這茶真香！

他閉緊嘴巴，用鼻腔呼氣，瞬間只覺茶香直貫腦門，還真有「味輕醍醐，香薄蘭芷」的茶香與韻味。

他忍不住一口接一口品嚐起來，直到茶杯見底，才慢條斯理地放下杯子，滿臉驚喜地看著喬春，道：「這位大嫂，請問您貴姓？我看大嫂是茶中行家，剛才大嫂的沖茶手法很是奇特，不知大嫂要否願意跟在下說說？」

喬春見他如此，也爽快回答：「小婦人夫家姓唐，那沖茶手法是我祖上傳承下來的，對於沖泡茶湯，祖上也是頗為講究。」

喬春端詳著另一杯茶，偏頭看著求知慾旺盛的錢財，嘴角噙著淡淡的笑容道。

「一，淨器——冰心去凡塵；二，鑑賞茶葉——葉嘉酬賓；三，投茶——清宮迎佳人；四，潤茶——甘露潤蓮心；五，泡茶——鳳凰三點頭；六，敬茶——敬奉香茗；七，聞香——精神享受；八，品茶——慧心悟茶；九，回味——啜苦勵志；十，謝茶——功德圓滿，這最後就是收拾泡茶用具了。」

錢財吃驚地聽著喬春娓娓道來。看來他的直覺果然準確，眼前這個農婦不是一般婦道人家，她對茶的認識，可一點也不比他這個長年與茶葉打交道的人差。

「大嫂，天色不早，我們該回去了。如果天黑之前我們回不了家，娘會擔心的。」桃花看著錢財與喬春一來一往交談著，絲毫沒有停下來的意思，忍不住朝錢財瞪了幾眼，再次出聲催促喬春。

她現在可不管他是不是什麼大戶人家的少爺，敢打她大嫂的主意，就是她唐桃花的敵人！

喬春側目朝店鋪外一看——太陽已經快要下山了，如果她們再不啟程，恐怕天黑之前是真的回不了家了。

她已經展現沖茶的手法，如果這男人真的想找一個內行人，那他就一定會設法找到自己。

喬春想著，抬眸微笑著向錢財告辭。「錢少爺，打擾了這麼久，小婦人也該回家了，告辭！」

「唐大嫂，那……」錢財想問她什麼時候再來鎮上，可是喬春和桃花轉眼就出了店門，沒入了人群中。

錢財坐了下來，怔怔地盯著桌上的茶杯，腦子裡一直在重播喬春剛剛的沖茶手法和講解。

她到底是個怎樣的女人？為什麼他從來沒聽說過和平鎮有對茶葉如此了解的家族？難道她娘家不在和平鎮？

「桃花，我們買點吃的回去吧。」喬春拉住了一直悶著頭往前走的桃花，伸手指了指街邊的糧鋪。

她知道桃花看到她和錢少爺聊了這麼久，心裡一定不高興。但是，現在她也不知該怎麼向她解釋，等事情有了好的進展，再找個機會向她說明會比較好。

喬春將桃花拉進糧鋪，秤了一些米和麵粉。她到山中村這麼久，從一開始的野菜套餐到現在的番薯套餐，全都用不上米，她還真是懷念米飯的味道！

秤了米和麵粉，她們又到街邊的豬肉攤裡買了一些肉，想著肚子裡的孩子需要補血，喬春便又買了一點豬肝。

一趟下來，她們足足花了二百六十八文，讓桃花心疼了老半天。此時喬春才明白，這十兩銀子對普通老百姓來說，真的是一筆大數目，怪不得那個錢歸會那樣不待見自己。不過，照這樣看來錢府一定是大戶人家，自己以後能不能在這裡混得開，多少得依附錢府少爺的力量了。

「妳們終於回來啦？可擔心死我了！」林氏看著太陽落山，而喬春兩姑嫂卻還沒回家，著急地來到村口等候，終於在天幕漆黑之前，看到她們兩個人提著大包小包回來。

「娘，您怎麼到這裡來啦？」喬春感動地看著一臉心急、向她們迎上來的林氏。

料想林氏一定是看天黑了，她們都還未回來，擔心得不得了，所以才到村口守著。

這樣的林氏，讓喬春想起那個在二十一世紀自視為上流貴婦，對她百般刁難的婆婆。她本以為婆婆與媳婦之間總是隔著一道高高的牆，沒想到這林氏對她倒是真心的好。

喬春走上前，牽起林氏微涼的手，道：「娘，咱們回家。今天我和桃花把東西都賣完了，我們還買了一些米和麵粉回來，瞧，還有肉呢！咱們回家做飯吃去。」

林氏一聽她們把番薯和黃梨子都賣出去了，不由得大喜，連忙將喬春手裡的東西接過來，開心道：「太好啦！春兒，讓娘提吧，妳休息一下。」

說著，唐家三個女人有說有笑地往下圍下的家走去。

第十三章　全村挖薯

「娘，這是賣番薯和黃梨子的錢，您收著吧。」

歡天喜地吃了一頓米飯後，喬春將剩下的九兩多銀子全交到林氏手裡。

林氏將錢袋裡的銀子倒出來一看，嘴驚得半晌都沒合攏，她難以置信地看著喬春，問道：「那點東西能賣這麼多錢？」

林氏說著，動手細細盤點了一遍又一遍，最後才確定銀兩數目，興奮道：「九兩多的銀子，合計那些買東西的錢，總共該有十兩銀子吧？」

「娘，這些錢您收著。今天我和桃花去鎮上時，遇上了鐵叔他們，他們問了一下番薯的事，我想他們遲早也會知道，所以就乾脆跟他們挑明了說。那個……以後我們家可能就挖不到那麼多番薯了。」

喬春有點擔心地看著林氏驟然晦黯下來的臉，嚅動了一下嘴唇，低著頭，輕道：「娘，我還跟鐵叔說，叫鐵嬸子明天跟咱們一起去挖番薯。」

桃花眼看林氏臉色不好，半天不吭聲，感覺氣氛不太對勁，生怕她會責怪喬春，連忙坐到林氏身旁軟言細語道：「娘，您別怪大嫂，我很贊同她的做法。畢竟咱隔壁家的廖大娘已經知道了，就她那張嘴，要不了多久全村的人都會知道，到時就是想瞞也瞞不住啊！」

林氏抬眸看著侷促的喬春，還有一臉擔憂的桃花，委屈道：「瞧，妳們兩個把娘看成什麼人了？放心，這事我也同意春兒的做法。與其讓別人透過其他管道知道，不如咱們給大夥兒一個人情，這樣我們在這山中村也好站得住腳。我只是擔心咱們家的番薯撐不到割稻穀。」

雖然村裡的人多少會感激她們家，可是僧多粥少，這樣瓜分下來番薯會少很多，也將成為事實。林氏現在唯一擔憂，就是糧食接不上。

「娘，您別擔心。咱們家現在不是有點銀子了嗎？大不了買糧吃。不過，就算不拿番薯去賣，也還可以拿黃梨子去賣。更何況，我知道怎麼育番薯苗，只要種下了，往後只待收成，我們一樣有得吃。」

喬春其實很想說山大物廣，一定有其他東西能吃，只是她明白，這些話現在不能說，要是說出來，林氏肯定不會讓她再上山。

她現在有種強烈的預感，那個錢少爺一定會再來找她，假以時日，她的老本行一定可以在這個大齊國發揚光大。

喬春俯首看著自己日見日長的肚子，眼眸下流淌著溫柔的水光。過不了多久肚子裡的孩子就要呱呱落地了，她絕對不會讓自己的孩子連溫飽都成問題。

「那我們明天起得早一點，再去挖些番薯囤起來，省得一口氣被人挖光。」林氏輕輕吁了一口氣，拿起錢袋轉身走進房間。

喬春她們正吃著早飯，鐵嬸子就微笑著從院子走了進來，探頭看著她們飯桌上的粥飯。

「唐大嫂子，妳們在吃早飯呀？」

林氏抬頭一看，臉上立刻堆起了淺淺的笑容，她趕緊站起來，走到門口拉著鐵嬸子坐了下來。

「妹子吃過了沒？挖番薯的事春兒已經跟我說過了，待會兒咱們一起上山挖去。」林氏親切地說道。

「呵呵，給大嫂子添麻煩了。咦，這個是什麼？」鐵嬸子指著桌上土陶盆裡蒸熟的番薯問道。

她原以為唐家連溫飽都成問題呢，沒想到她們居然還能吃上帶肉的白米粥！每年這個時候村裡的人大多只能靠野菜和粗糧果腹，就連他們這樣有男人支撐的人家，如今也都快斷糧了。

「來，妹子，妳嚐一個看看，這就是番薯。」林氏從土陶盆裡拿了一個番薯塞進鐵嬸子手裡，熱情招呼著。

「這就是番薯？」鐵嬸子拿起番薯，端詳了好一會兒，才半信半疑地學著桃花，剝去外皮，輕輕咬了一口番薯。

「哇，真好吃，甜甜粉粉的。」一口番薯剛剛嚥下，鐵嬸子就滿臉驚喜地讚道。這番薯可真好吃，也不知她們是怎麼發現的？

「呵呵！」三人看著鐵嬸子那副表情，忍不住開心地笑了起來。

因為鐵嬸子在一旁等著，所以林氏吃完飯後，便將碗筷往鍋裡一扔，也沒清洗，就出門準備挖番薯了。

「妹子，等一下！」隔壁家的廖氏早就在自家院子裡候著了，一見她們拿著工具出門，便追了上來，笑著對林氏問道：「妹子，大嫂可不可以跟妳們一起去挖？」

林氏輕蹙著眉頭，心裡頭不太樂意，但一想到如果帶了鐵嬸子卻不肯帶她，她說不定會在背後說些什麼難聽的話。兩家只隔一道牆，平日裡抬頭不見，低頭也會見，這會兒要是回絕了她，往後怕是相處起來都有疙瘩。

林氏想著便微微頷首，嘴角噙著淡淡的笑容，道：「廖大嫂，這是哪兒的話？走吧，咱們早去早回。」

對於哪裡有番薯挖，桃花最清楚不過，在她的帶領之下，大夥兒一個上午竟也將各自帶來的籃子都裝滿了。

在回家的路上，鐵嬸子難掩興奮地挑著兩大籃子的番薯，咧著嘴問道：「唐大嫂子，妳說這番薯怎麼煮會好吃一點，我還不知怎麼弄來吃呢！」

走在後面的廖氏一聽，也趕緊跟了上來，豎起了耳朵。

「呵呵，這事得問春兒，她會的做法可多了，天天都換不同的把戲。」林氏朝喬春的方向努了努嘴，引以為傲地笑道。

喬春微笑道：「這番薯最簡單的就是洗乾淨蒸熟了吃，也可以去皮放水煮，連肉帶湯一起吃。」

廖氏一聽開心地笑了起來，原來做法這麼簡單！她看了一眼籃子裡的番薯，道：「兩位妹子，咱們下午還來挖嗎？過沒幾天村裡的人都知道了，怕是我們也挖不了多少。」

鐵蟠子贊同道：「那我們可得趁著這幾天多挖一些。」

林氏隨即表示同意。「行，中午吃了飯，妳們再到我家吧。」

可是，誰也沒有想到，下午村裡的婦人們，竟大部分都尾隨在她們後面，浩浩蕩蕩加入了挖番薯的行列。

過沒幾天，山中村的番薯就被挖之一空。

「真是沒想到，就幾天工夫，番薯就被挖光了。」林氏帶著喬春她們坐在院子裡，整理著前幾天挖回來的番薯，望著堆成小山的番薯，忍不住嘆了口氣，微微失落。

喬春看著林氏難掩失望的樣子，連忙低聲安慰道：「娘，您別不開心，這些番薯夠我們吃上一陣子了。您忘了嗎？只要我們留下一些種，就能育出些番薯苗，明年在咱們旱地裡種一些，就不用跟大夥兒一樣上山搶挖了。」

喬春見林氏還是悶悶不樂，便朝桃花使了個眼色，桃花也是個極其聰慧的姑娘，立刻就明白了喬春的意思。「娘，您別擔心啦！估計稻穀再過半個月就能收割了，這半個月我去山上摘些黃梨子到鎮上賣，也可以掙點錢回來。」

「是啊！娘，明天我和桃花再去摘點黃梨子，後天剛好是趕集日，我們準備拿到鎮上去賣。」喬春繼續安撫林氏，見她稍稍寬了心，這才露出笑容。

第十四章　油茶樹

簡單吃過早飯，喬春和桃花便拿著竹籃子出門，準備去河邊摘些黃梨子，好拿到鎮上去賣。

「桃花，妳去山上撿些柴禾吧？我一個人去摘黃梨子就可以了。」走到通向河邊的岔路口時，喬春看著桃花，伸手指了指山上道。

剛剛出門的時候，她看到桃花拿了兩根繩子，心想她有可能是想順便帶些柴禾回家。她這次來的目的可不僅僅是為了摘黃梨子，她還想著要好好看看有沒有其他東西，可要是身邊有個桃花在，一定會對她的行動多加干涉。

「大嫂，我是要去撿柴禾，可是今天咱們要摘的黃梨子不在河邊，我在山上也曾見過。今天妳就陪我一塊兒到山上去摘吧？」桃花眼眸中閃過流光，嘴角噙著淺淺的笑，看著喬春緩緩道。

上次的經驗還不足以讓她長點心眼嗎？她才不會又放任大嫂去那個充滿邪說的河邊呢！想不到桃花也成了個人精了，一定是怕她又到處亂闖。唉，看來今天的計劃沒辦法好好進行了。

喬春跟在桃花背後緩步慢走，此刻她的情緒有點低落，一雙如墨玉般的眼睛百般無聊地四處張望。

剛爬到了半山腰，喬春突然被小路下面一百公尺左右處的東西給吸引住。她瞇著眼，仔細打量起來。

沒錯，那東西是柿子！結得可真多，連樹枝都被壓彎了腰。

喬春雙眼直冒光，臉上揚起了絢麗的笑容，眉開眼笑地對著前面的桃花大聲喊道：「桃花，等一下！咱們今天不去摘黃梨子了。」

桃花驟然停下步伐，輕蹙著眉，轉過身子看著她大嫂那像是發現新大陸的模樣，忍不住隨著她的視線，朝山下瞭望起來。

可是她完全沒看到什麼特別的東西啊？山還是山，路還是路，樹也還是樹，這山上除了樹就是草和藤蔓，並沒有什麼特別的。

「大嫂，妳看到什麼啦？瞧妳樂的！」

「在那裡，桃花妳看到了嗎？是柿子，好多柿子啊！」喬春伸手往柿子樹的方向一指，興奮地叫了起來。

「那個……大嫂，『是子』是什麼東西啊？」桃花不忍心潑喬春冷水，可是她真的不知道那是什麼東西，只好低聲問道。

喬春徹底無語了！這到底是什麼世界，怎麼她吃過的東西，這裡的人都不知道呢？怪不得他們這麼窮，原來是有好東西卻不曉得，白白浪費！

「那黃澄澄的果子就是柿子，很好吃的，咱們今天摘那個去。」喬春說完便拉著桃花，兩個人小心翼翼地往柿子樹方向走去。

「大嫂，這個柿子真的好甜，好好吃哦！咱們明天要拿這個東西去賣嗎？」桃花興奮地挑著兩大布包的柿子，伸手又從喬春籃子裡拿了一個，隨意往身上擦拭一下，咬掉皮後便大口吃了起來。

「嗯。」喬春有點心不在焉地應著。現在她的腦子暈乎乎的，她實在沒想到今天運氣這麼好，不僅摘了這麼多柿子，竟然還在柿子樹下發現了另一個驚喜——油茶樹。

喬春不僅確定那是油茶樹，還從樹上摘了一些油茶果回來。這東西她再熟悉不過了，小時候為了摘油茶果子，她經常跟鄉下的奶奶翻山越嶺。

要說這油茶果，確實是個寶貝。童年時她經常看奶奶把茶油塗在頭髮上，據說可以讓頭髮更加烏黑有光澤。長大後，她才知道原來它其實還有更廣的用途——不但能榨出油來食用，更重要的是它還具有藥用價值，在《中國藥典》中就有記載，茶油因富含多種營養成分，內服、外用都有很好的效用。

喬春很興奮，居然發現了這麼有價值的東西，可是她同時也很頭痛，因為她不知道這個朝代有沒有可以榨油的工具？小時候她有跟奶奶去過榨油坊，可是這麼多年了，自己也記不全。唉，看來明天去鎮上，還得打聽一下有沒有榨油坊？

第十五章　李家小子

滿腹心思的喬春和桃花挑著東西按原路回家，剛走到山下，就聽見後面傳來一道清朗的男孩子聲音。

「喂，桃花，等我一下！」

喬春回頭看了一眼，那愈走愈近的人是李大的兒子——李自強。

喬春偏過頭，看了看桃花，只見她眉頭緊鎖，嘴唇輕輕抿著，臉上的表情有點奇怪，說生氣又不是，說害羞也不全是。

桃花悶聲對身旁的喬春道：「大嫂，咱們走，別理他。」

喬春一時之間雖看不清桃花的情緒，但是對身後追趕而來的李自強卻是有了幾分厭惡。桃花好歹是個大姑娘了，像他這樣大聲直呼姑娘家的閨名，怕是對桃花的閨譽有不少影響。

姑嫂倆不禁加快腳步，怎奈李自強是個男孩子，又是一路小跑前進，過沒多久就追了上來。他跑到兩人身後時，語氣略帶埋怨，道：「桃花，我不是叫妳們等我嗎？怎麼愈走愈快啊？」

桃花聽了以後轉過身子，惡狠狠刮了李自強一眼，道：「你別跟著我們。」

誰知那李自強很是粗線條，竟沒看出桃花的不悅，滿不在乎地道：「這路又不是妳家的，我愛走就……」

或許是後知後覺，李自強看出桃花正在生氣，他不再吭聲，默默跟在她們後面。

桃花緊皺著眉，眼睛不時往後瞅，在走到村莊後面的小山坡時，猛地停下腳步，拉著喬春的手往路邊退了幾步，垮著臉沈著聲道：「你走前面。」

李自強愣了一下，隨即回過神來，臉上的神情變得有些高興，道：「桃花，擔子很重吧？我幫妳挑好不好？」

喬春悄悄打量著桃花忽紅忽綠的臉，心底忍不住嘆息。桃花和李自強該不會有感情方面的糾纏吧？

他們不都只是半大的孩子嗎？真是早熟！

「你走，離我們遠一點。」桃花哼了一聲，偏過頭冷冷看著李自強，毫不客氣地驅趕著。

李自強剛剛還有些開心的臉，瞬間黯了下來，他怯怯瞥了桃花一眼，聲音不自覺地低了下去，道：「桃花，妳可不能因為我娘，就這樣對我啊！我對妳可是真……」

「李自強，你給我閉嘴，滾！」喬春再也聽不下去了，他怎麼就這麼不知禮數?!他沒看到桃花已經快要哭了嗎？要是讓外人給看見了，桃花將來還怎麼嫁人？

桃花抬起頭，眼眶紅紅地看著喬春，眼眸底下滿是委屈。

李自強微張著嘴，顯然是被喬春那一聲大吼給嚇住了，愣愣地說不出一句話。

「李自強，你還不走嗎？連人話都聽不懂啦？」喬春見李自強傻傻的模樣，又火冒三丈地吼了起來。

李自強神情失落地瞥了一眼低著頭不看他的桃花，低聲嘆了口氣，垂著腦袋，揹著一捆柴，大步往山坡下走去。

「桃花，沒事啦！咱們先休息一下，待會兒再走。」喬春看著忐忑不安的桃花，放下了籃子，親暱地拉著她的手，席地而坐。

兩姑嫂靜靜坐了好一會兒，估計李自強這會兒已經進村了，她們才站起來，挑著東西回家。

「娘，我們回來嘍！」

「妳們摘的這些是什麼東西啊？不是說去摘黃梨子嗎？」林氏聽到喬春她們的聲音，就急匆匆地從屋裡走了出來，疑惑地看著她們籃子裡那黃澄澄的東西。

「娘，它叫柿子，可甜著呢！來，您嚐一個試試，記得把皮咬掉。」桃花迫不及待地從喬春籃子裡拿了一個大柿子，在自己的衣服上蹭了蹭，直接遞到林氏面前。

她現在可是愈來愈佩服大嫂了，什麼好東西她都能找到，不知是不是那一次撞牆把她給撞神了？

喬春看著桃花崇拜地看著自己，忍不住有點飄飄然，不過她要是知道桃花心裡想的是什麼，可能真的想撞牆。

林氏接過柿子，咬掉皮以後吃下一大口，瞬間被柿子特有的清甜果肉給怔住了。真是甜！這東西自己以前怎麼就不知道能摘來吃呢？

林氏很快就吃完一個柿子，她又伸手往喬春籃子裡拿了一個，口齒不清地嘟囔著：「好吃！真甜！我再吃一個。」

「娘，您再吃一個就好，這柿子雖然好吃，但不能多吃，因為它性寒，吃多了我怕娘的身子會受不了。」喬春淺笑看著林氏。

柿子營養豐富，成熟的柿子中含有醣、蛋白質、脂肪，以及纖維質、胡蘿蔔素、鈣、磷、鐵等元素和多種維生素，尤其是維生素C比一般水果高一到兩倍。但因為它屬寒性水果，因此不宜多吃。

「哦，好！春兒妳把籃子給我，桃花把東西都挑到屋裡去。」林氏笑著應道，對身後的桃花努了努嘴。

經過番薯這件事，林氏算是明白了一個道理。她家喬春發現的好東西，可不能太早曝光，不知道隔壁那位大嘴巴有沒有暗中偷看？反正，小心點總是好的，至少不會太早走漏消息，這樣才能幫自家多留一點好處。

「對了，娘，中午您別煮番薯了，下點麵條吧。這柿子可不能跟番薯搭著吃，容易得結石。」喬春跟在桃花後面進屋，突然想起以前看過的食物忌搭表，便對林氏提了個醒。

「結石是什麼東西？」林氏回過頭，愣愣地看著喬春。

也不知是不是她太多疑，她愈來愈覺得兒媳婦難以看透了，性格也變得開朗許多。她想不透，喬春是怎麼知道這麼多她們都不知道的東西？

「啊？」面對向她射來探試目光的桃花和林氏，喬春忍不住在心裡罵起自己。真是的，她怎麼又說這些讓人聽不懂的話了？這下可怎麼辦才好？她也不知該怎麼解釋啊！又不是學醫的。

「唉唷……」喬春突然撫著肚子，悶吼了幾聲。

淘氣的寶貝，竟然把老媽踢得這麼痛？等你出來，看你娘我會不會對你的屁股客氣?!

「春兒，怎麼啦？」

「大嫂，妳怎麼了？」

林氏和桃花見喬春彎著腰，手撫著肚子，臉上還掠過一絲痛苦，緊張得一把丟下手裡的東西，連忙跑到喬春面前，伸手扶著她，著急地問道。

「沒……沒……沒事，他剛剛奮力踢了我一腳。」喬春抬眸看著林氏她們擔心的模樣，內心不由得感到一絲溫暖。

有家人的關心真是太幸福了！

「真……真的沒事？他用力踢妳啦？」林氏的神情從小心翼翼慢慢變成了驚喜，這麼大的力量，該是個健康的小子吧？

喬春伸直了腰看向林氏，衝著她甜甜笑道：「真的沒事！來，娘，您也摸一下，他正在動呢！」

喬春說著，輕輕抓過林氏的手，放在自己的肚子上。

肚子裡的小傢伙像是感應到了奶奶的關心，很是配合，一踢正中林氏手心，樂得林氏半天都合不攏嘴。

「真的。」林氏說著，兩行清淚慢慢從臉頰滑落下來。真是蒼天保佑，他們唐家不至於斷了香火。

「娘，您放心！我一定會健健康康把他生下來，我也向您保證一定會努力讓咱們家過上好日子。唐家將來只會愈過愈好，您一定要相信我。」喬春一臉堅定地說著。

「娘，您明天在家就幫我把這些剩下的柿子按方法去皮，然後一排排擺在太陽下曬，就可以了。」喬春將一個削好皮的柿子放在農家用的竹編大圓箕上，偏頭抬眸看向一旁正在削皮的林氏。

今天摘的柿子太多了，於是她將那些挑剩下的柿子去皮，準備製成柿餅。

柿餅易於保存，柿餅外皮上的白色粉霜叫柿霜，柿霜含有甘露醇，性味甘涼，有清熱、潤燥、化痰之效，可治肺熱、燥咳、咽乾喉烈、口舌生瘡等病症。

柿蒂則含有醣類、單寧、三萜酸和樺樹脂酸等成分，對呃逆、夜尿症都有明顯功效。

「對了，娘，這些削下來的柿子皮，您也別丟了，再找個圓箕，把它也曬乾。」喬春想起以前常見舅舅喝柿子葉茶，經常飲用據說能增進新陳代謝、利小便、通大便、淨化血液，使組織細胞復甦，對降低血壓、軟化血管、消炎均有裨益。

反正這柿子裡裡外外、全身上下都是寶！

「行啦！大家都回屋睡覺吧，明天還要早起呢！」林氏爽快地應了下來。現在她不再去想些有的沒的，反正她就是相信喬春。

「娘、桃花，祝妳們有個好夢。」喬春目送林氏和桃花進房，轉過身子關上門。

喬春環視了一圈這個被燈光籠罩著的簡陋土坯房，長長的嘆了一口氣。她吹滅油燈平躺在床上，雙手溫柔地來回撫摸著肚子，與寶寶進行親子溝通。

「寶寶，你一定要健健康康跟娘相聚，娘可喜歡你了！」

「寶寶，中午娘說過要打你屁股的話是假的，娘可捨不得！」

「寶寶，你是娘在這個世界上最親的人，你一定要陪著娘，不能丟下娘，知道嗎？」

夜深了，喬春就在與腹中孩子的對話裡，沈沈睡去。

第十六章 意料之中

「大嫂，怎麼啦？該起床了。」天剛亮，桃花起床梳洗後，就進喬春房間來叫她起床，不料卻看見喬春閉著眼睛抽噎著，滿臉淚水，看起來像在作夢。

桃花一看，心中不由得一緊，她趕緊走到床前，伸手輕輕搖著喬春。

或許大嫂只是在人前故作堅強吧？就說嘛，她當初連牆都撞了，怎麼可能醒過來後一下子就變得如此開朗呢？原來，大嫂心裡還是忘不了大哥……

想著，桃花更是心如刀割，她伸手繼續搖著喬春，將她從惡夢中解救出來。

「呼……桃花，天亮了嗎？」喬春睜開雙眼，長長吁了一口氣。昨晚也不知怎麼了，竟然又夢到那天在手術檯上的經過。

「大嫂，妳怎麼啦？」桃花瞅著喬春那紅腫的眼睛，關心地問道。

「沒事，我只是作惡夢。妳出去等我，我換件衣服馬上就來。」喬春慢慢坐了起來，伸手將臉頰上的淚水拭去，揚起一抹淡淡的笑容。

前往趕集的路上，走沒多遠，喬春跟桃花又與鐵成剛他們不期而遇了。這些漢子們見她們姑嫂倆挑得重，步子又小，便一路輪流將桃花那一擔柿子挑到鎮上。

「各位大叔，來，吃點柿子吧。」喬春從籃子裡拿出了一些柿子，微笑著分給鐵成剛等人，算是答謝他們的幫忙。

「子諾媳婦，這又是什麼啊？就這樣吃？」鐵成剛看著黃澄澄的柿子問道。

剛剛因為她的籃子用一塊花布蓋起來，所以他們都不知道，也沒問這裡面到底裝著什麼東西。這會兒見她拿出來，倒是一個個都按捺不下好奇心，因為上次她告訴他們的那個番薯可好吃了，而且還很有飽足感。

「鐵叔，這個叫柿子，是水果中的一種，大家把皮咬掉，吃吃看吧。」喬春大方介紹著，反正獨樂樂不如眾樂樂，實在沒必要事事都藏著。

「真好吃！」鐵成剛讚嘆。他從不知道原來這東西這麼可口，看來往後又多點食物來源了。

「是啊，太好吃了！」幾個漢子也同聲讚美，吃得不亦樂乎。

「唉唷，唐夫人，我這幾天都盼著您來鎮上，今天總算等到您了！走，我家少爺有事找您。」

喬春和鐵成剛他們正打算散夥各忙各事，錢歸就急忙走了過來，逮著喬春就是一頓訴苦。

「你家少爺找我？」喬春倒是沒多驚訝。這一切都在她意料之中，畢竟錢財那求才若渴的模樣，她看得分明。

「你家少爺找我大嫂幹麼？我們要去賣東西，沒空搭理你們。」桃花冷冷瞥了錢歸一眼，想起那天錢府少爺和大嫂說話的樣子，她心裡很是不舒服。大嫂的心是她大哥的，她可不允許別人侵入。

「這位姑娘，妳放心，我們家少爺吩咐過，妳們的東西我們全要了，請妳們把東西挑到我們店裡去吧。」錢歸看著氣呼呼的桃花，倒是不生氣，緩緩轉述錢財的話。

沒錯！他是心疼少爺用高價買那些不知是啥玩意兒的東西，可是那天親眼目睹喬春奇特的沖茶手法後，他對她也很佩服，畢竟能讓他家少爺感興趣的人不多。

「這位小二哥，咱們走吧。請！」喬春輕輕拍了拍桃花的手，無聲安撫她浮躁的情緒，偏過頭對一旁的錢歸淺笑道。

「大嫂，可是……」

「沒事！聽大嫂的沒錯，相信我。」喬春用眼神要桃花安心，便率先跟在錢歸後面，往「錦繡茶莊」的方向走去。

鐵成剛和李大他們聽著喬春他們一來一回的對話，一雙雙眼睛瞪得圓圓的，心裡冒出無數個疑問。

那個「少爺」到底是誰？難道喬春摘的那些東西真有那麼好，讓他們願意一口氣買下？而且看起來他們彼此似乎很熟的樣子？

第十七章　簽訂協議

「唐夫人，妳們先在這裡坐一下，我去向少爺通報一聲。」錢歸一改上次的鄙視和不滿，向喬春微微鞠躬後，才轉身往店鋪後面的院子走去。

喬春幫桃花把東西放了下來，隨意在茶莊裡走動，打量他們出售的茶葉。仔細一看，清一色都是綠茶，而且看樣子沒有經過烘炒，就是些蒸青綠茶和曬青綠茶。

原來如此，怪不得那天她泡茶時，撲進鼻子裡的香氣少了烘炒綠茶的香味！難道大齊國的人還不會炒青綠茶和烘青綠茶嗎？

「唐大嫂，請到這邊坐，在下有些茶葉方面的事想再請教您。」

喬春回過神，偏過頭看著不知何時站在自己身邊的錢財。他今天的氣色比上次好了不少，嘴唇也沒有那般暗紫了。

喬春也不明白，自己怎麼一來就觀察這人的身體狀況，或許是她體內的母愛太氾濫了吧？

「錢少爺不用這麼客氣，如此倒是讓小婦人有點不知所措了，您請！」喬春落落大方地恭讓，伸手牽過一旁的桃花，尾隨錢財坐到那日他們喝茶的地方。

喬春將桃花的手放在自己的膝蓋上，安撫地拍了幾下，抬眸淺笑，直接迎上錢財打量的目光，道：「不知錢少爺今天找小婦人來，所為何事？」

錢財嘴角噙著笑，並不急著回答喬春，而是對站在他旁邊的錢歸吩咐道：「錢歸，你去後院叫巧兒準備些糕點來。」

錢財說完又低下頭，慢條斯理地拿起一根細鐵桿子，輕輕拔弄著銅壺下的木炭，也不知他放了些什麼，不一會兒那木炭竟紅亮了起來。

喬春的嘴角忍不住微微向上翹起，看來這個男人今天想再考驗她一次。儘管放馬過來吧，她等的就是這一天，這一刻。

「唐大嫂，自那天喝了您沖泡的茶湯後，錢某人甚是懷念那獨特的茶香。今天特地找唐大嫂過來，一為解解自己肚裡的饞蟲，二則是想向唐大嫂請教幾招，不知唐大嫂是否願意賜教？」錢財抬起頭，深邃的黑眸中閃爍著璀璨星光，一臉真摯地問道。

喬春靜靜坐在一旁，淺笑吟吟地聽錢財說著，卻不吭聲，而是拿起一旁的茶杯，靈巧地把玩起來。

直到銅壺裡的水開了以後，喬春才停下手，一雙晶眸炯炯地看著對面的錢財，臉上掛著淡淡微笑，緩緩道出她心中醞釀了很久的話。「錢少爺，我那祖傳的沖泡茶湯手法雖是奇特一些，沖泡出來的茶湯也純香了些許，但是，就這些茶具和茶葉實在沖泡不出祖輩們的精髓來，也體會不出品茶的意境。」

呵呵，想要我輕易將泡功夫茶的手法教授出來，可沒那麼便宜！這可是她穿越時空才帶來的一技之長，她還指望用這些技巧來發家致富，帶著婆婆、小姑奔向小康生活呢！

「如此說來，唐大嫂的祖輩還傳下一套專門用來沖泡茶湯的茶具和製茶的工藝？」錢財哪聽不出喬春的言外之意。

看來，他不能小瞧這唐大嫂，若沒有一定的好處，想從她身上得到關於茶的知識，可沒那麼簡單。

「唐大嫂，有什麼條件儘管說出來，在下也好掂量一下能否辦到？」錢財雖然知道喬春的目的，但他求才若渴，如今也只能順著她的意思走了。

喬春伸手將銅壺提了下來，有條不紊地沖泡著茶，之後輕輕將茶杯推到錢財面前。

喬春臉色沈穩，輕啟粉唇，緩緩將心裡的想法說了個大概。「錢少爺，這話說得小婦人聽著惶恐。其實，少爺如此仗義相助，小婦人也不能不知感恩，但是這關係到我家祖輩們的心血，我實在不能……」說著她停頓了下來，臉上夾雜著為難，低下了頭。

坐在旁邊的桃花聽著喬春的話，不禁怔怔地打量起眼前這個她既熟悉又陌生的大嫂。大嫂的口才什麼時候變得這麼厲害？而且，她怎麼不知道大嫂的娘家種過茶？她們家不也只是戶普普通通的農家？

只是，看著自家大嫂那從容不迫的樣子，桃花心裡那些疑惑，瞬間又被滿滿的崇拜取代，那雙黑眸宛如新月般流光溢彩，眼睛一眨不眨地盯著喬春的臉孔，唇角露出一抹笑意。

她現在終於相信大嫂說的話了，有大嫂在，她們唐家的日子只會愈過愈好！

「唐大嫂的意思我明白，我這樣強人所難，實在是因為我對茶太過癡迷。」錢財臉上露出些許歉意道。「在下還望唐大嫂看在我們都是茶中癡人的分上，能開出合理的條件，讓我也能體會到品茶的意境。我想，讓這些茶藝傳承下去，也是唐大嫂祖輩們的宏願吧？」

喬春承認自己忍不住要笑出來了。想想，這錢府少爺也是個人才，居然連什麼「祖輩宏願」都搬了出來。看來自己唯有順著這穩穩當當的梯子往下爬，說出自己的最終目的了。

喬春抬頭淡淡一笑，看著錢財輕聲道：「錢少爺，茶具我可以畫出草圖給您，至於上哪兒去燒製，我就沒辦法了。」

喬春說著又停了下來，端起面前的茶喝了起來，半晌又道：「不過，這茶具的版權要歸我所有。我們得立下一式兩份的字據，您以後不能不經過我的同意，就拿這草圖製出來的茶具去賣，真要賣，也得經過雙方協議，付給我相當的版費才行。不知錢少爺對小婦人的提議同不同意？」

錢財驚訝得嘴都合不攏了。喬春說的那一番話，恐怕就是商場人士，也想不出這麼周詳的辦法，絲毫不讓對方占半點便宜。她到底是怎樣一個人？為什麼她有如此銳利的商業眼光和談判手法呢？現在就是打死他，他也不相信她真的就只是一個普通百姓家的農婦！

錢財忍不住再次深深打量喬春，試圖從她臉上探出一丁點兒端倪來，可是很遺憾，她身上除了淡定，就是自信。

「錢歸，你去取文房四寶過來。另外，到櫃檯取十兩銀子給唐大嫂，再將那兩籃東西提到後院去。」

錢財按喬春的意思寫下協議書，待墨水乾透後，才挪到喬春面前，請她過目簽字。

喬春逐字核對協定內容，確定沒問題後，才拿筆在紙上簽下自己的名字。她噘著嘴輕輕吹乾墨汁後，便將屬於自己的那一份協議書疊好，放置在衣袖的暗袋裡。

「錢少爺，這份是您的。我現在需要地方畫圖，請您幫我備一個清靜的房間，並準備好筆、墨、紙。」喬春將另一份協議書遞到錢財面前，輕聲向他提出要求。

「錢歸，你帶唐大嫂到我的書房裡去畫草圖，再叫巧兒在書房裡伺候著。不要讓其他人去打擾，知道嗎？去吧。」

第十八章　茶具草圖

「桃花，唐夫人還沒畫完嗎？」巧兒端著一盤糕點和兩杯茶走進書房，看著在前廳等待的桃花單手撐著頭，眼睛一眨也不眨地望著書房內，便來到桌前幫桃花換了一杯熱茶，並將糕點放在桌上，朝書房努了努嘴，輕聲問道。

「是啊！巧兒姊姊，妳說我大嫂還要畫多久啊？現在是什麼時辰啦？」桃花偏過頭看著巧兒，輕蹙著眉問道。

桃花和巧兒年紀相仿，又都是窮人家的孩子，交談幾句後，覺得既親切又投機，很快便以姊妹相稱。

「已經午時了。剛剛少爺叫我進來看看唐夫人畫好了沒有，正在等妳們一起吃飯呢。」

「巧兒嗎？我已經畫好了，可以幫我請你們家少爺過來一趟嗎？」書房內傳來喬春清脆的聲音。

桃花一聽，笑容可掬地站了起來，連忙走進書房，甜甜叫道：「大嫂。」

桃花探過頭，看著宣紙上的草圖，心裡對喬春更加崇拜。

沒想到她大嫂是一個大才女！瞧那些圖畫得多好啊！雖然她看不懂畫的是什麼，但她就是覺得很好看。

「桃花，妳再等一下，嫂子把圖交給錢少爺看過後，咱們就回家。」喬春嘴角微翹，抬眸看了桃花一眼，又低下頭小心翼翼收疊著剛剛晾放在桌子上的畫。

或許是坐得太久了，喬春覺得肚子緊繃得厲害，還有點腰痠背痛。她心想書房裡也沒有其他人，便雙手扠腰、扭臀、繞動著脖子做起了伸展操。

「唐大嫂，聽巧兒說，您的茶具草圖畫好啦？」錢財急迫地伸腿踏進門檻，嘴邊的笑容瞬間消失，錯愕地看著正在扭臀的喬春。

那是什麼動作？不是武，亦不是舞？兩武（舞）皆不是，那會是什麼？

「呃……錢少爺來啦？快來看看這草圖吧！」喬春看著錢財和他身後的錢歸活像石化的樣子，低下頭用力咬了咬嘴唇，強壓下想笑的衝動，才抬起頭笑對著還一腳在門檻外，一腳卻已踏進房門的錢財道。

桃花看著一直精明示人、反應又快的錢財那傻愣愣的樣子，倒是沒能忍住，噗的一聲，輕聲笑了出來。

「咳咳，沒想到唐大嫂這麼快就畫好了？」錢財窘迫的神情一閃而過，隨即揚起淡淡的笑容，輕快地走了進來。

他果然很能控制情緒，現在他心裡恐怕有千千萬萬個疑問，他卻一臉淡然。

桃花不覺得奇怪還說得過去，畢竟自己已經在她面前做過不知多少回伸展操，也大概向她解釋過。

然而錢財如此能將情緒收斂於心，就能說明他是個精明、穩重的商人了。看來自己能不能從他手裡分杯羹，還有待觀望。

錢財站到喬春身邊，拿起桌上疊好的草圖一張張看了起來，他的雙眼也由原來的驚愕慢慢演變成驚喜，最後雙手竟然微微顫抖。

「唐大嫂，這些茶具果真不同凡響！我還是第一次看到這麼奇特又各具功能的茶具。看大嫂作畫手筆純熟，想必大嫂一定上過私塾吧？」錢財看著這些標注用法和名稱的草圖，心中暗暗稱奇，睿智的眸光緊盯著喬春。

他一直覺得她不是個簡單的農婦，但這會兒才發覺她根本就是個問號——愈是相處，就愈是看不清的謎。

錢歸探頭看著草圖和娟秀的字體，頓時將喬春列為偶像之一。想不到她區區一個農婦居然能識文斷字，看這草圖流暢的線條，她的功底跟少爺幾乎不相上下，原來少爺早就看出了她的本領，才會對她另眼相待。

「私塾倒是沒上過，不過我幼時住在姥姥家，那裡的山上有個奇人叔叔，他教我識字、作畫。」喬春毫不閃躲地回視錢財，淡淡道。

錢財見她落落大方，眼眸底下清澈如水，也就相信她說的話，輕輕點了點頭。

「唐大嫂，這茶具我差人製好之後，會送一套到您府上去，可好？」錢財眼光不自覺地瞄到喬春那高高隆起的肚子，眉心鬱結。

瞧她這肚子，也快到生產時間了，為什麼她家男人卻任她一介女流在外為生計操心呢？她的年紀也不過十六、七歲，難道是未婚生子？也不對，她明明就介紹過她夫家姓唐。

「錢少爺客氣了，只怕錢少爺送東西上門有諸多不便。自古寡婦門前是非多，小婦人不想夫家讓人在背後議論。」喬春雖然很想擁有一套自己設計的茶具，可是錢府送的她可萬萬不敢收。要是傳了出去，可不保證會被說得多難聽，也只好忍痛拒絕了。

喬春朝草圖瞄了一眼，頓了頓，又道：「錢少爺，這茶具如果用紫砂製造，那麼沖泡出來的茶香會更清更純。小婦人還有一事想問一下錢少爺，您知道哪裡有茶樹苗賣嗎？」

本來她不想問錢財，可是這個地方除了他家，就再沒有其他茶莊，而且據她觀察，錢財對茶葉應該很有研究，他既然能做這行，就一定有進貨管道。同時，她也看出來了，錢財根本不會製茶，種茶就更別說了。

「唐大嫂，您是想自己種茶？」錢財的眼睛瞪大，一臉不敢置信地看著喬春。

她竟然想自己種茶？那她一定會製茶了？看來她上回果然有所保留！想不到自己踏破鐵鞋無覓處，得來全不費功夫，這些年他苦苦尋找的茶中人，竟然是她——一個年輕貌美、有膽識又有才氣的寡婦。

寡婦……不知道為什麼，他聽到這個情報時，心裡居然有些不明情愫在竄動。

「錢少爺，您知道哪裡有茶樹苗賣嗎？」喬春見錢財怔怔地看著自己，眼角餘光瞄到一旁頭頂正在冒煙的桃花，內心不由得一聲嘆息，再次開口向錢財問道。

「啊？」錢財收了收心神，眸底暗湧的光已恢復平靜，他微笑看著喬春道：「唐大嫂，您既然會種茶，那麼製茶呢？」

喬春見錢財不答反問，而且問的句句都是核心，看來他的確很想找一個會種茶跟製茶的人，今天自己這一趟算是來對了。

「我想，我會！」

第十九章　重訂契約

再簡潔不過的「我想，我會！」四個字聽在錢財耳裡，卻讓他覺得那聲音彷彿大珠小珠落玉盤，噼噼啪啪清脆有力地砸進了他的心裡。

他的眸底瞬間流光溢彩，忘了所謂男女授受不親，雙手驟然握緊喬春的肩膀，炯炯有神地盯著她，咧開了嘴道：「原來我猜想得沒錯，您真的會製茶，只是沒有想到您居然還會種茶？」

一旁的錢歸眼珠子都快掉到地上去了，眼前這個人真是自家少爺嗎？怎麼這麼毛躁？桃花則是雙目噴火，瞪著喬春肩上那雙手，恨不得立刻將它們給剁下來。什麼大戶人家的少爺？根本就是個色胚！

「咳咳。」喬春覺得她要是再不出聲，恐怕這錢財的手就要被桃花的目光給燒成香噴噴的「紅燒豬手」了。

她向桃花瞥去一眼，心中不由得嘆息，看來待會兒回家的路上少不了又要解釋一番了。

「呃……對不起！唐大嫂，我這是高興過頭了，真是失禮。」錢財收回心神，神情窘迫地解釋：「我找了很久都沒有找到會製茶的人，就是找到了，他們也不願意來和平鎮，我實在沒想到唐大嫂不僅會種茶，還會製茶。」

錢財頓了頓，潤了潤喉嚨，繼續道：「我知道哪裡有在賣茶樹苗，可是路途遙遠，而且這個時節似乎不是移栽茶樹苗的時候。在下有一個提議，不知唐大嫂願否一聽？」

看來他的計劃要改變了，如果她真的能種出茶，而且還能製出茶，那他就不必大老遠四處收購茶葉了。此外，他還打算在省城開一家具規模的茶莊，畢竟省城的大戶人家多，如果沒有自己的茶園，恐怕得將這大好的「錢」途拱手送人了。

錢財腦子裡掠過大娘和二弟那咄咄逼人的嘴臉，鬥志瞬間燃燒了起來。他們看不起他是庶出的，他將來一定要讓他們後悔！

錢財見喬春微微頷首，嘴角不覺向上翹起。「唐大嫂，如果我願意在明年開春購來茶樹苗，那麼大嫂的茶園可否算上錢某一份？具體的分成和做法我們也可以白紙黑字寫下協議，至於產出來的茶葉則交由我們『錦繡茶莊』全權代賣，不知唐大嫂意下如何？」

與其為他人作嫁衣，還不如自己早早收為己用。再說，這茶葉的前途和利潤他可全看在眼裡、記在了心裡，能不能在他大娘和二弟面前扳回一城，就全靠茶葉了。

喬春見事情的發展方向完全跟自己設想的一樣，不由得大喜。如此一來，她不僅不需要自己購買茶樹苗，就連以後製出來的茶葉她都不用操心，這個條件實在太誘人了！

說真的，喬春早已厭倦前世那種忙碌、爾虞我詐的商人生活，現在她只想守著孩子，過著寧靜的田園生活。

「這個條件我接受，我一個婦道人家，實在不適合在外拋頭露面，可以與錢府合作，小婦人實在榮幸至極。」
喬春低頭默默在心裡盤算了一下割稻和自己坐月子的時間，沈思了一會兒，抬頭看著錢財道：「那收完稻穀，我就與婆婆商量一下明年旱地的種植規劃。種植茶樹的最佳時間是梅雨季，明年那個時候我身子活動也方便。協議方面您有什麼想法嗎？」
喬春提出她的看法，但協定的內容她卻不想由自己提出，因為目前她還沒種出茶來，大齊國的茶價她也不清楚。
錢財瞄了一眼桌上的茶具草圖，心中已有一幅藍圖。大齊國的名門望族、大戶人家不少，如果自己真能製出這些茶具來，相信那些愛仿文人雅士作風的商戶定會喜歡，這套茶具就能有很好的銷量。
「錢歸，去櫃檯拿一百兩過來。」錢財對站在一旁的錢歸吩咐了一聲，又偏過頭，對上喬春疑惑的目光，道：「唐大嫂，我想我們剛剛簽下的那份關於茶具的協定，需要再寫一份，您這套茶具的版權我用一百兩銀子買下了。」
喬春眉頭緊皺看著他，版權費一百兩銀子？會不會太少了一點？再說，他能保證這茶具燒出來後有人買嗎？
錢財像是看破了她心裡的疑問，笑道：「當然，唐大嫂的草圖價格遠不只這個數目，我的話還沒有說完呢！以後我們茶莊每賣一套茶具都會給您三成的分成，但我也有個請求，那就是您必須得教會我們怎麼用這套茶具，這樣也好向顧客講解。不知唐大嫂意下如何？」

錢歸剛抬腳準備去櫃檯取錢，聽到錢財後面的話時，不禁停下腳步，愣愣看著自家少爺和喬春。只見少爺嘴角噙著淺笑，直直看著喬春，而喬春卻一派淡然，似乎根本沒有被這一百兩銀子和後面的條件所震撼。她到底是個什麼樣的女人，聽到這麼多銀子還如此冷靜？

「三成的分成？」喬春抿唇淡淡笑著，輕聲重複錢財那番話中的重點。

「五五分，如何？」錢財扯了扯嘴角。

「少爺，這可不行，這樣咱們可就虧大了！」喬春還來不及吭聲，錢歸倒是聽不下去了，急忙為自家主子抱不平。

站在一旁的桃花聽著，也覺得大嫂有點獅子大開口。一百兩銀子啊，夠她們家用上很久！不就是幾張草圖嗎？大不了以後再畫就是了。

「二八分，我兩成，您八成。」喬春抬起明亮的眼眸，看著錢財瞬間變了幾變的臉。

錢財對喬春的決定有些驚訝，他眉峰緊蹙，深深看著喬春。這世上怎麼會有人嫌錢多呢？還是她根本就不相信他能賣出這茶具？

「我只是畫個圖而已，您卻要投入更多人力和精力，我拿兩成已經很多了。」喬春相信錢財一定能把茶具賣得很好，她只要坐著數錢，還能有什麼不滿意？現在她滿腦子裡想的，都是種茶。

錢財聽了，很是欣賞地點了點頭。

第二十章 桃花的心事

回家的路上，桃花看著喬春，張了幾次嘴，最後還是提出了她心裡的疑問：「大嫂，那幾張圖我們就拿人家這麼多銀子，說得過去嗎？」

她實在想不透，就那幾張圖紙，為什麼值那麼多銀子？這錢也來得太容易了吧？老實說，她至今還沒回過神來。

「不多！妳可別小瞧了那幾張紙，那東西燒出來以後，就是源源不斷的銀子！」喬春牽過桃花的手，深深看著她道：「桃花，大嫂問妳一件事，妳支持大嫂種茶嗎？」

喬春知道自己要用旱地種茶這事，林氏那一關肯定很難通過，畢竟田地對農民來說比啥都重要，沒有誰願意冒著餓肚子的風險去種什麼茶樹。她現在只能拉著桃花一起去說服林氏了，媳婦再親也親不過自家閨女，關鍵時刻婆婆還是會傾向桃花這邊。

「大嫂，妳放心！娘那邊我會幫妳勸勸的，我相信大嫂一定能種出茶來。」桃花咧著嘴，回了她一個大大的笑臉。

喬春欣慰地笑了。幸好她還有一個死忠支持者！今天她和錢財只簽了茶具的協議，至於茶葉，她還是覺得應該等自己製出了茶再來訂價錢，這是最基本的商業道德。

還沒能製出茶葉就漫天要價、索要訂金，那實在不是她處世的風格。反正她也算摸清了錢財的想法，只要自己能種出茶來，他自然不會讓自己吃虧。

這單趟要走兩個時辰的路，在她們兩姑嫂談笑之間，很快就過去了。

「唷，買了這麼多東西回來啊？妳們唐家最近發什麼大財啦？」兩人提著從鎮上買回來的糧食和其他日用品經過上圍下時，正好與打柴回家的王氏碰個正著。

王氏看她們說說笑笑結伴而歸，手裡還提著不少東西，頓時很不是滋味。

本來上次打架的事她就還擱在心裡，加上那天李大從鎮上回來說起番薯時，那滿口稱讚，硬是把她那罈陳年老醋給掲翻了。雖說王氏明白李大並沒有其他想法，可她就是聽不得他說其他女人好。

最讓她上火的還是她兒子自強上山打柴回家後，又拿之前她與唐家女人打架的事跟她吵翻天。眼看家裡的男人都向著唐家的娘兒們，胳膊硬是在她眼皮底下往外拐，她怎能忍得下去?!

喬春瞅了一眼笑裡藏刀的王氏，料想她那嘴也吐不出什麼象牙來，便伸手拽著桃花，既不應聲，也不變臉，輕輕從她身邊繞了過去。她不想讓唐家在山中村住不下去，而王氏不過就是個潑婦，她懶得跟對方浪費唇舌。

王氏見喬春根本不搭理她，臉上青筋直冒，將肩上的柴禾往地上一丟，轉過身子對她們的背影一陣破口大罵。「什麼玩意兒啊？給臉不要臉！還不知道是賣什麼弄來的錢，一股子風騷味！照我看啊，這唐家沒好女人，連那小的都是小小年紀就學會勾引別人家男人吃裡扒外了！」

「娘，您在說些什麼？」正當喬春忍無可忍想反擊時，背後就傳來李自強責備王氏的聲音。

桃花伸手拽住喬春，輕蹙著眉，對她輕輕搖了搖頭。

喬春不由低嘆一聲。就順桃花的意，先看看情況吧。如果王氏再繼續口無遮攔，她一定撕爛那張臭嘴！桃花是這麼好的一個姑娘，竟被她說得那麼不堪，若不是桃花拉著她，她早就不顧一切跟她槓上了。她王氏欺負誰都可以，要想糟蹋她的家人，不行！

「自強，你這話是什麼意思？我哪有說什麼？我說的都是事實！」王氏迎上自家兒子那責怪的眼神，猛然想起那天兒子說要是她再為難唐桃花，就不認她這個娘了。

可此時此刻王氏根本沒法停下來，如果她就這樣回家，她以後還怎麼在山中村見人？她可是吵架的戰神，要吃虧也不能是她。再說，這唐家女人真的太可惡，把自家男人的心都給收了，讓她毫無立足之地！

王氏瞪著正傻愣愣盯著桃花瞧的李自強，更是憋屈得慌，她怒指著桃花道：「自強，我今天就把話當面說清楚，你想娶唐桃花，沒門！除非我死了！唐桃花，妳別得意，搞不好妳們唐家女人的命格都太硬了，生來就是剋男人的命！」

喬春向兩眼通紅的桃花瞥了一眼，只覺心上的火猛烈燃燒了起來。

是可忍，孰不可忍！

喬春忍不住怒吼道：「王潑婦，妳那張臭嘴在說些什麼？我家桃花就是嫁豬嫁狗也不會嫁去你們家，妳家沒鏡子嗎？」

她雙目噴火瞪著王氏，像是要一把火把王氏燒成灰燼才肯罷休。

她這一鬧，桃花還要不要嫁人？

王氏見喬春與她對上了，臉上的肥肉不停抖著，面孔看起來有些猙獰。她使出全身的力量，對著她們怒吼：「妳家才沒鏡子呢！村裡還有誰比妳們更窮，窮到買不起鏡子的？我告訴妳，唐桃花，別以為教唆我兒子跟我鬧，我就會同意妳嫁進來！」

喬春雙眼冷冽如刀地瞪著王氏，嘴角逸出一抹冷笑。「我看你們家就是沒有鏡子，不然妳怎麼會不知道自己的模樣？」

附近聽到吵架聲的人，早已圍了過來，此刻聽到喬春這話，紛紛忍不住笑了起來。

這王氏也真夠遲鈍，人家的意思就是要她照照鏡子，看看自己配不配再說。不過他們也擔心喬春又要吃虧，畢竟這山中村哪個人不怕王氏的臭嘴和那股蠻橫勁？她身懷六甲的，可別鬧出什麼意外來。

「喬春，我今天就廢了妳！」聽著周圍的人指著自己掩嘴偷笑，對王氏來說更是火上加油，她拉了拉衣袖，就向喬春她們走了過來。

「娘，我求您啦！」李自強攔在喬春和桃花面前，雙膝著地跪在王氏面前，死命攔住她。「娘，別再為難桃花她們好嗎？她不是那樣的人，我就要娶……」

「閉嘴！李自強，給我閉上你的嘴！」喬春惡狠狠瞪著李自強，本來想說他還算個男人，可這會兒從他嘴裡吐出的話，卻讓她更加確定他是王氏的兒子——一樣口無遮攔！

喬春偏過頭著急地看著桃花，只見她緊抿著嘴，傷心欲絕地望著人群中某個點。

桃花在看誰？為什麼表情會這麼絕望？

喬春急忙順著她的視線朝人群中望了過去，卻只看到一個落寞的背影——村長鐵龍的兒子，鐵百川。難道……桃花喜歡的人是他？

「嫂子，咱們回家。」桃花收回視線，一臉平靜地拉著喬春的手。

「可是……」喬春還不想走，她嚥不下這口氣，可看著桃花苦苦哀求的樣子，她實在不忍心讓她在這裡被人指指點點。

喬春朝桃花點了點頭，緊緊回握住她那冰涼的小手，抬起頭，挺起胸，直起腰，一步一步往家裡走去。

喬春不由得暗暗嘆了口氣。她能體會桃花此刻的心情，因為她那顫抖的手已暴露了她的傷痛。

「你閃開！不關你的事！」王氏還是不肯罷休，卻沒能掙脫兒子緊抓住她的手，只能眼睜睜看著喬春和桃花離開。

喬春在院子裡翻曬完柿子，走進屋子一看，桃花還是保持原樣，手裡拿著針線卻遲遲不下針，愣著出神。

三天了，事情已經過去三天了，她卻還是這副魂不守舍的模樣。

那天她們剛走到下圍下，就碰到聞聲而來的林氏，她火冒三丈嚷嚷著要找王氏拚命，最後還是讓桃花給攔了下來。氣得林氏紅著眼，跺了跺腳，氣沖沖地回家。

喬春知道桃花不想再鬧下去了，可是桃花現在這副德行，她和林氏看了也很心痛啊！再這樣下去，喬春也不敢保證自己會不會跑到李大家去找王氏算帳。

「桃花，妳是在給寶寶做衣服嗎？真是好看。」喬春坐到桃花旁邊，伸手拿起她手裡的小衣服，軟言輕笑，試圖打破沈悶的氣氛。

喬春見桃花回過神來，又伸手撫上自己的肚子，滿臉柔光笑道：「寶寶，瞧見沒？姑姑在幫你做新衣服呢！很好看對吧？等你從娘親肚子裡出來，可別忘了謝謝姑姑，不然娘親可是會不高興哦！」

「噗。」桃花聽著喬春那無厘頭的話，忍不住笑了出來。

桃花看著喬春，心中暖暖的。自那天與王氏起衝突後，大嫂可謂是天天費盡心思換著方法逗她笑，還噓寒問暖，小心翼翼迎合她，生怕讓她不開心。雖然都是些芝麻小事，卻足以讓她暖到心窩裡去。

桃花用力甩了甩頭，抬眸看著喬春淺笑，氤氳霧氣的眸底閃過絲絲感動。「寶寶，這是姑姑應該做的，等你長大後，可要好好孝順你娘，知道了嗎？」

喬春聽了，臉上露出寬慰的笑容。看樣子桃花總算想開了些，情緒不再那麼低落了。

桃花放下手裡的針線，伸手輕輕撫上喬春的肚子，靜靜感受寶寶強而有力的胎動。

別再想了，一切順其自然吧！此刻有家人的關心，難道還不夠嗎？大嫂都能活得如此堅強，自己一定也行！

「大嫂，妳放心！我沒事了，我要活得像妳一樣堅強。謝謝妳，大嫂。」桃花堅定地對喬春說。

第二十一章 油茶樹苗

這天，喬春挺著「大西瓜」，走起路來像隻企鵝似的一搖一晃。

天啊！她前世的營養那麼好，也不見肚子長得這麼猛啊？

難道這裡面真的不止一個寶寶?!呵呵，如果是對龍鳳胎就好了，她可是一直都想生龍鳳胎呢！

喬春慢慢掄起鋤頭，一下下在院子裡翻起土來，也不知是院子裡經常有人走動，把土都給踩結實了，還是自己的力氣變小了，沒鋤幾下，她便氣喘吁吁起來。

「春兒，妳這是要做什麼？快點停下來，妳現在身子不方便，不能做粗活，要是動了胎氣可怎麼辦？」林氏提著洗好的衣服從河邊回來，一見喬春那掄著鋤頭翻地的動作，不禁嚇出一身冷汗，火速丟下籃子，一把搶過她手裡的鋤頭。

「娘，沒事，我知道自己的身體，我自有分寸，不會亂來的。」喬春淡淡笑道，伸手要拿被林氏搶過去的鋤頭。

林氏輕蹙著眉，瞄了一眼她那高高隆起的肚子，還是很不放心。「春兒，妳翻地是要種什麼？妳跟娘說要多寬的地，娘幫妳翻。」

喬春見林氏似乎鐵了心不讓她幹活，心知她的顧慮，便不再堅持，淺淺一笑道：「娘，我想翻一小塊地出來，育上一些油茶樹苗和番薯苗。這樣吧，娘辛苦一下，幫我把這塊靠廚房的地翻出來，等太陽落了山，我再和桃花一起把東西料理好。」

「就這樣吧。」林氏應了下來，便開始翻地。

那天喬春忘了問錢財關於榨油工具的事，這段時間她一直在努力回想小時候看過的榨油工藝，現在大概想起了七、八成。所以她想育出一些油茶樹苗，先種在自家院裡，暫時當花觀賞也好。

其實，她先育油茶樹苗，也是想看看育茶樹苗需要多長的時間。她之所以沒要求錢財買茶籽種，是因為她知道育苗需要很長一段時日。雖然育苗這方面她不算在行，但是她知道如果想要早日栽出茶樹，摘上茶葉，最好選擇就是買茶樹苗。

加上想到明年要種番薯的事，喬春便打算連番薯苗也一起培育，反正都是舉手之勞。把這些東西種在院子裡，等待冬天來臨時，保溫方面的工作進行起來也會方便很多。

傍晚，林氏在廚房裡做飯，喬春和桃花兩姑嫂則在院子裡忙了開來。

「桃花，妳把地理平就好，我來種，妳幫忙提點水過來。」喬春從房間裡拿了油茶籽，看著已經被桃花理平的隴地，輕聲吩咐道。

育茶樹苗很是講究方法，因此這活兒得由她親自做。

首先得每隔五十公分挖一個四點五公分深的坑，種下油茶籽後，再堆一個高出地表面十五公分左右的饅頭形土堆，目的是提高土壤含水率，減少水分蒸發，這能達到戰勝春季乾旱，提高茶籽出苗率的目的。等到冬天，還得在土堆上面蓋一些乾禾苗保溫，以防茶籽被凍死在泥坑裡。

喬春又在油茶籽的中間空位挖了一些坑，從廚房抓了一些柴禾灰撒在裡面，再將番薯埋起來。

「大嫂，好了嗎？」喬春剛弄好，桃花便從河邊挑了兩木桶的水回來。

喬春直起了腰，滿意地看著這一天勞動的成果。她的眸子熠熠生輝，嘴角勾起一抹笑意，彷彿已看到滿樹白白的茶花，微風吹過，茶花香味縈繞在鼻端。

「好了。放下吧！我來澆水。」喬春拿起水瓢，輕輕在隴地上灑水。

喬春將空水桶放了下來，雙手扶著腰，審視了一番，總覺得哪裡還不夠完善……到底少了什麼東西呢？喬春輕擰著眉梢，瞇眼注視著眼前這塊散發泥土氣息的地。

「咯、咯、咯……」此時在院子外啄食的母雞帶著雞寶寶們，慢慢往雞窩裡走去。

呵呵！就說感覺少了點什麼！看來她明天還得在這地邊上圍一道竹籬笆，不然等這些番薯苗長出來以後，準會被雞給啄食。

「桃花，妳明天早上不要放雞出籠，不然咱們今天就白忙活了。」喬春提醒在一旁的桃花。雖然現在東西還沒長出芽來，但是雞都喜歡到新翻開的地裡扒蟲子吃，還是謹慎為妙。

「春兒、桃花，妳們種完了沒？快點洗手進來吃飯。」林氏在廚房裡對著外面喊了起來。

「哦，來啦！」兩人笑著對視了一眼，桃花拿著木盆，從剛剛挑回來的水桶裡倒了一些水進去，端到喬春身旁，道：「大嫂，洗手吧。」

「謝謝妳。」喬春眉眼含笑地看著桃花，把手洗乾淨後，進廚房拿了一塊乾淨的帕子擦乾手，聞著廚房裡飄來的菜香味，咧著嘴直奔吃飯的小木桌去。

忙了一個下午，這會兒她真是餓了！

最近肚子裡的寶寶愈來愈大，需要的養分也變多了，所以她經常在兩餐飯之間肚子就餓了。

「娘，您的手藝好好哦！這個紅燒肉好好吃，真香！」喬春人還沒坐下來，看著桌上那盤色香味俱全的紅燒肉，就忍不住徒手飛快抓了一塊丟進嘴裡，一邊嚼著，一邊滿嘴油光地讚道。

如果是在現代，她這副餓死鬼投胎的樣子，不被她那挑剔的婆婆斥責一頓才怪。可是現在她的這些動作，林氏看在眼裡，卻痛在心裡。

林氏覺得唐家虧待了喬春，之前她懷著娃娃卻吃不上一頓好的，如果不是喬春，恐怕這會兒她和桃花都餓肚子度日了，哪還能吃上白米飯？更別說是葷菜了！

「春兒，對不起！是我們唐家虧待妳了。」林氏伸手拭了拭眼角的淚花。

喬春伸手摟過林氏，眼角濕潤道：「娘，快別這麼說。您和桃花都對我很好，能成為唐家的一分子，是我前世修來的福分，雖然現在的日子過得差了點，但我還是那句話——請娘放心，我喬春一定會讓唐家愈過愈好的！」

「嗚……」林氏聽著喬春的話，又是難過，又是欣慰，忍不住低聲抽噎起來。

「娘知道妳是個好孩子，娘相信妳。上次妳跟桃花說明年準備用旱地種茶的事，娘同意了！咱們家的田地全部交給妳打理，想種什麼就種吧。娘的年紀大了，明年就在家帶帶孫子，幫妳們做做飯，家裡的事就麻煩妳了。」

第二十二章　兩情相悅

清晨，窗外樹上的鳥兒嘰嘰喳喳歡唱著，喬春慵懶地睜開眼睛，看著陽光從屋頂的瓦縫裡照射進來，一縷縷光線柱將屋子照得明亮。

「啊……」喬春張大嘴打了個哈欠，懶懶地起床穿衣、梳洗。最近她真是愈來愈能睡了。

喬春走出房門，深深吸了一口山村裡清甜的空氣，緩步來到廚房。見林氏正在做早飯，桃花卻不見蹤影，想到自己每天都睡這麼晚，她有點不好意思地瞄了林氏一眼，淺笑著問：「娘，桃花呢？」

「春兒醒啦！桃花到外頭摘菜去了，妳先坐著，很快就能吃飯了。」林氏從灶膛後伸出頭來，笑呵呵道。

「哦。」喬春軟軟應了一聲，轉身來到院子裡。

這些天她吃了睡，睡了吃，感覺自己的身子都快要生鏽了，隨便扭一下，都能聽到骨骼之間清脆的響聲。

「娘，我出去轉一圈，待會兒就回來。」喬春對著廚房向林氏說了聲，便朝院子外走去。趁著這會兒太陽不毒，空氣也清新，到外面走走挺不錯，說不定還能碰見桃花。

「那妳小心一點，早點回來，飯快好了。」廚房裡傳來林氏的叮嚀。

「知道了！」喬春一邊散步，一邊觀賞這山裡的清晨景色。

薄薄的晨霧縈繞在山腰上，山下的梯田上到處都是黃澄澄的稻穀，風一吹，此起彼伏，就像一朵朵金色的浪花。

喬春站在小山坡上，閉上眼睛，靜靜享受微風拂過臉頰時，那種柔柔的感覺。

「大嫂，妳怎麼到這裡來啦？」喬春聞聲睜開眼，看到桃花提著籃子，笑容可掬地向她走來。

「我剛起來，到外面轉一下，不然我這身骨頭都快要生鏽了。」喬春靜靜站在原地等桃花過來。「我聽娘說妳到外面摘菜了，所以就往這邊來，看看能不能遇上妳。」

桃花走過來，親暱地挽著喬春的臂彎，微微一笑道：「早上空氣好，出來走走也好。我聽老人家說，懷著娃娃的時候，多動一下，生產的時候也會容易些。」

喬春偏過頭，看著一臉稚嫩的桃花說著老成的話，嘴裡不由得嘖嘖作響。

「我們家的小桃花可是長成大姑娘啦？連這個也向老人家打聽？難不成……」喬春說著，故意將語氣拉得長長的，羞得桃花頓時血色往臉上湧，整張俏臉紅通通的。

桃花瞪著圓溜溜的黑眼珠，瞥了喬春一眼，不依不饒地跺了跺腳，嬌嗔：「大嫂，人家可是關心妳，妳怎麼拿人家開玩笑？」

「哈哈！」喬春笑意難忍地打量著桃花，只見她低下頭，模樣很是嬌羞。

喬春心情大好，不打算就這樣放過桃花。她撇了撇嘴，拉長語氣。「可不是嘛！人家都已經十二歲，是大姑娘了，這些事情也該知道了！」

「大嫂……」桃花猛地抬起頭，含羞帶怯地刮了喬春一眼，小手從她臂彎裡抽了出來，低著頭大步跑開。

「呵呵……啊！小……」喬春抬眸輕笑著看桃花的背影，當她看到拐角處迎面而來的人時，想提醒一下桃花，但一句「小心」都還來不及說完，那兩個人就撞在了一起。

「啊！」桃花被撞倒在地，有些吃痛。

「桃花，妳有沒有怎樣？」鐵百川看著被自己撞倒在地的桃花，一個箭步上前，著急地蹲在她身邊，擔心地問道。

「怎麼是你？我……我……我沒事！」桃花聽到鐵百川著急的聲音，抬眸定定看著他。

自從那天王氏找她麻煩，她就再也沒見過他了。有時鐵百川遠遠看到桃花，也會急急繞道而走。為此桃花在夜裡偷偷哭泣，但誰都沒想到今日他們會以這樣的方式見面。

鐵百川看著桃花那雙情意綿綿的水眸和粉粉的小臉，剎那間心跳亂了序，不禁看著她發呆。

「桃花，妳有沒有怎樣？」喬春本來不想這麼快就打斷這對小鴛鴦相處的寶貴時光，可是她遠遠看到石大娘提著籃子往這邊走來。古代對於男女間的交往很是嚴謹，如果讓外人看到桃花和鐵百川這般模樣，對桃花的閨譽可是大大不好。

「我走了。」原本還沈醉在情人眼眸底濃濃情意的鐵百川，聽到喬春的聲音時，窘迫地站了起來，紅著臉丟下一句話就往上圍下跑。

「桃花，摔痛了沒有？」喬春扶起愣愣看著鐵百川背影的桃花，輕聲問道。

看桃花這個樣子，似乎已經陷得很深了。可是她們和王氏吵架那天，鐵百川離去的背影卻總讓喬春覺得他不是一個有擔當的男人。桃花如果為他交付了真心，真不知道是不是一件好事？

喬春輕輕吁了一口氣，伸手拍去桃花身上的泥塵。她不想讓桃花誤會自己反對她與鐵百川交往，便提醒：「石大娘從那邊過來了。」

「啊？」這下桃花才收回心神，有些緊張地看著喬春。

「放心，這裡正好是拐彎處，剛剛他又是蹲著的，她沒看到什麼。」喬春牽緊桃花的手。「走吧，娘該在等咱們吃早飯了。」

喬春知道，如果桃花不想說，她也不該問太多。她只希望石大娘真的什麼也沒看到，要不然以她那張八卦嘴，桃花跟鐵百川說不定會被講得很難聽。

兩姑嫂才走沒多遠，就遇上石大娘，喬春笑著與她打了聲招呼，見她表情一切正常，這才真正放下心中大石，繼續往家裡走去。

「娘，我們回來啦！」喬春走進廚房，有點疑惑地看著愣在那裡發呆的林氏。她剛剛遠遠的好像看到鐵村長從她們家出去，他這會兒來家裡是為了什麼？

「娘，我剛剛好像看到有人來咱們家了，是誰啊？」喬春問道。

「啊？哦，鐵村長來過了，他剛剛來給咱們捎信，說是他昨天有事去喬子村，遇上妳爹了。妳爹說這幾天會讓妳家二妹、三妹來幫咱們收割稻穀。」林氏回過神來，避開喬春探詢的眼光，轉述鐵龍帶來的口信。

喬春一聽自家妹子要來，頓時高興得嘴巴都合不攏，可林氏卻是一副悶悶的表情，她不禁擔心地輕聲問道：「娘，您有心事？」

「哦，沒有。我只是怕天氣不好，影響稻穀的收割，今早我去田裡看了一下，咱家的稻穀都熟了。我準備明天就和桃花去田裡割稻，妳現在身子不方便，就在家裡幫我們做飯吧。這段時間得煩勞妳了。」

林氏說完這些，便轉身盛飯去了，但喬春還是覺得有種說不出的怪異感。不過既然她不說，自己也沒必要追問了。

第二十三章　喬家妹子

「娘、桃花，妳們過來喝點水吧，休息一下。」喬春提著水，站在田埂上對正在收割稻穀的林氏和桃花喊了喊。

稻穀已經割了兩天了，由於唐家沒有男人，只有一老一小，割了這麼久也沒收割完一畝地。

喬春看著村裡家家戶戶都火速收割稻穀，再過一、兩天就能收完了，不禁暗暗著急。她家共有三畝水田，按現在這個進度，恐怕得再割上五、六天。

「春兒，妳還是在家裡待著，這些田埂太窄了，要是一不小心摔下去，可怎麼辦？」林氏放下割禾刀，走到喬春面前，一口氣喝完她遞來的水，抹了抹嘴角道。

她現在什麼都不怕，就怕喬春的肚子出事，那可是她們唐家唯一的香火啊！

「娘，我只是送點水過來，不會有什麼事的。再說，我又不是小孩子了，我會小心的。」

喬春抬頭看了一眼大山頂上的那黑蘑菇雲，忍不住提醒道：「娘，您看那朵烏雲，會不會下雨啊？」

要是真的下雨，那可就糟了。她們這兩天割的稻穀還沒有脫粒，如果堆放在一起，不及時脫粒曬乾，很可能會發芽。

林氏順著喬春手指的方向看去，淡淡笑著道：「不會下雨的，妳看那烏雲頂上圓，底部平，下不出雨來的。放心，妳先回家去吧。」

喬春又抬頭看了看那碩大的一朵烏雲，不禁納悶：頂上圓，底部平的烏雲就不會下雨？這有沒有科學根據啊？

「娘，要不我也下田幫著割稻吧？我看您和桃花兩個人實在忙不過來。早些割完，也安心一點。」喬春從籃子裡抽出一把割禾刀，抬腳就往田裡走去。

秋天的田裡沒有水，都是乾的，因此站在田裡也不用擔心會有水蛭爬到腳上吸血。喬春平日裡最怕的，就是那些無骨或無腳動物。

「大嫂，妳還是回家休息吧，幫我們做飯就好，我和娘來就行了。」桃花走過來攔在喬春面前，瞄了一眼她的肚子，皺著眉頭道。

喬春孩子氣地癟著嘴，看桃花的神色，就明白自己不可能幫忙割稻了，但她還是忍不住再次出聲央求。「桃花，妳就讓大嫂幫忙吧。總不能讓我天天袖手旁觀啊！」

這段時間她們把她看得緊緊的，碰這個不行、動那個也不行。眼看還有二畝多的水稻沒收，家裡卻只有老婦弱女勞作，她哪能不心急？

「姊，我們來啦！」

此時坡下傳來清脆如夜鶯的聲音，喬春覺得有點耳熟，便轉過身子往下坡一瞧，頓時高興得咧開了嘴，趕緊向她們揮手。「喬夏、喬秋，我在這兒呢！」

來到這裡以後，她見過喬夏和喬秋。之前她撞牆暈倒醒來後第二天，她娘雷氏就帶著喬夏跟喬秋兩個妹妹來家裡探望她。

見到她娘親雷氏後，喬春才深刻體會到什麼叫做遺傳。她娘的身材高䠷，長得一張瓜子臉，五官精緻，雖然長年在田地裡勞作，但肌膚卻仍舊白皙，唯一能看出她年齡的，就是那雙杏眼角上細細的魚尾紋了。

喬夏、喬秋兩個妹妹跟她長得也很相似，怪不得桃花說她們喬家四妮子可是喬子村的四大美女。

「夏兒、秋兒，妳們這麼快就來啦？爹娘的身體怎麼樣？家裡一切都好吧？」待她們走到跟前，喬春就興奮地問起了家裡的情況。或許這就是骨肉相連吧！雖然她沒有原本這個喬春的記憶，但不知不覺中她早已把自己當成喬家真正的大閨女了。

「姊，妳放心，家裡一切都好。娘一直在念叨著大姊妳呢！說妳懷孕的月分愈來愈大了，唐家勞力又薄，所以爹就叫我們兩個早點過來幫忙。」喬夏淺笑道，當她的眼光瞄到喬春那高高隆起的肚子時，忍不住尖叫起來。「哇，姊，妳的肚子怎麼這麼大？」

「真的耶，姊，妳不會是快要生了吧？」喬秋也跟著叫了起來。

「沒呀，才七個月呢！要不妳們跟姊姊回去休息一下，下午再來割稻？」喬春心想她們已經趕了一個多時辰的路，也該累了，總不能讓她們一來就幹活吧？怎麼說也是她的親妹子，她可是會心疼的。

「姊，妳回家休息，我們是來幹活的，晚一點再跟桃花一起回家就好。」喬夏笑了笑，很是乾脆地拒絕了喬春的好意。她像變戲法似的，不知從哪兒拿出了割禾刀，笑呵呵地牽著喬秋，說說笑笑地往田中央走去。

喬春仍不死心，原本想跟著她們一塊兒去割稻，可林氏卻搶先開口：「春兒，既然妳家妹妹來了，妳就回家去吧。中午做些好吃的給我們就行了。」

喬春看林氏也回到田中央，拿著割禾刀飛快割著稻苗，只能搖搖頭，打道回府。算了，她還是回家做頓好吃的，讓她們一回家就能吃上香噴噴的飯菜。

第二十四章 病婦人

「咳咳……」

喬春回家路過鐵龍村長家門口時，聽到屋裡傳來劇烈的咳嗽聲，忍不住站在大門口探頭往屋裡看，可這時屋裡卻又變得寂靜無聲，看起來並沒有人在。

喬春縮回腳，剛想往回走，耳邊又傳來了咳嗽聲，聽起來的確是從屋裡傳出來的。喬春想著平日鐵村長對她們家很是照顧，便抬腳往屋裡走，看看這家人到底出了什麼狀況。

「有人在家嗎？」喬春站在堂屋裡，對著靜悄悄的屋子喊了喊。

「咳咳……誰啊？誰在外面？」堂屋邊最裡面的房間裡傳來了沙啞的聲音。

這個人一定是病了很久，不然聲音怎麼聽起來那麼虛弱無力？喬春有些著急地往裡屋走去，她輕輕推開半敞著的門，只見一個骨瘦如柴的婦女軟軟地趴在床邊，朝門外看了過來。

喬春不由得倒吸一口冷氣。

只見那婦人的顴骨高高突起，一雙烏黑的大眼深深陷入眼眶裡，臉上除了皮就剩骨頭。或許是因為臉龐上沒什麼脂肪支撐，她整張臉看起來皺皺的，根本就看不出年齡。

這個女人難道是鐵村長的娘？

喬春從房門口退了出來，走到堂屋倒了一杯水，又走回婦人床前，道：「大娘，喝點水吧。」

那女人湊過嘴咕嚕咕嚕喝了起來，不一會兒一杯水就被她喝光。

「妳是誰？」那女人瞅著正溫柔幫她擦拭嘴角的喬春，輕聲問道。

「我是下圍下唐家的兒媳婦，我叫喬春。」喬春淺笑著應道。

「出去！」婦人眼眸底下忽然湧起濃濃的恨意，顫顫巍巍地伸出如竹枝般的手指，憤憤指著房門外吼道。

這是什麼情況？她怎麼突然這麼激動？難道她跟唐家有什麼深仇大恨？不對啊，如果兩家真有什麼仇恨，那鐵村長為什麼對她們家很是照顧？

喬春怔怔地看著那張皺巴巴的臉瞬間變得猙獰起來，她這張開嘴一吼，活像是一具骷髏張著血盆大口，硬是把喬春嚇得往後倒退了幾步。

「出去！我……咳……咳……我不需要唐家的人在這裡假惺惺的！咳……咳……」那婦人邊吼著邊劇烈地咳了起來。

喬春看著她凹陷的眼眶裡溢出眼淚，剎那間又覺得她很可憐。

喬春連忙向她擺擺手，安撫道：「大娘，您千萬別激動，我馬上就離開。」

她幾乎是用逃命的方式離開，走了好久都不敢停下來。

那婦人到底是誰？她現在這個樣子跟唐家有關嗎？這似乎不可能，畢竟她婆婆是個心地善良的女人。

喬春一口氣回到家裡，氣喘吁吁地坐在院子裡。「唉唷。」

直到現在她才發現自己的肚子緊繃得很，還痛了起來。

喬春小心翼翼站起來，扶著牆慢慢走進房間，平躺在床上，雙手輕輕來回撫摸著肚子，嘴裡不停呢喃：「寶寶別生氣，剛剛娘親嚇壞了，所以才走得急了點，你要乖乖待在娘的肚子裡，好嗎？

「寶寶乖，千萬別離開娘，娘再也受不了同樣的打擊……」

喬春摸著仍舊硬邦邦的肚子，想到之前死去的孩子，忍不住嚶嚶哭了起來。她不要再受一次那骨肉離別的痛苦，再也不要！如果再來一次，她定是活不成了。

「寶寶乖！」喬春不停撫摸著肚子，嘴裡不停跟孩子講話，不知過了多久，她的肚子終於不再緊繃，孩子也用力踢了一記飛毛腿。

「寶寶，娘親就知道你心疼娘，娘保證再也不會有第二次，你一定要乖，等過些日子健健康康跟娘親見面，好不好？」

喬春慢慢坐了起來，伸手擦去臉頰上的淚水，靜靜休息了一會兒，便到廚房準備做午飯。

喬春生了火、淘了米，下鍋煮飯後，突然有些頭痛，因為她發現沒有什麼菜可以炒。

這些天林氏她們為了割稻穀忙得團團轉，根本沒有時間去摘菜，但自家妹子來了，總不能光用白飯招呼吧？她記得前些天買回來的肉，林氏好像醃了一些備著，可是那些醃肉在哪兒呢？

此時雞窩那邊傳來了母雞的叫聲。

喬春聽了，往灶裡塞了幾根柴，站起來就往院子裡的雞窩走去，朝裡面一看，果然有三個雞蛋在裡面。呵呵，這樣待會兒就能給她們來道水煮蛋了！

在喬春東翻西找下，最終還是從家裡找出了一些食材，做了幾道香噴噴的家常菜——水煮蛋、醃肉炒筍乾、剁椒蒸芋頭、番薯餅等。喬春臉上掛滿笑容，站在小木桌邊，得意地看著幾盤正冒著熱氣的菜。

搞定！想不到短短幾個月自己就能獨立生柴火，用大鐵鍋做飯、炒菜。

「哇，好香啊！」

「姊，妳給我們做了什麼？」

「大嫂，這是什麼呀？」

飯剛做好，桃花、喬夏、喬秋她們就回來了，幾個小姑娘蹦蹦跳跳跑進來，看著桌上的菜，嘰嘰喳喳問著。

家裡人一多，氣氛也熱鬧起來了！喬春嘴角含笑地看著她們，轉過頭對剛踏進門的林氏道：「娘，累壞了吧？」

林氏盯著桌上的菜，呵呵一笑。「累什麼？不累！咱們莊稼人好不容易盼到了收成的日子，開心都來不及，又怎麼會累呢？倒是妳一個人在家做這麼多菜，累壞了吧？」

喬春笑著搖了搖頭，對一旁的喬夏和喬秋道：「夏兒、秋兒，妳們兩個快點坐下來，嚐嚐大姊的手藝。」

「大姊，我們又不是沒有吃過妳做的飯！不過妳現在做的菜比以前看起來好多了。以前，妳一直都負責燒火，炒菜的都是二姊，妳要嘛不記得放鹽，要嘛就是放兩次鹽。」喬秋嬉笑著，搬出了喬春的陳年糗事，說著就笑了，喬夏也被她感染，輕輕笑起來。

「嗯……」想起喬春以前做的菜，桃花臉上閃過一絲疑惑，接著又說：「可是，大嫂現在炒的菜很好吃啊！」

喬夏和喬秋停住了笑，側過頭打量喬春，接著不約而同拿起筷子，挾了一塊筍乾，放進嘴裡細細咀嚼，露出了不可思議的表情。

「怎麼可能？好好吃哦！」

「嘿嘿，就跟妳們說，大嫂炒的菜很好吃！」桃花很是驕傲地說著，彷彿她才是那個與喬春一起長大的姊妹。

「夏兒、秋兒，妳們別客氣，吃吧！」林氏笑著向喬家姊妹倆招呼。

其實她也覺得很奇怪，因為喬春剛嫁過來時，手藝實在讓人不敢領教，可是最近這段時間，春兒炒的菜卻比她做的還要好吃。

「大家都吃吧，多吃點！」喬春淺笑著，內心充滿喜悅。

第二十五章　錢財來訪

這一天，林氏一樣帶著三個姑娘起早貪黑地在田裡收割稻穀，一是怕天氣不好，二是怕稻穀太熟，收的時候會掉穀粒，因此這兩天她們都忙得分不清東南西北。

「娘，您年紀大了，別挑那麼重，小心閃了腰。」喬春緊皺著眉頭，站在一邊看林氏挑了兩大捆稻禾，不禁為她捏了一把冷汗。

這麼大一捆稻禾，少說也有一百多斤重，比前兩天捆的都要大把，她還真擔心林氏瘦小的身子會撐不住。

林氏或許是看別人家都陸陸續續收割完稻穀，感到著急了，這兩天總是馬不停蹄來回挑著稻禾。

看著愈捆愈大把的稻禾，喬春勸了不知多少回了。「娘，您別挑這麼重，身子比什麼都重要，您可是咱們家的支柱。」

林氏每次都是微微頷首，淺笑道：「我知道。」

喬春實在無奈。就算她勸再多次，林氏也聽不進去，所以她唯有暗中叫桃花她們三個多費點心思，捆小把一點。

看著林氏忙碌的背影，喬春在心裡面下定決心，等到明年生下孩子，她的身子方便後，就按計劃把這個家撐起來，這樣婆婆就不用再那麼辛苦了。

林氏和桃花及喬家姊妹這群娘子軍一鼓作氣連忙了六天，先是花了三天把稻穀收好、把水稻脫粒，又在太陽底下暴曬了三天，終於把稻子收進糧倉裡，這才鬆了口氣。

林氏把最後一包稻穀搬進糧倉，看著累得氣喘吁吁的姑娘們，笑道：「今年的稻穀總算收割完了，要不是有喬家姊妹幫忙，估計我和桃花這會兒還有得忙呢！」

桃花抬頭笑看喬夏和喬秋，點了點頭道：「可不是，真虧夏姊姊和秋姊姊幫忙。」

回憶這幾天的忙碌，林氏的眼睛笑成了一條縫，稻穀收完，她的心頭大事也算放了下來。現在就能清閒地等過年，年後不久就能與她的金孫見面了！

喬春淺笑看向大家，這些日子雖說有些勞累，但現在想起那團結友愛的場景，內心也是滿滿的幸福。窮不可怕，至少一家人團結又充滿了愛。

「娘，天氣好像變冷不少。」喬春從屋裡走出來，站在院子裡，看著正在餵雞的林氏。

這天霧濛濛的，一陣冷風吹來，讓喬春不自覺地裹緊了衣服。幫忙收割完稻穀沒幾日，喬夏跟喬秋就回喬子村去了，唐家頓時冷清了不少。

「春兒，快回屋加件衣服去，可別著涼了。」林氏看著喬春的動作，輕蹙著眉，朝她揮了揮手。

山中村雖然地處深山，但一般都是收割完稻穀後，才會真正轉涼，只不過一涼起來，就會給人「昨日是夏，今日是冬」的感覺，身體往往還沒適應，就已經冷得不像話了。

林氏將手裡的菜葉子全部撒在地上，輕輕拍了拍手，瞅著已經站在自己身邊的喬春，道：「妳這肚子都七、八個月了，如今身子愈來愈沈重，平日可千萬得小心點，別岔了胎氣。」

喬春伸出手覆在林氏手上，淺淺笑道：「娘，我知道。」

相處好幾個月了，她怎麼會不明白林氏對自己的好？雖然有部分是衝著肚子裡的孩子，但對她卻也是真心實意。因此這些日子相處下來，喬春早就把林氏當成自個兒的親娘。

「娘，咱們進屋去吧，外面天涼。」喬春牽著林氏的手進屋。

一進屋裡，林氏就拿出針線籃，一針一線縫著小孩子的衣服，喬春則在一旁陪她聊天。

「桃花怎麼還沒回來？不就去鎮上買點東西嗎？怎麼一去就這麼久？」林氏想起桃花今早趕集去鎮上買日用品，略帶擔憂地放下針線，咕噥了幾句，忙不迭站在門口朝院子外張望。

喬春被林氏來來回回走動弄得有些頭暈了，剛想出聲寬慰她幾句，忽然間聽見外面傳來一聲馬叫，接著就是噠噠噠的馬蹄聲朝唐家這邊傳來。

林氏和喬春趕緊出門看看，只見馬車剛好在她家院子口停了下來，從馬車上面下來的人竟然是桃花。

林氏當場愣在那裡，喬春則滿臉疑惑地盯著馬車。

沒多久，喬春就看到巧兒和一身灰布衣僕人打扮的錢財從馬車上跳了下來。喬春這下也愣住了，心想：這位少爺沒事跑到她家來做什麼？

巧兒在錢財的眼神暗示下，率先打了招呼，她看著喬春笑道：「唐夫人，怎麼啦？這麼快就不認識了？」

「認識，哪會不認識？快進來坐吧。」喬春這會兒也顧不上向林氏解釋，連忙側過身子將他們請進屋。認識是認識，可是她不知道他們來這裡幹麼？

錢財那身僕人衣飾，根本掩蓋不了他與生俱來的優雅氣質。他這麼做，想必是不想讓她在村民面前難做人吧？可是他也不想想，他坐著這麼豪華的馬車來她家，村民又怎麼按捺得下好奇心呢？真是聰明反被聰明誤！

「這位一定是唐伯母吧？巧兒，去幫唐姑娘把馬車上的東西都搬進來。」錢財走進了屋裡，不著痕跡地打量這簡陋的房子，輕笑著對一旁正處在錯愕中的林氏作了個揖。

喬春看桃花和巧兒搬進來的東西，眼裡閃過驚喜的光，抬眸淺笑看著錢財，問道：「錢少爺，茶具這麼快就燒製好啦？」

錢財沒有出聲，只是朝她微微頷首。他勾唇一笑，偏過頭對一旁的林氏輕聲道：「伯母，不好意思，冒昧前來打擾，我是來找唐大嫂討教茶具用法的，希望不會給您帶來困擾。」

林氏微蹙著眉，打量著一身粗布麻衣也掩不住高貴氣質的錢財，心中有幾分不是滋味，不過畢意來者是客，也不好發難。

林氏臉上堆出笑容，道：「原來是錢少爺，果然氣質不凡、一表人才。您和我兒媳合作的事，她已經跟我提過了，你們先聊吧，我去廚房給大夥兒燒點水喝。」

「娘，等一下，把這些東西都提到房裡去吧。」提著東西從外面進來的桃花，喊住了正要離開的林氏。

桃花打開布包，將錢財送的那些滋補品拿了出來，跟在她後面進屋的巧兒則懷抱三疋布，輕輕放置在小木桌上。

看著那些滋養品和布疋，林氏眸光一閃，暗忖：這錢府也真是大方，竟送這麼多好東西？這得花多少錢啊？

桃花指了指小木桌，笑道：「娘，這些都是錢少爺給您和小姪子帶的東西。」

其實剛剛在鎮上時，桃花也很不樂意收下這些東西，更不喜歡錢財到她們家。可是錢財十分真誠，為了不讓別人背後說唐家閒話，還屈身換上僕人服，再加上巧兒在一旁勸說，桃花也覺得自己不該把人家當成豺狼虎豹。畢竟他和大嫂是生意上的合作關係，自家明年要種的茶葉還得指望他幫忙，所以心也就這樣被收買了。

林氏神情不太自然地乾笑了幾聲，瞇著眼睛打量那布疋，露出淡淡的憂慮之色。「謝謝錢少爺，可是這麼多貴重的東西，咱們窮人家怕是用不上，您的心意我們收下了，這些東西還是請您帶回去吧。」

錢財嘴角勾起一抹弧度，淡笑著接過林氏的話。「伯母，您太見外了，我和唐大嫂是生意上的合夥人，她馬上就要坐月子了，以後我也沒時間過來，這點東西就當作是我送給小賢姪的見面禮。」

錢財說得句句在理、字字真摯，他眼神清澈地看著林氏，絲毫不閃躲。

林氏見他說得真誠，加上看不出他對喬春有什麼非分之想，又和喬春是合夥人，自己實在沒必要像防狼似的對待人家。於是當下便不再推辭，笑著對錢財道：「那就謝過錢少爺了。」

林氏將東西抱在懷裡，隱下了心裡的疑慮，輕快地往房裡走去。

錢財看著桃花也提著東西去了廚房，便打開一個用油紙包著的方形盒子。「唐大嫂，這茶具我差人燒製出來了，我想讓大嫂利用這套茶具為我講解用法。」喬春目瞪口呆地看著靜靜躺在盒子裡的紫砂茶具，天啊！這古人也太神了吧？這茶具的外觀與她在現代用的絲毫不差，那紫砂看起來甚至更為細膩。

她實在忍不住了，一個箭步上前，伸手從盒子裡拿出實木茶盤、蓋碗、茶杯、聞香杯、茶壺、茶葉罐、養壺筆、銅質的杯托一一細看，茶道六君子則是用翠竹製的，看起來別有一番韻味。

喬春愛不釋手地翻看著這些再熟悉不過的茶具，她本來以為大齊國的手藝做不出現代不鏽鋼製的東西，想不到他辦到了，真是太棒了！

錢財看著喬春那熠熠生輝的臉，微微怔住了。她本來就嬌美的臉蛋，這會兒更因發自內心的喜悅，美得讓人移不開眼睛。

「錢少爺，請喝水！咱們窮人家拿不出茶葉來，您就勉強喝點白開水吧，真是不好意思啊！」林氏端著熱氣騰騰的水走了過來，打斷了錢財的注視。

「不要緊！倒是麻煩伯母了。」錢財禮貌地接過水，笑著對林氏點了點頭，又偏過頭對巧兒吩咐道：「巧兒，我要妳帶來的茶葉呢？拿出來，讓我們大家都嚐嚐唐大嫂沖泡出來的茶湯。」

巧兒對錢財福了福身子，走到喬春身邊，輕輕擰開茶罐蓋子，道：「少爺，我來之前已經把茶葉放進這個罐子裡了。」

喬春瞥了一眼巧兒，心中不由得稱讚她是個靈巧的姑娘。以後與錢府想必經常有生意上的事情要傳遞，如果老是錢財親自過來，或由她去錦繡茶莊，對她這寡婦來說都不大好。

如果能像現代的公司那樣，在部門下設有助理，專門協助各部門主管與其他單位溝通或傳遞資訊，這樣就不必擔心別人在背後說閒話了。

「錢少爺，小婦人突然有個想法。我們現在是生意上的夥伴，免不了會需要一起討論事情，但您也清楚我們一個是寡婦，一個是大戶人家的少爺，如果被人在後面說閒話，我想不太好。所以我想找一個中間人，專門幫我們傳遞消息，您看如何？」

錢財一聽，先是詫異喬春怎麼會有這種未雨綢繆的意識，細想之後，雖是對她這種做法表示贊同，但一顆心卻不知為何微微感到苦澀。

「錢少爺，我看春兒這個建議不錯，依你們的身分，如果常常碰面，實在不妥，要是影響了錢少爺的名聲，我們可過意不去。」林氏笑呵呵地聽著喬春的話，很是讚賞地朝她點了點頭。

看來自己剛剛實在多慮了，春兒真的是個有主見、又識大體的兒媳婦。

「唐大嫂的建議我贊同，不知大嫂心中是否已經有了合適的人選？」錢財忽略內心的苦澀，恢復平靜，淺淺一笑問道。

喬春伸手牽過巧兒，抬眸看著錢財，笑道：「我看巧兒做事細心，手腳又靈巧，就讓巧兒來當咱們的助理吧？至於這套茶具的用法，我也會全部教給巧兒，日後正式販售時，以巧兒的口才和機靈，一定能幫上忙的，不知錢少爺意下如何？」

巧兒一聽喬春的建議，整顆心都卡在喉嚨上，眼睛瞪得圓圓大大地注視著錢財，生怕錯過他臉上任何一個表情。

雖然少爺還未表態，但巧兒心裡還是很高興喬春對她的賞識。畢竟聽到有人當面讚揚自己，總會感到興奮，更何況是在她默默愛戀著的少爺面前。

「行！就按唐大嫂的意思辦，巧兒該做些什麼事、該怎樣學習茶具的用法，就有勞唐大嫂了。」錢財若有所思地瞄了巧兒一眼，輕輕點了點頭，表示贊同。

「謝謝少爺、謝謝唐夫人！我一定會好好學、好好做，保證不會讓你們失望！」巧兒立刻跪在地上，一邊磕著響頭，一邊保證。

這把喬春嚇了一大跳，她原本想彎下腰扶巧兒起來，可是她這身子根本沒辦法做到，於是向一旁的林氏眨了眨眼。

或許是林氏也沒見過這麼隆重的場面，先是愣了一下，後來才會過喬春眼神裡的意思，趕緊上前扶起巧兒，嘴裡念叨著：「姑娘快些起來，我們家春兒受不起這個大禮。」

巧兒抬起眸光蕩漾的晶眸，飛快瞄了一眼錢財，見他點了點頭，這才慢慢站了起來。

「不要辜負唐大嫂的好意，認真學。」錢財淡淡說道。

倒是喬春心裡有點疑惑。看巧兒這般卑微，想必錢府一定比她想像的還要有背景，可是這錢財卻沒多少架子。再說，他人長得玉樹臨風，名字卻老土得很，著實令她不敢恭維。

錢財？要嘛就是個暴發戶，要嘛就是一心鑽進錢堆裡的人，偏偏眼前這個錢財兩者都不是。

「那麼，請唐大嫂為我們講解這套茶具的用法吧。」錢財瞥了一眼微微發愣的喬春道。

喬春在大夥兒觀看下，一步步講解每一個茶具的用法和用意，眾人都沈醉地看著她那熟練又優雅的沖茶動作。

當錢財端起杯子，品嚐她沖泡出來的茶湯時，立刻為喝進茶湯後，嘴裡那濃郁的茶香感到震撼。

對於這次沖泡的效果，錢財十分驚喜。他深邃的黑眸盯著喬春，輕聲道：「唐大嫂祖傳的這套茶具果然不同凡響，沖泡茶湯時不僅優雅，沖泡出來的茶湯更是比上次的純香不少，這次我才真正明白大嫂口中的『品茶意境』。」

「錢少爺您過譽了。」喬春微微笑道。

錢財對著喬春搖了搖頭，續而偏過身子，端著一杯茶遞到林氏面前，恭敬道：「伯母，請喝茶。」

林氏慌忙地接過杯子，雙手微微顫抖，臉上堆著不自然的笑意，輕聲道謝：「謝謝錢少爺。」

喬春不著痕跡地瞥了婆婆一眼，心中不由得低嘆：或許是剛剛巧兒那下跪磕頭的舉動把她嚇到了。婆婆是個土生土長的農婦，哪裡見過這種大戶人家的禮數？這會兒就算她什麼都沒說，也可能坐立難安了！

想著，喬春不禁有點惱怒地瞪了錢財一眼，不料卻與他的目光撞了個正著。

「咳咳，錢少爺，我已經介紹過這套茶具了。要不明天再讓巧兒來我這兒學吧，我一定會教好她。」喬春窘迫地乾咳幾聲，掩飾自己剛剛的無禮。時間也不早了，他該回去了吧？

錢財聽了，心裡不禁湧上濃濃的失落感。她這分明是在趕自己走呢！

只是，當錢財眼角餘光瞄到滿臉不安的林氏時，頓時明白喬春的用意，於是便站起來向林氏辭別。「伯母，天色不早了，我茶莊還有一些事情要處理，這就先告辭了。」

說著他又轉過身子，對一旁的喬春道：「唐大嫂，巧兒學習沖泡茶湯的事就麻煩您了，另外我已經找到了茶樹苗的貨源，不知大嫂家的地準備得如何？有沒有需要我幫忙的地方？」

喬春這才想起這些天讓自己一直掛心的事。早上忘了要桃花打聽一下茶樹苗的進展，幸好錢財是個上心的人，這會兒主動提出來，不然她準又忘了。

「我剛想向錢少爺打聽這事呢！如果茶樹苗定下來了，我們家也該翻地，準備明年開春種茶樹的事了。」喬春看著錢財，眸底閃爍著絲絲感激。

真的要謝謝他提醒自己。現在正好是農閒時候，要找人幫忙翻地也容易一點，再過一個月就要過年了，到時誰還會有空？

「那唐大嫂先找人翻地，算一下大概需要多少茶樹苗，到時再差人通知我。」錢財點了點頭，低頭瞅了一眼她那高高隆起的肚子，又道：「辛苦唐大嫂了，明天我會差人送巧兒過來，有什麼事情您就讓巧兒傳話給我。告辭了！」

「再會！」喬春點了點頭，與林氏和桃花一起目送他們離開。

「回屋去吧，外面冷，我煮飯去。」林氏轉過身，眼神複雜地瞅了喬春一眼，便一頭鑽進了廚房。

唉，可別是誤會了啊！瞧婆婆這眼神，看得她的心七上八下的。

「呵呵，大嫂別擔心，我待會兒好好跟娘解釋一下就行了，沒事的。」桃花也看出林氏微微不悅，連忙出聲安慰著喬春。

其實她明白娘的心情，這跟她剛開始的想法是一樣的。畢竟嫂子是個寡婦，一來怕別人看到了說閒話，二來怕是娘對這個貌美又能力強的大嫂有點不放心吧！畢竟這些日子下來，大嫂的改變實在太大了。

「我沒事。」喬春感激地看著桃花，牽著她的手往廚房走去。

經過兩姑嫂好說歹說，再加上林氏心裡也算信任自家媳婦，因此很快就被她們聯手征服了。

之後一家人開開心心吃了飯，坐在一起計劃明年開春種茶樹的事情。

「春兒，妳真的會種茶樹嗎？連製茶也會？」林氏有些不確定地問道，她很納悶喬春怎麼會種茶樹又會製茶。其實這也不能怪她多想，實在是因為和平鎮根本就沒有人會種茶樹，更別說是製茶了。

茶葉在大齊國可是大戶人家跟達官貴人的專用品，他們這些小老百姓根本就喝不起。

「娘，您放心，我真的會種茶樹也會製茶。其實並不是因為我祖上真的會這些，而是我小時候在姥姥家的高山上遇到了一個奇人叔叔，我會識字、作畫，還有種茶、製茶，全都是他教的。後來過了一段時間，我再去找他，他就不見了，好像從來沒出現過一樣。」喬春半合著眼簾，看起來一副思念故人的樣子。

其實喬春沒有把握林氏會相信她說的這些話，但是她的謊已經愈說愈大，只能這樣繼續下去了。

幸好上次她從喬夏嘴裡知道自己小時候真的是在姥姥家長大的，而且她姥姥不是和平鎮的人，而是住在離這裡幾百里遠的高山裡。姥姥早在五年前就去世了，所以她也就只能在這點上作文章了。

林氏聽喬春這麼一解釋，先是怔了怔，過了好半晌才收回心神，語氣驚喜中夾帶著異常的興奮。「春兒，妳這是遇上活神仙了！我們家能有妳這麼一個好兒媳，一定是祖上顯靈！」

喬春有些傻了，這是什麼情況？她還以為得費上一番唇舌才能過關，誰料到林氏這麼容易就相信了，真不知她是該哭還是該笑？

站在一旁的桃花輕蹙著眉頭看了看喬春，又嘴角含笑地看著說話有些誇張的林氏。

她記得上次大嫂說是她祖輩就會種茶，這會兒怎麼又變成是那個奇人叔叔教的？不過……也許大嫂有自己的苦衷吧！當時或許真的不適合在錢財面前講這些聽起來有點匪夷所思的事情。但她早就決定支持大嫂，所以只要是大嫂說的，她都信。

「春兒，那明年種茶樹的事，就全權交給妳辦。這茶葉聽說可值錢了，平常人家根本喝不起，所以妳以後得多費心，好好做，娘支持妳。」林氏雙眼閃閃發亮地看著喬春，彷彿滿山鬱鬱蔥蔥、綠油油的茶樹就在眼前。

第二十六章 出資請工

喬春剛起床，就看到林氏鐵青著一張臉，從外面氣沖沖地回家，用力甩下籃子，嘴唇不停嚅動著。

「娘，怎麼啦？一大早的誰惹您生氣啦？」喬春走過去拾起籃子，淺笑看著林氏問道。

「哼！」林氏哼了一聲，伸手指著隔壁大聲罵道：「也不知誰家不要臉，說什麼有陌生男人駕著馬車來咱們家，淨說一些不堪入耳的話，真是狗嘴裡吐不出象牙，吃不到葡萄說葡萄酸！」

喬春往隔壁一瞟，正好看到了一個驟然往屋裡縮的腦袋，瞬間明白林氏的火氣所為何來。唉，這個既無電視亦無廣播的地方，平日沒有啥可以娛樂，那些三姑六婆圍在一起，不說說東家、道道西家才奇怪呢。

「娘，別氣了，咱們身正不怕影子斜，嘴長在人家身上，堵也堵不上，讓他們說去吧。要是氣壞了自己的身體，可不值得。」喬春柔聲安撫著林氏。

這些人啊，只要不理她們，過不了幾天謠言也就消失了。要是理她們，只會愈傳愈誇張，愈描愈活靈活現。

「哼！如果讓我知道是誰傳的，非撕了她那張臭嘴不可！」林氏說著，眼睛還往隔壁狠狠地瞪了一眼。

連著幾天，大夥兒見馬車上下來的不是什麼年輕男子，而是一位嬌滴滴的姑娘時，便也不再理會那些傳言了。只是大家都很納悶，唐家什麼時候有了這麼一個有錢的親戚？這麼好的馬車，可不是誰都能有的。

這天巧兒早早就坐著馬車來到唐家，坐在木桌前練習茶具的用法。

「巧兒，我果然沒有看錯，妳的學習能力很強，才幾天的時間，妳就能獨自熟練的運用這套茶具沖泡茶湯了，每個步驟的敘述也記得清清楚楚，真是讓我佩服。」喬春站起來，淺笑吟吟地看著巧兒道。

真是沒想到巧兒學起東西來這麼用心，沒幾天工夫就硬是把她泡茶的手藝都給學了去。

「那是大嫂您這個先生教得好。」巧兒臉上揚起了璀璨的笑容，黑眼珠散發著興奮的光芒。

因為她與桃花以姊妹相稱，喬春也就要她改掉「唐夫人」這個稱呼，隨著桃花叫她大嫂。畢竟大家的出身都一樣，她也不習慣聽別人一口一聲唐夫人地叫她。

「巧兒姊姊的嘴就是甜！瞧，把我大嫂哄得眼睛都笑成一條縫了。」桃花端著一盤番薯餅走了進來，忍不住揶揄起巧兒。

自從上次喬夏她們過來幫忙收割稻穀，喬春做了一盤番薯餅給大家品嚐後，桃花就纏著她學做番薯餅，現在做菜的手藝也跟著精進不少。

「桃花，妳們聊吧！我坐累了，出去散散步。」喬春說著，往身上加了一件衣服就往外走。

喬春以前住在南方地區，冬天不會太冷，可這個地方的冬天，讓她覺得比她經歷過的任何一個冬天都還要來得冷些。

喬春站在院子口看向外頭，整個村莊都被薄霧籠罩著，灰濛濛的，與江南的梅雨天氣有幾分相似。

喬春忽然想起午飯後，林氏說要去鐵成剛家問問村裡有沒有人願意幫她們家翻地，既然已經決定明年開春就要種茶樹，地就該在年前翻好。

這裡的土都是黃泥沙地，地質不夠肥沃，對此喬春也有一些對應措施。她怕林氏解釋得不夠清楚，便抬腳往上圍下的鐵家走去。

路過鐵龍家時，喬春心裡還是微微有些發顫。自從那次被幽靈女人怒吼後，她就沒再來過這裡，若是得經過，她也會選擇繞道而行。只是鐵成剛和鐵龍是親兄弟，房子也是相依而建，因此今天再也沒有別的路可以繞開。

喬春低著頭，忍不住再三瞄著鐵龍的房子，生怕那幽靈女人會突然跑出來。其實她也不是真的怕，只是那天肚子的不適，讓她內心留下了陰影。

「鐵嬸子，我娘在您家裡嗎？」喬春站在鐵成剛家門口，探著頭對屋裡喊著。

話剛落下，鐵嬸子就從屋裡探出頭來，她看到喬春時，便咧著嘴走了過來，親暱地牽著她的手就往屋裡去。

「妳娘在我家呢，快點進來，瞧，妳的手都冰成鐵塊了。」

「春兒，外面這麼冷，妳怎麼出來啦？」林氏見喬春凍得鼻子紅紅的，趕緊站了起來，將手裡的炭壺子塞到喬春手裡。

喬春站在林氏身邊往屋裡掃視了一圈，發現除了鐵成剛，李大也在。她笑呵呵地向屋裡的人打了聲招呼：「鐵叔好，李叔好！」

「春兒，到這邊來坐，有不少日子沒看到妳了，這肚子是愈來愈大了。」鐵嬸子不知從哪裡搬了一張木凳子進來，笑呵呵地打量著喬春的肚子。

自從上次喬春帶她去挖番薯之後，她對喬春就更有好感了，只差沒把她當成救世菩薩。前些日子聽到村民到處在說唐家的閒話，她還跟那些愛在人後搬弄是非的人爭執了不少。

喬春向鐵嬸子道了聲謝，便坐了下來，抬眸一看屋裡的人都笑呵呵地打量著她，心想也許婆婆已經說了要請他們幫忙翻地的事，便直接切入主題。

「鐵叔，我想我娘已經跟您提過幫我們家翻地的事了吧？」

喬春見鐵成剛點了點頭，又道：「其實我來這兒也是為了這事。我擔心我娘說得不夠明白，特地過來跟您解釋一下。我們家在清水山的那片地明年開春準備種茶樹，所以想請鐵叔幫忙問問村裡有沒有人願意出工，我們會以每天二十五文的工錢算給大家。」

一時之間，屋子裡吸氣聲四起。

四雙眼睛怔怔地看著喬春，直到他們看到她肯定地點了點頭，才相信她說的都是真的。

剛剛林氏沒說那地是要用來種茶樹的，茶葉是多麼珍貴的東西，他們也都了解，真沒有想到喬春居然想自己種茶樹？她怎麼會種茶樹呢？以前可都沒有聽說過啊！

「春兒，妳在家時沒說過要給工錢啊？」林氏伸手拽了下喬春的袖子，附在她耳邊輕聲問道。

一天二十五文？這工資太高了，還不如她和桃花自己去翻！林氏原本以為只要為幫忙的人做頓好吃的就可以了，沒想到還要付那麼高的工錢，想著她就覺得心痛。

喬春握住林氏的手，輕笑著向她解釋：「娘，鄉親們幫忙幹活，給工錢是應該的。」

林氏看喬春對她眨了眨眼，心想她這麼做自有道理，也就不再過問，靜靜坐在一旁。

「春兒，妳是說明年要種茶樹？幫妳家翻地，還會按日給工錢？每人每日二十五文？」鐵嬸子臉露喜色地盯著喬春，不太確信自己耳朵聽到的話，吊著一顆心輕聲問道。

幹一天活就二十五文錢，對於他們這些莊稼人來說，這工錢實在誘人！

喬春明亮的眸子掃過鐵成剛他們的臉，朝他們頷首淺笑，一字一句道：「對！沒錯！每人每日二十五文。」接著又道：「可是，我們家不管飯，所以每人每日再加五文飯錢。」

二十五文加五文，那不就是幹一天的活就能領三十文工錢？

「春兒，我和妳鐵叔願意一起去幫妳們家翻地。茶葉可是好東西，以前怎麼不知道春兒會種這個呢？」鐵嬸子難掩笑意，當場就報名，也問出了心裡的疑惑。

鐵成剛好不容易合上因過度驚愕而張開的嘴，他緊緊盯著喬春，等待她的回答。

突然，他腳上傳來一陣疼痛。鐵成剛偏過頭看著李大那張憋得透紅的臉，瞬間明白了他的用意。想來李大也想幫唐家幹活，可是他們家的婆娘王氏與唐家一直不對盤，這會兒他就是想，也不好意思開口，因此暗中求鐵成剛幫忙。

喬春掃了一眼李大和鐵成剛的互動，驟然想通他的顧慮和意思。她略過鐵嬸子的疑問，笑看著李大，道：「李叔，您這幾天有沒有空？如果有空，我也想請您幫我家翻地，可以嗎？」

李大的臉瞬間亮了起來，他憨笑著，伸手撓了撓頭，用力點著頭。「我有時間，明天就跟成剛一起去翻地。」

喬春淺淺一笑，看著鐵成剛，道：「鐵叔，要不這樣，您幫我問問村裡還有沒有人願意幫忙翻地，但是幹活的人必須手腳麻利、身強力壯，十五歲以下、四十歲以上都不要。另外我還有一些細節上要交代，明天到地裡再跟大夥兒說明。」

鐵成剛驚訝地看著喬春，沒想到她一個婦道人家竟能把事情想得這麼周全？他不禁再次深深打量她，看她落落大方對他回視一笑，這才出聲向她確認。「子諾媳婦的意思是指我們三個人還不夠？還要再請人是嗎？妳還想請多少人？」

「再找十多個人吧，但必須符合我剛剛說的條件。」喬春說完，站起來向屋裡的人道了聲謝。「那就麻煩各位了。」

喬春接著偏過頭，對一旁的林氏道：「娘，我們先回家吧。」

婆媳兩人告別了鐵氏夫婦，手牽著手往家裡走去。

「咳、咳、咳……」

路過鐵龍家門口時，冷風中又傳來了劇烈的咳嗽聲，喬春不由自主地側目斜視婆婆的表情。

只見林氏臉色微沈、眉頭緊擰，嘴巴也抿得死緊，拉著喬春的手，不自覺地加快腳步。

有問題！婆婆一定與那個幽靈女人有什麼瓜葛！難道真如自己猜測的，她之所以變成那樣，與唐家脫不了關係？

喬春心裡很是好奇，可又不敢輕易向林氏問起，只能默默跟著回家。

第二十七章 上代恩怨

晚上，喬春拉著桃花的手，非要桃花跟她一起睡。平日桃花都跟林氏一間房，大家也都習慣了，但喬春的理由很簡單，就是她怕冷，想跟桃花取暖。

「桃花，妳睡了嗎？」喬春輕輕搖了一下躺在身邊的桃花。

「沒呢。」桃花輕聲應道。

「嫂子問妳一件事好不好？」喬春爬了起來，摸索著走到桌子前，輕輕滑開點火石，將油燈點燃，又回到床上。

「我就知道大嫂拉我一起睡，目的沒那麼簡單。」桃花坐了起來，轉過身子，一雙眼睛骨碌碌地盯著喬春，嘴角微微向上翹起，對喬春的目的早已了然於心。

喬春爬進暖烘烘的被窩裡，伸手刮了下桃花的鼻子，笑道：「就知道妳是個鬼精靈，什麼也瞞不過妳，不過這事可不能向娘說起，一個字也不能提，知道嗎？」

桃花一聽，立刻神色緊張地瞅著喬春，問道：「大嫂，妳做了什麼事？為什麼不能讓娘知道？」

喬春嚅動了一下嘴唇，醞釀了許久，才窘迫道：「桃花，妳知不知道鐵村長家裡有一個生病的女人？她是誰？生的是什麼病？怎麼瘦得像具骷髏似的？」

喬春說完便緊緊盯著桃花，生怕錯過她臉上的表情和反應。

果然，桃花一聽到「生病的女人」，臉色就變得不太自然，眼眸底下還掠過一絲同情。

喬春一看，更加篤定那個女人與唐家有很大的關係。

「大嫂，妳見過百川他娘？」桃花靜靜看著喬春。

「百川他娘？」喬春反覆低喃，雙手突然用力抓著桃花，驚訝問道：「桃花，妳跟鐵百川真的是那種關係？」

桃花的臉頓時火紅了起來，但眼眸中瞬間又閃過一抹哀傷。她瞥了一眼喬春，將她的手拉下來，沈聲道：「大嫂，我和百川以前是有那麼點意思，可是自王氏跟我們鬧過後，除了上回不小心撞在一起，他每次見我就躲，我想我和他的情愫也算是過去了。」

喬春伸手緊握住桃花的手，安靜地等她往下說。

桃花對喬春笑了笑，淡淡道：「大嫂，我沒事！不管怎樣，我一定會堅強的。百川他娘的事，我也不太清楚，只是聽別人說，她、鐵村長、咱們爹娘，四個人年輕時好像有過糾葛，其他的，我就真的不知道了。」

喬春輕輕嘆了口氣。還真是混亂……上一輩的關係都這麼複雜，桃花和鐵百川估計真的沒戲唱了。就算他們願意，長輩可能也不會同意。

桃花飛快下了床把油燈吹滅，跑回床上，拽了下喬春的手，道：「大嫂，睡吧！明天妳不是還想去咱們家地裡嗎？」

「嗯。」喬春縮回被子裡，眼睛卻睜了好一會兒才合上。

這一夜，她和桃花都各懷心事，睡得極不安穩。

一連幾天，唐家在清水山的地煞是熱鬧，不但人進人出，遠遠地站在村裡，就能看到地裡燒起的火苗和濃煙。

喬春挺著沈重的肚子，在廚房裡做了一些番薯餅，又燒了一些水，提著這些東西，慢慢往清水山走去。

「子諾媳婦，妳提這麼多東西是要去地裡嗎？妳的身子不方便，讓我幫忙提過去吧？我正好有點事要去找成剛。」

喬春剛走到小山坡下，就遇到肩扛鋤頭的鐵龍，看樣子他是去疏通河水了。每屆村長冬天的主要職責，就是去河邊疏通河道，因為河邊的樹葉都掉在河面上，加上河裡水草較多，很容易將河道堵塞住。

「不用了，鐵村長，您還是忙您自己的事去吧。」喬春抬頭笑看著鐵龍，客氣地應道。

自從聽桃花說起婆婆和他們夫婦的事後，喬春就不覺地拉開與鐵龍的距離，雖然她說不上具體原因，但這麼做似乎比較好。

鐵龍的眼睛瞇了起來，迸出一道探究的目光射向喬春，他的眉頭緊鎖著，心裡很是納悶這喬春怎麼好像對他有點敵意？

「子諾媳婦，什麼時候跟鐵伯伯這麼客氣啦？我不是正好要去找成剛嗎？既然順路，就一起走吧！」鐵龍說著，不由分說地一把奪過喬春手裡的籃子，轉過身子，率先領在前頭，往清水山走去。

喬春無奈地看著自己空蕩蕩的手，不禁有些責怪起自己。鐵龍再怎麼說也對她們家多所照顧，自己怎麼就這麼不懂事？上一代的事情，不是她能左右的，更不是她可以評論的，現在婆婆似乎對鐵伯伯也沒什麼芥蒂，她又何必這麼做？

想著想著，喬春的心不知不覺中放寬了，她瞅著前面那偉岸的背影，輕聲道：「鐵伯伯，有件事情春兒問了怕是唐突，但是如果不問，春兒就會亂作猜想，所以我還是想問一下，希望鐵伯伯您可以告訴春兒。」

「子諾媳婦有什麼事情這般難於啟齒呢？放心問吧，只要鐵伯伯知道，就一定會告訴妳。」鐵龍並未停下來，也沒有轉過身子，只是放慢腳步，輕快地應著。

喬春嚅動了幾下嘴唇，幾次話到嘴邊，卻還是說不出口，就怕鐵龍聽見後會生氣。畢竟桃花後來交代過她，那事不能隨便找人問，更何況是當事人呢？

走在前面的鐵龍或許是見喬春久久不吭聲，便停了下來，轉過身看著喬春。「子諾媳婦的問題真的這麼難於啟齒嗎？那還是不要問好了。」

「呃……」喬春怔了怔，想到自己好不容易開了口，這會兒怎麼能臨陣脫逃呢？於是她便一鼓作氣問道：「鐵伯伯，百川他娘生的是什麼病啊？」

算她多事好了，但她實在很想知道，如果不問清楚幽靈女人的事，心裡多少都會有陰影存在。

鐵龍的眉頭深深皺成一個川字，他家的婆娘自從病了以後，就沒再出過門，喬春是怎麼知道的？更何況，這也算他心裡最掛念的傷痛，隨便一碰就會流血。

「對不起，鐵伯伯，是春兒踰越了，這是您的家事，春兒實在不宜過問。」喬春見鐵龍那瞬間老了十幾歲的模樣，不由得感到不忍，暗暗責怪起自己的魯莽。

唉，自己沒事幹麼非要揭人瘡疤呢？

「百川他娘的老病根是咳嗽，以前還沒這麼嚴重，但這五年多來病得愈來愈重，所以一直沒再出門。」鐵龍輕吁了一口氣。

「伯母病了這麼多年，都沒找大夫看過嗎？」喬春不解地問道。

「唉。」鐵龍長長嘆了口氣，轉過身子繼續往前走，輕聲道：「病情剛開始加重那段時間，我們也找過大夫來診治，可是她根本就不肯吃藥。後來情況就愈來愈嚴重了，經常發燒、胸痛，最近半年來還經常咳血……唉！」

喬春看著鐵龍的背影，不禁搖了搖頭。想不到鐵一般堅強的村長，竟然也有如此滄桑、無奈的一面。

接下來一路上，他們誰都沒有再說話，沈默著向清水山走去。

「娘，休息一下吧，先喝點水，吃點番薯餅。」喬春向正在地裡幹活的林氏喊了喊。

「好。」林氏停下手裡的活兒，抬頭揚起燦爛的笑容，但是當她看到提著籃子的鐵龍時，不由自主地閃了下神，眉頭輕輕蹙著。

但她隨即又恢復正色，淡笑看著鐵龍，問道：「鐵村長，怎麼有空來我家地裡？有什麼事嗎？」

「沒事，我是過來找成剛的，路上剛好遇到子諾媳婦，所以就一道過來了。」鐵龍將籃子放在地上，瞇起眼到處尋找鐵成剛的身影。

「他們在上面，你上去時順便叫他們都下來吃點東西、喝點水吧。」林氏自顧自地喝水，低著頭，不再看鐵龍，輕聲說道。

「嗯。」鐵龍低低應了聲，悶著頭就離開。

喬春眉毛都快擰成一條線了，看樣子他們過去糾葛肯定不簡單，就鐵龍和婆婆的個性來說，這種對話方式實在太誇張了。

不一會兒工夫，幹活的人都笑呵呵地圍著籃子吃喝了起來。這幾天相處下來，大夥兒都已不再拘禮，因為喬春做的番薯餅實在是太香，再者唐家絲毫沒有老闆的架子，大家自然而然打成了一片，甚至保證明年開春種茶樹時，一定會來幫忙。

聽到這些話，最高興的莫過於林氏，她現在終於明白喬春當初給工錢請人幫忙的用意了。她們家清一色都女人，很多事情不能親力親為，而且如果她們想在山中村站住腳，與村民打好關係也非常重要。

「鐵伯伯，您也吃點番薯餅吧，嚐嚐我大嫂的手藝，可香了。」桃花從籃子裡拿一個番薯餅，覥著粉臉，走到人群外的鐵龍身邊，一雙大眼睛眨巴眨巴地看著他。

「呵呵，謝謝桃花！」鐵龍微笑著接過餅，一口下去就去了一半。樂得桃花忍不住呵呵笑起來，一雙水靈靈的眼睛笑得像是彎彎的新月，天真爛漫。

喬春見狀心想：桃花這模樣哪像已經放棄跟鐵百川的感情？但若不是心存期望，只怕是念在鐵百川的分上，對他爹特別照顧吧！

「大夥兒繼續吃吧，我這就先回去了。」鐵龍向村民打了聲招呼，轉身就要離去。

「鐵伯伯，等一下，我也該回去了。」喬春及時喊住抬腳就要離開的鐵龍，跟林氏說了聲，就提著已經被一掃而空的籃子，尾隨在他後面，慢慢朝村莊走去。

「子諾媳婦，妳是還有什麼事情要問我嗎？」半路上，走在前面的鐵龍，突然出聲向後面的喬春問道。

其實早在喬春說要跟他一起回村的時候，他就覺得她還有問題要問自己。可一路上左右等卻不見她吭聲，便自己提起話題，誰教這丫頭他看著心疼呢？

「鐵伯伯……您怎麼知道我有問題要問您？」喬春有些不好意思，難道自己的心思全都表現在臉上嗎？

自己正愁著該怎樣開口，現在倒好，可以就坡下驢，也算幸運。喬春想著便撇了撇嘴道：「鐵伯伯，有一件事，春兒已經憋在心裡很久了。這村裡的河到底有什麼傳說，為什麼大家除了挑水跟洗衣，都不敢去靠近河邊的地方呢？」

鐵龍是村長，幾乎每天都要去河邊檢查，這個問題問他再合適不過，省得這個疑問一直擱在她的心裡，怪不舒服的。

「妳不知道？我聽說妳以前可是最怕去河邊的！」鐵龍經她這一問，不禁想起那次她和王氏打架，事因好像就跟她去河邊有關吧？當時他覺得滿奇怪的，可後來慢慢地就忘了這個疑問。

「鐵伯伯，您有所不知，自從我病了一場以後，好些事情我都不記得了。」喬春輕聲說著，不禁慶幸她現在是站在鐵龍的背後，不然還真有可能被他看出些端倪來。

喬春想了想，又道：「鐵伯伯，春兒不記得以前很多事情，這事我一直瞞著我婆婆，就是怕她會擔心，所以請您替我保守這個秘密，好嗎？」

其實，喬春是真的怕林氏擔心，而且她這段時間的變化太大，村中一定會有不少好事者暗中注意她。鐵龍是山中村很有名望的人，又是一村之長，由他出面，相信大家都會尊重，現在先請他多關照也好，說不定以後還得仰仗他的出言相助呢！

「好，鐵伯伯一定會幫妳守住這個秘密。」鐵龍爽快應了下來，不禁想起喬春知道子諾死訊時，那撞牆殉情的決烈和義無反顧。他也遇過不少大風大浪，卻還真沒見過這麼貞烈的女子！

內心滑過一絲絲心疼，鐵龍轉過頭瞥了喬春一眼，緩緩為她道起那條河的傳說。「子諾媳婦，既然妳這麼想知道關於這條河的傳說，我就告訴妳吧，只是妳聽了可別害怕。」

喬春點了點頭，提著心弔著膽地豎著耳朵。

「相傳這河裡住了一個河母，她年年都要河邊的村民為她獻上一雙童男童女當供品，好用來修練道行。後來有一部分村民不願意，硬是沒按日子供上童男童女，從那時開始她就生氣了，每年都會吞噬河邊附近的村民，久而久之，大夥兒就很害怕去河邊了。不過，聽說清晨河母都會睡得很熟，所以大家才會趁這時候去河邊挑水洗衣。」

鐵龍說完，目光悠遠地望著村邊那條河，眼神迷離，長長吁了一口氣——希望喬春別又陷入失去子諾的痛苦中才好。

當時就是有小孩偷偷跑去河邊玩耍，結果恰恰生了大水，有村民看到了，卻不敢出手相救，只能看河水暴漲，孩子在河中的小沙洲上動彈不得，情況危急。此時子諾碰巧經過，不顧危險跑去救人，儘管他身強力壯，又練過些功夫，但畢竟敵不過大自然的力量，當他好不容易把孩子送到岸邊時，突然一陣急流沖下來，轉眼就不見他的蹤影了。

由於遍尋不著子諾的屍體，加上村民都相信被那樣的大水沖走，他不可能還活著，於是就為他做了個簡單的衣冠塚。由於林氏拉下面子苦苦哀求，鐵龍便要村民守口如瓶，不能讓喬春知道子諾的死訊，免得出意外。只不過，瞞得了一時，瞞不了一世，當喬春尋死尋活時，桃花嚇得趕緊請他來幫忙，卻還是沒能阻止她撞牆尋短。

「原來如此。」喬春對鐵龍的講述，只是簡潔回應了一下。古代的人都相信鬼神之說，山中村的居民似乎更是深信不疑，怪不得村民全都害怕去河邊。

鐵龍以為喬春又想起唐子諾的事情，便不再吭聲。接下來一路上兩人保持沈默，一前一後進入村莊。

接下來眾人又忙了幾天，終於把唐家在清水山上預定種茶的地全都翻完了，每個人都笑得合不攏嘴，開心地數著銀子從唐家離開。

短短十天他們就掙到三百文，都能買上十多斤豬肉了！可那些大部分沒能上唐家幫忙的人，看著這些人高高興興領著銀兩回家，全都眼紅起來，一些惡意中傷的謠言四處傳了開來。

有人說，這唐家的女人不知使了什麼媚術，勾搭上鎮上某個大戶人家的少爺，這才有了白花花的銀子來請人翻地；也有人說，喬春大得誇張的肚子裡懷的可是煞星，去幫忙的人肯定會倒楣。

反正是人怕出名，豬怕肥，人家看你日子過得好，心理不平衡，什麼難聽的話都說得出來。

這天林氏又是氣鼓鼓地從外頭回來，坐在木桌前，半天不吭聲。

「娘，您這是怎麼啦？」桃花擔心地問。

「娘，外頭是誰給您氣受啦？還是身體不舒服？」喬春見林氏氣得不輕，趕緊站了起來，走到她面前，伸手就往她額頭上摸。

「去去去。」林氏甩了甩頭，偏開身子，躲開喬春伸過來的手。

喬春愕然地看著自己撲了個空的手，輕輕蹙著眉，眼睛一眨也不眨地打量林氏，不禁猜測自己什麼時候得罪了婆婆？

「娘，這是怎麼啦？您可不能在外頭受了氣，回家就找大嫂出氣啊，她可還懷著娃娃呢！」一旁的桃花看不下去了，皺著眉頭看著林氏道。

娘也真是的，外頭的風言風語她又不是沒聽過，可不能因為那些子虛烏有的事情，而影響一家人的感情。畢竟現在唐家已經簡單到只有三個女人了，如果她們自己都不團結、不相信彼此，那這個家不如散了。

林氏也知道自己的態度有些過分，她抬眸瞄了喬春一眼，又低下頭不停嘆氣，過了好半晌，才嚅動了幾下嘴唇，輕聲道：「唉，春兒，妳也別生娘的氣，娘真是被外頭那些人給氣壞了。妳可別往心裡去，娘絕對沒有怪妳的意思。」

喬春伸手撫上林氏瘦小的肩膀，輕輕勾起唇角，淡淡道：「娘，我沒事！都是因為兒媳沒將事情處理好，才會讓娘在外頭淨聽人家的閒言碎語，是兒媳對不住您。」

「娘、大嫂，妳們快別這樣，我們一家人沒必要這麼生分吧？外頭那些人的嘴我們又堵不住，只要像之前一樣別理會，過幾天就好了。我看那些人還不是眼紅咱們家，我們現在愈過愈好，他們心裡肯定不好受。我說我們就要愈過愈好，儘管讓他們難受去！」

桃花也伸手撫在林氏另一肩上，她抬眸看看喬春，又看看林氏，很成熟地安慰她們。

「噗。」喬春看著桃花故作大人的模樣，忍不住噗笑起來，輕啟唇瓣，揶揄道：「桃花，妳真是像個小……老太婆呢！哈哈……」

「大嫂，妳……」桃花不依地跺了跺腳，伸手就往喬春腋下搔去。

「桃花小老太婆，求妳啦！放過我吧！癢啊！」

「看妳還敢不敢再這樣叫我？哼！」

「哈哈……」

林氏看著喬春和桃花開心玩鬧著，心裡的陰霾頓時一掃而空，笑咪咪地看著她們兩個耍寶，直到喬春笑得上氣不接下氣，她終於忍不住出聲制止桃花。「桃花，快點停下來，妳大嫂可不能陪妳這樣玩！」

是啊！桃花說得對，讓那些眼紅的人難受去吧！她們自己開心，才是最重要的！

第二十八章　夜有所夢

「桃花，妳和娘今天去鎮上時，能不能幫我帶文房四寶回來？」這天吃完早飯，喬春淺笑著對正準備和林氏一起到鎮上採辦年貨的桃花道。

「大嫂，妳要用文房四寶？」桃花將揹在背上的竹簍拿下來，看著喬春再次確認道。

喬春朝她點了點頭，道：「我想畫茶園的區域出來，下次妳去鎮上時好幫我帶過去給錢少爺，讓他對茶樹苗的量心裡有數才行。再說，我不是說過要教妳識字嗎？妳順便多買點紙回來，嫂子這就開始教妳，好不好？」

桃花一聽大嫂要開始教她識字，小臉上瞬間綻放出燦爛的笑容，轉身就往喬春房裡走去，道：「不用買啦！妳床底下就有妳要的那些東西。」她床底下有那些東西？她怎麼從來都不知道？喬春聽著，轉身尾隨桃花往自個兒房間走去。

當喬春一進門時，便看到桃花趴在地上，從她床底下拉出一個上面鋪滿灰塵的木箱子，突然有些明白這些東西藏在床底下的用意了。

如果她猜得沒錯，這個木箱子裡裝的東西應該全都是唐子諾生前用過的東西吧？她們之所以大費周章地藏起來，想必也是怕她睹物思人，再做出什麼傻事來。

這「喬春」對唐子諾的感情到底有多深啊！深到如此義無反顧撞牆，而這唐子諾又是個怎樣的人，值得一個女子願意生死相隨？

「好啦！妳要的東西全都在裡面了。」桃花笑呵呵地站起來指著箱子，當她轉過身看到喬春一副沈思的模樣時，才赫然想起這個箱子裡裝著的都是大嫂的痛。

桃花頓時驚慌失措，她扭著手指，眼眸底下全是滿滿的擔憂，過了好一會兒，才怯怯地低聲道：「大嫂，對不起！我……我……」

喬春猛然回過神，她幾步上前伸手拍了拍桃花的肩膀，安撫道：「桃花，沒事！事情都過了這麼久，大嫂早就想開了。現在大嫂心裡想的是怎樣把咱們家的茶園弄好，沒心思想別的。現在妳們和肚子裡的孩子是我最重要的人，我不會再鑽牛角尖。」

「春兒，妳能這麼想，娘就真的放心了……」林氏不知何時走到喬春房門口，她欣慰地看著喬春，伸手拭著眼角的淚。

喬春淡淡笑道：「娘，我真的沒事。妳們放心！我知道現在對我來說什麼才是最重要的。您和桃花先去鎮上買東西吧，早去早回，我來收拾這些東西。」

「好！娘知道妳是個懂事的孩子。」林氏朝她用力點了點頭，向桃花招招手，兩個人就並肩出門去了。

喬春站在院子外目送她們離開，之後轉身到廚房拿了一塊乾淨的布，回到房裡，輕輕擦拭箱面上的灰塵，擦好以後便坐在一旁的木凳上休息。

過了很久，喬春才緩緩彎身打開箱蓋，一股濃厚的墨香味剎那撲入鼻腔，入眼的除了文房四寶，竟是滿滿的字畫和書籍。想不到這個唐子諾是個文儒雅士，還真是出乎她意料，她本以為他和普通的莊稼漢一樣不識字呢。

喬春將箱子裡的文房四寶拿了出來，在她抽拿紙張時，不小心將一幅畫給抽了出來，她拾起那畫軸，小心翼翼攤開，細細觀摩著這幅畫功深厚、情景溫馨的畫。只見畫中有對夫婦坐在院子裡的石桌旁，笑看在石桌邊不遠處手裡提著燈籠嬉笑玩耍的孩子，從頭飾上不難看出那是一男一女。

喬春驚訝地發現畫中的婦人與林氏有幾分相似，而那女孩子分明就是桃花。那……那個男孩子就是唐子諾嘍？喬春湊近了臉，睜大眼睛好奇的打量畫中的男孩。雖然小孩子長大以後模樣會變，但從那五官線條中不難看出，唐子諾是一個俊美的男人。

喬春慢慢收起那幅畫，不甚熟練地磨起了墨。之前在錢府簽契約時，有磨好的墨可以使用，她都不知道幾年沒自己磨墨寫過毛筆字了，實在有些生疏。

拿起筆，喬春慢慢勾畫起烙印在腦海裡，那塊唐家在清水山上的地。落下最後一筆後，她沈思了一下再度拿起筆，在各個區域下方標注下茶樹苗的需用量以及生長週期等資料。

站起來活動了一下身子，喬春認真審視茶園的區域圖，突然間她的嘴角逸出一抹笑容。她提起筆，在圖的正上中央寫下「春滿園」三個字。

呵呵！齊了！喬春用力做了個加油的手勢，得意洋洋地看著桌上的圖，腦子裡反覆勾勒出理想中的唐家茶園。
或許是因為喬春白天在畫中看了畫有唐子諾的圖，夜裡竟作了一個夢，夢到唐子諾微笑著站在她面前，一雙溫暖的雙手撫著她的肚子，閉著眼睛感受寶寶的胎動。儘管她不知道唐子諾現在的長相，但喬春就覺得是他。
喬春尖叫一聲，從夢中驚醒過來，睜大眼睛怔怔地盯著頂上的橫樑。
現在是什麼情況？她怎麼會夢到唐子諾？那雙手的溫度就像真的一樣，該不會是見鬼了吧？
「大嫂，妳起床了沒有？要準備吃早飯了。」門外傳來桃花清脆的聲音，喬春趕緊坐了起來，應道：「馬上就來！」
別多想了！一定是自己昨天看到畫時，在腦子裡留下深刻的印象，正中了那句老話——日有所思，夜有所夢。
喬春梳洗過後，緩步走到廚房，當她發現吃飯的木桌上擺著她到這裡以後還沒吃過的東西時，便問道：「娘，今天怎麼包餃子呢？真是辛苦您了。」
桃花端著裝有餃子的湯碗，輕輕放在桌上，轉身嘟著嘴，瞅著喬春，很是委屈地說道：「大嫂，人家也是很早就起床幫忙，妳怎麼……」
說著，她跺了跺腳，佯裝生氣地又去灶臺上端餃子。

「桃花，妳性子也該穩重一點了，過不了幾天，妳就十三歲了，也該給妳物色一門親事啦。」林氏滿眼慈祥，笑呵呵地看著桃花。

自家閨女長得水靈靈的，如果不是因為家裡條件不好，那些媒婆早就把她家的門檻給踏平了，哪會至今仍乏人問津呢？

「娘，您在說些什麼？人家才多大啊！」桃花含羞帶怯地瞥了林氏一眼，一張粉臉紅得發火。

喬春聽了，則是細細打量起林氏。她想弄清楚婆婆是真的不知道桃花和鐵百川的事，還是假裝不知道？

林氏板著臉，抬眸刮了桃花一眼，聲調平平地道：「桃花，我可跟妳說了，別跟人家男孩子走太近，省得別人在背後亂嚼舌根。」

林氏看桃花低著頭，扭玩著手指頭，續而又硬聲道：「那事妳最好趁早死心，只要有我一口氣在，我就不會答應。」

果然是知女莫若母，看來林氏把一切都看在眼裡。

喬春看著桃花抬眸怯怯地望向林氏，眼睛紅得像隻兔子，忍不住心疼起來，連忙出聲打斷這沈悶的氣氛。「娘，我餓了！」

「啊？」林氏轉過頭看到喬春那可憐巴巴的樣子，向桃花招了招手，接著道：「娘都忘記春兒該吃飯了，可不能餓壞了我的寶貝孫子！桃花，快點坐下來吃，再不吃，餃子就冷了。」

「桃花，大嫂可是第一次吃妳包的餃子呢，這些餃子包得真漂亮！」喬春調皮地向桃花眨了眨，見桃花眼裡終於有了一絲笑意，這才吃起餃子。

「真好吃！皮薄餡汁多，娘和桃花包的餃子可真棒！」喬春低頭咬了一口餃子，頓時被滿嘴的肉汁香給征服了，秋眸含笑嘟囔著。

「對了，娘，您還沒說今天怎麼包起了餃子呢！」喬春吃著餃子，口齒不清地問道。

「今天過小年呀，妳忘記了嗎？」林氏疑惑地問道。

等滿口餃子下肚後，喬春才面帶窘迫看著林氏，輕聲道：「呵呵，娘，我忘記了。也不知怎麼了，最近老覺得睡不夠，記性也變得不好。」

「婦人懷著身子有這些情形是正常的，不用擔心。馬上就要過年了，家裡的事有我和桃花就可以了，妳多休息就是了。」林氏輕聲安撫喬春，接著又道：「快點吃吧，待會兒可就都冷了，等收完碗筷，我和桃花也得掃年和祭灶了。」

「嗯。」喬春知道過小年的用意，小時候聽姥姥說，過小年其實就是祭祀灶王爺的日子。相傳每年臘月二十四日灶王爺就要上天庭向玉帝報告每家每戶的品行，大年三十的晚上，又會回到人間來過年。

所以，過小年這一天，家家戶戶都會打掃屋子，在灶臺上擺供祭品、灑酒三杯，好送灶王爺上天，小年這天就只能吃餃子和麵條，說是「送行餃子迎風面」的意思。

小年來了，大年也就快到了。不過，俗語有「男不拜月，女不祭灶」的說法，如今看來山中村倒是不興這個說法。

喬春覺得習俗這類事情實在有趣，看樣子她又上了一課呢！

第二十九章　小年禮

吃完早飯，喬春就出了家門，沿著下圍下的小路悠哉地散起步來。既然在家幫不上忙，乾脆別杵在家裡造成她們打掃不便，更何況大掃除時屋裡一定灰塵滿天飛，她可不想讓孩子吸到那些東西。

突然間，一陣馬蹄聲傳了過來，喬春並沒有在意，心想或許是哪家在外工作的人，趕回家過年吧。可是當馬蹄聲愈來愈近時，喬春不禁皺起眉頭，挺著沈重的肚子，笨拙地往小路邊上退，生怕會被馬車撞到。

隨著車伕的喝令聲，馬車在不遠處緩緩停了下來，巧兒從馬車上跳下來，開心地朝喬春跑過來。「大嫂，妳這是要去哪裡啊？」

喬春驚訝地看著巧兒，應道：「我正準備出門走走，妳怎麼過來啦？」

喬春說著，朝巧兒後面的馬車打量了一番。原來是換了輛比較樸素的馬車，怪不得她沒認出來。

「我家少爺差我過來找大嫂的，走吧，咱們回去聊。」巧兒扶著喬春的手，笑容可掬地看著她。

「也好，外頭冷。」喬春說著，就和巧兒並肩往唐家走去。

「桃花，快出來看看是誰來啦？」喬春在院子門口喊著。

「啊？巧兒姊姊來啦？呵呵，快點進來坐。」桃花從屋裡跑了出來，高興地站在巧兒面前。

巧兒淺淺笑著搖了搖頭，伸手指了指院子外的馬車，兩個人隨即對視一笑，很有默契地並肩往馬車走去。

喬春看著她倆的背影，搖了搖頭。姑娘家的友誼可真不錯，瞧，桃花連自家嫂子都丟一邊了呢！

「春兒，快點進來，妳的房間已經打掃好了。」林氏見喬春還沒進屋，便探進頭來，對著還站在院子裡發愣的她喊了喊。

「哦。」喬春這才收回目光，走進屋裡。

此時桃花和巧兒從馬車上拿了好幾大包東西，接著便提進屋裡，放在小木桌上，不待林氏相問，巧兒便率先解釋起來。「伯母、大嫂，這些東西是我家少爺差我送過來的。」

「這麼多東西啊，這可怎麼好意思？」林氏吃驚地看著巧兒和桃花打開布包，裡面全是些滋養品、上等乾貨、炒貨，還有好幾大盒茶葉。

喬春側目看著滿滿一大桌的東西，不禁蹙起了眉頭。這錢財是什麼意思？過年送禮也不用送這麼多吧？待會兒她們得拿什麼來還禮？

喬春之前從桃花口中得知大齊國過年送禮都是年前送的，年後空著手去拜年就可以了。只不過，她們既然收了禮，自然得還禮。

「巧兒，妳家少爺這是什麼意思？平白無故的，我們可不敢收這麼多貴重的禮。」喬春挑了挑眉，一臉正色地看著巧兒，直接道出心裡的想法。

眼前還晃著上次婆婆生氣的畫面，喬春很清楚，以自己寡婦的身分，婆婆可見不得自己與其他男人走得太近，而且隔壁家的廖大娘準是瞪大了眼睛，探視著這邊的八卦。廖大娘的敬業精神，堪比二十一世紀的狗仔隊，只要嗅到一點點味道，就能編出個天花亂墜來。

「是啊！巧兒，妳家少爺送這麼多東西過來，我們真的不敢當！」果不其然，林氏立刻順著喬春的話，看著巧兒輕聲道。

這些東西她心裡雖喜歡，卻萬萬不敢收。這裡送年禮很講究還禮，也就是人家送你東西，你得還更為貴重體面的東西，再差，也得是價值不相上下的物品。

「伯母、大嫂，妳們多慮了！這不是年禮，是我們茶莊對合作夥伴的心意，我前幾天也替我家少爺送去其他地方，可不是只有妳們家才有。」巧兒大方地看著林氏和喬春，緩緩道出送這些東西的用意。

「真是這樣？」林氏一聽這些東西不是年禮，頓時放心笑了起來，瞅著巧兒笑道：「那巧兒妳先坐一下，伯母這就去廚房燒點開水給妳喝，等著啊。」

既然這些東西不是年禮，就表示她們不用拿東西出來還禮了。不是她這個人小氣，而是這些禮物太過貴重，她們根本還不起。

喬春目送林氏離開後，側過頭招呼巧兒坐下，若有所思地瞄了木桌上的東西一眼，剎那明白了錢財的用意。她抿了抿嘴，抬眸看著巧兒問道：「巧兒，妳老實告訴大嫂，剛剛那些話是妳家少爺交代妳說的吧？」

雖然在現代一般商家每逢節日和春節都會送禮給客戶，可錢府才是客戶，唐家說到底是供應商，而且還沒真正開始供應產品，就是送禮，也該是唐家送給錢府，哪可能反過來？這些話說穿了就是錢財用來安撫林氏的，她喬春可沒那麼好騙。

「大嫂，這一切果然瞞不過您。不過，這些東西是妳們應得的，我今天來，還有更重要的事情轉告給您。」巧兒頓了頓，晶眸含笑，嘴角彎彎地看著喬春道：「大嫂，我真的非常感謝您教會我許多茶葉方面的東西，尤其是那套茶具的用法……」

「巧兒，來喝點水。」林氏端著水從外面進來，笑呵呵地遞到巧兒手裡。

桃花正打算聽巧兒說些什麼，卻突然被林氏打斷，立刻噘起嘴，撒嬌道：「娘，您來得可真是時候，我正聽到重點，就被您打斷了。」

「真是個傻姑娘，人家巧兒又不是馬上就要走，妳急啥？」林氏靠著桃花坐了下來，伸手捏了一下桃花的鼻子，打趣道。

「娘，您再這樣捏，人家的鼻子就要塌啦！」桃花不依地叫道。

巧兒出神地看著林氏和桃花間親暱的互動，眼眶微微發紅，但瞬間又恢復正常，她偏過頭看著喬春，續道：「大嫂，妳們不知道，這半個月以來，我們茶莊裡賣的茶具有多受歡迎！這段時間我一直跟著少爺在鎮上與省城來回奔波，省城新開的茶莊裡更是供不應求，現在連錢歸都天天數著銀子，笑得合不攏嘴，直說大嫂是個才女呢！」

巧兒說完後，小心翼翼從腰間的暗袋裡拿出一個鼓鼓的大錢袋，輕輕放在桌上，道：「大嫂，這裡面有五十兩銀子，是少爺要我轉交給您的分成，您點一下數，收下吧。」

原本這帳一個月結一次，但顧慮到即將過年，少爺便要她在送禮的同時，順便將分成金交給唐家，他才能放下心好好過年。

五十兩銀子?!

林氏整個人瞬間石化，嘴巴微微張開，一臉不可思議地看著巧兒。

桃花也好不到哪裡去，販賣茶具以後她們的分成是多少，她再清楚不過，短短半個月，僅僅拿兩成的分成，就可以分到五十兩，那茶具真的那麼值錢嗎？

喬春盯著桌上的錢袋，已從剛剛的驚愕中回過神，只是她心裡也不禁猜測：錢財到底賣了多少茶具？這些茶具他又是以什麼價格來賣？姑且不論前置作業，才剛開始正式販賣半個月，他就能取得這般業績，實在了不得！

「巧兒，你們茶莊已經正式販賣那套茶具啦？」過了半晌，林氏才開口問道。生意上的事情她不懂，也不過問進展，一切都交給兒媳處理。

「嗯。少爺說，以後會賣得更好。」巧兒臉上泛著光彩，雙眼熠熠生輝。

喬春發現只要是說起錢財，巧兒總會是這副神情。呵呵，哪個少女不懷春？看來她對錢財另有心思。

「娘，您先把錢收下來。」喬春站起來，拿起桌上的錢袋放進林氏手裡，又偏過頭對桃花道：「桃花，妳先陪巧兒在堂屋坐坐，我回房一下，馬上就出來。」說完便往自個兒房間走去。

喬春回到房裡，從木箱子裡拿出文房四寶，研好墨後，閉上眼睛沈思了一會兒，待她再睜開眼時，眼眸裡已有了淡淡笑意。

她隨即動筆在宣紙上一筆一筆勾勒出腦子裡的圖案，半晌過後才停下筆，站起來輕輕甩動著有些痠痛的手臂，眼睛專注地凝視宣紙上的圖案。

既然那套茶具有這麼好的市場，那種類就不能太過單一。剛剛聽到巧兒的話時，喬春心裡就有一個不用花錢的回禮了，而且她能斷定這份禮對錢財來說比任何東西都重要。

休息了一下，喬春又坐了下來，抽出一張宣紙，洋洋灑灑寫了一封堪稱商業密函的信，再自製一個大信封，將剛剛畫的圖紙、茶園的區域圖還有信件一併裝在裡面，細心地封了起來。

看著信封上的「錢財親啟」四個大字，喬春這才慵懶地伸了個懶腰，拿著信從房裡走了出來。

「巧兒，這裡面有新的草圖，還有一份是我們家茶園的區域圖，妳拿回去交給妳家少爺看，他看了以後自然明白。」喬春含笑看著正聊得開心的林氏和巧兒等人，緩緩走上前，將密封好的信封交到巧兒手裡。

巧兒淺笑著應道：「大嫂，您放心，我一回去馬上就交給少爺。」說著又轉過身對一旁的林氏道：「伯母，我得回去了。眼下茶莊比較忙，這些日子我家少爺可都親自站櫃，沒休息過，我也該回去幫忙了，咱們以後聊。」

「巧兒，有空過來坐，伯母給妳做好吃的！」林氏站在院子口，對坐在馬車上的巧兒喊道。

桃花微紅著眼，依依不捨地揮著手。「巧兒姊姊，等妳得了空，記得要來找桃花啊！」

「少爺，這是唐夫人要我交給您的。」巧兒下了馬車後，快步走進茶莊，將懷裡的大信封遞到正在沖泡茶湯的錢財面前，情不自禁地瞟向錢財的臉，怔怔地看著他。

雖然巧兒在唐家稱喬春為大嫂，叫林氏為伯母，可是在自家少爺面前，她可是中規中矩，不敢踰越半分。

錢財放下手裡的蓋碗，迅速伸手接過巧兒手上的大信封，眼神有些迷離地盯著信封上娟秀的字。他對錢歸和巧兒交代了一聲，便轉身一頭鑽進後院書房裡。

巧兒沒有錯過錢財眼底透出的奇光異彩，不由得望著他的背影，輕聲嘆了口氣，內心漫上滿腔澀味。

希望少爺對唐大嫂不是她想的那般，如果真是那樣，苦的只會是少爺自己，老爺和夫人說什麼都不可能答應他娶一個寡婦進門的。

錢財關上門，走到書桌前拆開信封，滿臉驚喜地看著裡面裝的茶具圖紙。

一幅幅栩栩如生的圖案躍然紙上，有潔白帶著黃蕊的茶花、有青翠的竹子、有傲然的紅梅、有象徵富貴的牡丹，還有形狀趣味十足的茶罐。

過了好半晌，錢財才將手裡的圖紙放了下來，從桌上拿起那封信，細細看了起來。

喬春果真是個心靈手巧的女子，不僅有藝術素養，在商業方面絲毫不遜於他這個長年在商界打滾的人。

這還真是一份大禮！有了這麼多好看的圖案，產品的種類就會變得豐富許多，客人的選擇多了，生意自然也會愈來愈好。

錢財又拿起唐家的茶園圖，看著圖上標的茶樹苗預計數量等細節，沈思了好一會兒，這才輕輕放下那張圖紙，並從眾多茶具草圖中隨手拿出一幅，抬起腳急匆匆地走出書房。

「錢歸，你拿這張圖紙去找張師傅，問問他能不能做出這樣的東西？工價怎麼算？一天能做多少量？」

張師傅是承包之前那套茶具的工坊負責人，做事勤快、為人誠懇。喬春新畫的茶具需要花費更多心力製造，為了早日讓販賣工作上軌道，錢財自然一刻都不願意浪費。

「是，少爺。」錢歸應了聲，接過草圖，立刻就往錢財指定的地方趕去。

巧兒輕蹙著眉，看著錢歸匆忙的背影，又掉過頭瞥了一眼若有所思的錢財，低下頭，繼續忙手裡的活兒。

自從喬春教她如何用茶具沖泡茶以後，她的事情就多了起來，雖是累了些，但她卻非常滿意這種生活，因為她能有更多時間和少爺待在一起，重點是少爺也越發重視她了。

「巧兒，妳將那套茶具裡的茶罐全都裝滿茶葉，再放回去。」錢財偏過頭對櫃檯裡的巧兒吩咐完，又一頭鑽進了書房。

「是，少爺。」巧兒輕快應了聲。

第三十章　意外早產

唐家這邊則在送走巧兒後，又繼續打掃起房子。雖然家裡只有兩間房、一間堂屋、一間廚房，還有一個簡陋的澡間，但打掃起來還是滿費時間的。

「咳咳咳……」坐在桌子旁喝水的喬春突然咳了起來。

桃花站在凳子上，奮力舉著一根尾端綁著乾稻禾的長竹竿，清掃橫樑上的蜘蛛網和灰塵，聽到喬春被嗆得咳嗽，便停了下來，低下頭關心道：「大嫂，我看妳還是出去散散步吧，家裡灰塵太多了。」

「是啊！春兒，妳出去走走。」一旁正在清理屋內雜物的林氏也轉過頭，向捂著嘴咳嗽的喬春揮了揮手。

喬春輕輕點了點頭，應道：「娘，那就辛苦您和桃花了，我出去走走。」

原本她的確要避開灰塵，只是剛好遇到巧兒，才回到屋裡。現在巧兒離開了，確實可以出門完成未竟的散步之旅。

只不過喬春才剛走出門，進到院子裡而已，一陣馬蹄聲就從轉彎處傳來，沒多久一輛超級豪華的馬車就停在唐家院子口。

屋裡的林氏和桃花聞聲，同時站在門口向馬車張望，喬春也是愣愣站在自家院子裡，怔怔地瞅著馬車，心裡不禁嘀咕：這錢財不會這麼快又來了吧？她弄的那些東西他看不懂嗎？

只見馬伕畢恭畢敬地跳下車，打開車門，低著頭，卑微地朝馬車裡的人請安。「少爺，唐家到了。」

喬春心裡有些疑惑。她認識的錢財，不像是這種愛擺譜的人，難道馬車裡的人不是錢財？不是他，又會是誰？她可不記得自己認識這麼多大戶人家的少爺。

「嗯。」隨著一聲輕哼，馬車上鑽出了一個肥頭肥臉、豆粒眼、大嘴巴、身材圓滾滾的人，他身上穿的衣服很華麗，頭髮用一個金燦燦的髮圈簪著，用一支玉笄固定，怎麼看都像個暴發戶。

喬春緊緊抿著嘴，忍住想要大笑的衝動，眼睛不敢一直盯著他看，生怕自己會狂笑出聲。現在她真的可以確定不認識他，不然早就笑死了。

那男子滿意地看著喬春躲閃的目光，他緩緩站到喬春面前，神情傲慢地瞄了她一眼，隨著視線往下移，他微微一怔地盯著她那高高隆起的肚子，輕浮地聳了聳眉，冷笑問道：「妳就是喬春？」

「我是。」喬春瞪著他，語帶不屑地應道。他的目光讓她感到非常不舒服，在她的地盤上，竟然敢這樣無禮打量她，就是天王老子也不應該。

「妳知道我是誰嗎？」那男子微微有些不悅，縫眼裡迸出一道冷光。

「不知道。」喬春無視他的不悅，冷冷撇開眼，生怕難看的東西看多了，會嚇到肚子裡的寶寶。

「還真是個伶牙俐齒、不要臉的女人！居然連我堂堂錢府嫡子都不認識，還妄想與那野種謀取錢府的財產？哼！」

那豆眼男重重哼了一聲，續而瞅著喬春的肚子，輕蔑地冷聲道：「我今天是特地來提醒妳的，別以為生了錢財那野種的孩子，就可以進我錢府的大門！哼，他都沒資格，妳可別以為妳……」

「我打死你這個狗嘴裡吐不出個象牙的醜八怪，你說什麼？我看你才是野種！膽敢這般說我唐家的孫子！」那男人還未說完，林氏早已氣得七竅生煙，她順手拿起屋簷下的掃帚，劈頭蓋臉地就朝他招呼。

「啊！哪兒來的瘋女人？錢兩，你是死人啊？趕緊把這個瘋女人給我拉開！」那男人一邊狼狽地躲閃著，一邊氣急敗壞地朝那車伕斥喝。

「你敢?!」同樣火冒三丈的桃花也瞪大眼睛，舉著剛剛在屋裡掃蜘蛛網的竹竿對準正準備有所行動的車伕，冷冷喝道。

「真是個飯桶！一個小姑娘都怕成這樣?!」那豆眼男躲過林氏下一揮，接著順手推了喬春一把，轉身沒命地往馬車跑去，沒兩下就跟那叫錢兩的車伕逃了。

「啊……」喬春的身子一下子失去平衡，摔在冰冷的地上，肚子瞬間傳來劇痛，一股暖流從下體流了出來。

「春兒，妳怎麼啦？」林氏抬起腳，還想去追打那豆眼男，可聽到喬春的痛呼聲時，頓時嚇得把掃帚隨手一丟，上前蹲在喬春身邊，著急地看著她問道。

「大嫂，妳怎麼了？」桃花也丟下竹竿，腦子空白地盯著喬春瞬間被染紅的裙襬。

「救命啊！快來人啊！」林氏瞪大眼睛，死死盯著喬春染血的衣物，顫抖著身子，扯大嗓子拚命呼救。

「這……這……這是怎麼啦?!唐弟妹，妳家春兒這是要生了嗎？」隔壁的廖氏從屋子裡跑了出來，趕到唐家院子，低下頭擔心地看著喬春。原本她正暗中窺視唐家與那陌生人的互動，本以為又可以拿著第一手資料，向那些好事的村婦們說說，卻沒想到看到這般場面。

雖然農村的婦女在缺乏娛樂活動的情況下喜歡三五成群湊在一起，東家長西家短的，但是在緊要關頭還是互相扶持的。

「廖大嫂，春兒可能是岔了胎氣，怕是要早產了，妳快點幫我去叫石大嫂過來！」林氏急得掉下了豆粒般大的眼淚，轉過頭兩眼淚汪汪地向廖氏求救。

「我這就去！」廖氏站了起來，剛走幾步又停了下來。她轉回身，緊皺著眉頭，出聲提醒林氏：「外頭天冷，地上也很冰，可不能讓春兒著了涼氣，我們還是先把春兒扶到屋裡去吧！」

林氏的身子明顯顫抖了一下，心裡大叫一聲不好。真是愈活愈回去了，居然把這麼重要的事情給忘記了！她抬眸感激地看著廖氏道：「謝謝嫂子的提醒，我一著急就忘了產婦不能著涼！」

林氏說著，又偏過頭著急地對桃花喊道：「桃花，別再愣神了，快點過來幫忙，咱們得先把妳大嫂抬到屋裡去！」

「哦！」桃花回過神，趕緊跑到喬春身邊。

只不過，林氏、廖氏、桃花三個人合力，也沒辦法直接抬起喬春，急得大夥兒滿頭大汗。

「春兒，我們扶著妳，妳能走得了路嗎？」林氏眼淚在眼眶裡打轉，著急地附在喬春耳邊輕聲問道。

喬春這會兒已經冷汗涔涔，肚子傳來一陣陣絞痛，她悶哼著，艱難地張開眼睛，微不可見地朝林氏點了點頭。

她知道這會兒要是躺在冰冷的地上，對自己和孩子的身體都是一種傷害，就是再忍不了痛，她也得咬著牙抬腳，借著她們的力，將自己送進屋裡去。

「一、二、三！大嫂，妳要堅持住啊！」隨著桃花指揮，三個人齊心用力，扶著喬春一步一步進了屋子，待她躺在床上，廖氏才轉身飛快往上坡嶺跑去。

他們山中村只有一個接生婆，就是石虎子他娘。據說她的接生技術很好，村裡的小輩們幾乎都是由她接生的。

「啊……啊！娘，我好痛……啊！」喬春躺在床上，雙手緊緊抓著被子，她閉著眼睛，身上全是汗，散落下來的髮絲貼在臉上，更襯得臉色蒼白嚇人。

林氏坐在床邊，看著痛苦的喬春，眼淚拚命往下掉，心裡將那個豆眼男的祖宗十八代都問候了一遍。

她憐惜地抽出手絹，輕輕幫喬春擦拭臉上的汗珠，鼓勵道：「春兒，再忍一下，待會兒石大嫂就來了。」

接著林氏突然像是想起了什麼似的，轉過頭對站在一旁默默抹著眼淚的桃花道：「桃花，妳快點去廚房燒水，愈多愈好，待會兒要用，快去！」

「哦！」桃花沙啞地應了一聲，撒腿就向廚房跑去。

她好急好擔心！既期待小姪子降臨，又害怕大嫂有個什麼萬一，畢竟現在還不是大嫂的產期，簡單說就是早產，如果她家小姪子和大嫂有個什麼，她一定會去找那個醜八怪報仇！

「啊……」屋裡又傳來喬春的痛喊聲，聞聲而來的村民之中，男的全部都擠在院子裡，女的則全在唐家幫忙。

桃花聽到屋裡傳來的聲音，塞著柴禾的小手不禁頓了頓，一張粉臉皺得緊巴巴，倒是一旁的虎子媳婦忍不住了，出聲安撫她。

「桃花妹子，放心，妳大嫂一定會母子均安的，女人生娃都得受這一遭的。」

「真的嗎？」桃花抬起淚花斑斑的小臉蛋，一雙大眼睛直直地盯著虎子媳婦。

「嗯。」虎子媳婦重重點了點頭。其實她內心有些不安，畢竟喬春是早產，肚子又大得那麼嚇人，能不能平安說不得準。但現在她只能安慰桃花，也當作是安撫自己。

桃花得到她的保證，這才稍微放心了一些。

「啊……」房裡的喬春喊得嗓子都啞了，累得渾身失勁，可是肚裡的孩子好像仍舊沒有要出來的意思。

她好累，好想休息一下……

「春兒，別睡啊！妳得用力！孩子很快就可以出來了！」守在床邊的林氏驚恐地看著喬春緩緩合上眼簾，俯首在她耳邊大聲喊著，微微顫抖的手用力搖著她的肩膀。

不行！她不能讓春兒在這個時候睡了過去！這一睡意味著什麼，她心裡很清楚。

「娘，我好累……」喬春緊皺著眉頭，艱難地張開眼，看著林氏微弱道。

「春兒，這個時候千萬不能睡！聽娘的話，用力，孩子很快就可以出來了！」林氏的眼淚滴滴答答落在喬春手背上，就像是滾燙的開水般，炙得她清醒過來。

「啊……」肚子裡又傳來絞痛，喬春驟然抓住林氏的手，大聲喊叫起來。

「子諾媳婦！聽大娘說，妳先深呼吸，再用力，聽大娘的口號來，知道了嗎？」石大娘總算趕到了，她從屋外飛奔進來，就算累得上氣不接下氣，還是緊盯著臉已經痛得糾成一團的喬春，鼓勵道。

「對對對！春兒，妳石大娘是很厲害的接生婆，聽她的話準沒錯！」林氏使力握緊喬春的手，喬春則因為吃痛，死命回握住林氏的手。林氏那隻被她緊緊抓著的手疼痛得緊，但她卻不捨得抽出來，因為她知道喬春此刻需要親人給予她勇氣。如果這樣可以換來春兒母子平安，她的手就是殘了、廢了，也值了！

「吸氣……」

「用力！」

「吸氣……」

「用力！」

喬春強打起精神，聽著石大娘的口號調整吸氣與用力的時機，不知過了多久，隨著一聲嬰啼，喬春只覺眼前一黑，她手一鬆，頓時陷入黑暗之中。

「生啦，生啦！唐弟妹，恭喜妳啊，是個胖小子！」石大娘將嬰兒交給旁邊的林氏，接過鐵嬸子遞來的、剛剛在火裡燒過的剪刀，喀嚓一聲剪下臍帶。

「春兒，妳醒醒，孩子生下來啦，是個小子！」林氏輕輕拍著喬春的臉，可她似乎睡著了，一動也不動。

林氏錯愕地抬起頭看著石大娘，眼裡盛滿驚恐，嚅動著嘴唇，急迫道：「石大嫂，妳快看看春兒，她怎麼啦？」

「不好，出血啦！」石大娘驚愕地看著那洶湧而出的血水，低下頭認真檢查喬春的身子，對守在床邊的林氏吩咐道：「唐弟妹，妳快點拍醒春兒，不能讓她睡著了！」

「春兒，妳醒醒！」

「春兒，妳不能睡啊。」

「春兒，妳快點醒過來，妳聽聽，孩子都哭了，他在找他的娘親呢！」

「春兒……」

一時之間，除了林氏，擠得進房的婦人們全都幫忙叫醒喬春。

「唐弟妹，妳家裡頭有沒有人參？如果有，就快去找來煮碗參湯，幫她灌下去！」石大娘滿頭大汗地抬起頭，偏過頭在肩上蹭了蹭額上的汗水，沾在手上的鮮血分外讓人觸目驚心。

雖然人參是奢侈品，但一般農戶偶爾能挖到，加上唐家現在日子過得不錯，因此石大娘便大膽猜測她們家裡或許有人參。如果有，喬春這條命或許撿得回來！

「人參？」林氏怔怔看著石大娘，愣了好一會兒，才突然想起今天巧兒送來的眾多禮品之中，還真的好像有幾株人參！想著，她急忙將手裡的嬰兒交給鐵蟠子，轉身往自個兒屋裡跑去。

「娘，大嫂怎樣啦？孩子是不是生下來了？我聽到嬰兒的哭聲了！」林氏一出門，在門外乾等的桃花就抓著她的手，迫切地問道。

「桃花，快點去我們屋裡找一下今天巧兒送來的人參，找到後煮碗參湯端進來！」林氏看著桃花一臉呆滯，不禁衝著她大吼：「快去！再不去，妳大嫂就沒啦！」

林氏說完，轉身飛快閃進喬春的房裡。

「桃花妹子，快點去找！我先回去廚房準備。」虎子媳婦碰了碰桃花的手肘，急切道。看來喬春的情況不樂觀啊！算算她的日子，好像還不到九個月，搞不好生下來的孩子都難以存活。

唐家也不知是走了什麼霉運，一家都是好人，可怎麼就這般不幸？虎子媳婦皺著眉，長長嘆了一口氣，又鑽進廚房裡。

等在院子裡的漢子們，一看這架式，個個頓時屏著氣，伸長著脖子，眼光透過堂屋，死死盯著喬春的房門。

他們都是平時跟唐家關係比較好的，再不就是前陣子幫唐家翻過地的。這些日子下來，他們對喬春佩服得很，也很感激她給大夥兒掙錢的機會，所以這會兒一聽唐家出事，全都站在院子裡，冒著冷風靜靜等待消息，也有不少人氣自己怎麼沒有一聽到風聲就過來看看，如果有他們在，那個可惡的男人怎麼也不可能傷得到喬春！

院子裡的人群中，最突出的人是蹲在籬笆下，緊擰著眉頭，嘴裡正吞雲吐霧抽著菸的鐵龍村長。他從剛剛來回走動，到現在沈默地蹲在一邊，一雙濃眉從沒舒展過。

「春兒，妳醒醒！」林氏和廖氏一人一邊，俯在喬春頭頂上方，大聲喊著她，手也沒閒著，不停地搖晃她。

「大事不好了！肚子裡好像還有一個娃娃？」正在設法穩定喬春情況的石大娘，突然大叫了起來，但她隨即回過神，火速從木桌上倒了一杯冷水，含在嘴裡對著喬春的臉一口噴了下去。

「咳、咳……」喬春緩緩撐開沈重的眼皮，發覺沒有聽到嬰兒的哭聲，頓時急了起來，抓著林氏的手，哭問道：「娘，孩子呢？我的孩子呢？」

「孩子好好的！春兒，妳快點深呼吸，再用力！妳肚子裡還有一個娃娃呢！孩子要是在肚子裡憋久了……」眼看喬春醒了過來，林氏總算鬆了口氣，但想到現在的狀況，她不由得緊握住喬春的手，急切地喊著。

「啊……」林氏話才剛落下，喬春的肚子果然又痛了起來。可她已經撐了太久，現在渾身乏力，根本配合不了那深呼吸再用力的號令。

「參湯來啦！快點餵她喝下去！」虎子媳婦端著參湯，走了進來，連忙遞到林氏手裡。

林氏顫抖著手，也不管參湯是不是灑到喬春臉上，她迅速往湯上吹了吹氣，一勺一勺餵著喬春。

半碗參湯下肚後，喬春只覺渾身來了力量，便又開始跟著石大娘的口號，深呼吸再用力。

不一會兒，喬春只覺得下體有一個大石頭重量般的東西掉了下來，緊接著就看到石大娘一臉沈色，單手倒掛著嬰孩，大手用力朝孩子臀部一拍，一聲軟綿無力的嬰兒哭聲這才傳入眾人耳裡。

「現在看來情況還好，可是接下來得好好照顧這個小丫頭。」石大娘聽到孩子的哭聲，輕輕的吁了一口氣，接著又俐落地剪斷臍帶，用布一包，將孩子交到鐵嬸子手裡，讓她到一旁去幫孩子清潔一下再穿衣。

喬春嘴角逸出了甜甜的笑，心中大石終於落了下來，緩緩合上了眼簾，任由自己沈入無邊的夢鄉。

第三十一章 憂心

這一覺，喬春睡得好沈也好甜，夢裡依稀看到自己一手抱著一個孩子，坐在一輛馬車裡。突然間，馬車停了下來，一個俊美的男人探頭進來，他的嘴角逸出一抹柔柔的笑容，嘴角的梨渦若隱若現，情深款款地與她四目相觸。

「春兒，妳好美……」

「呵呵！」喬春聽著那個男人的話，不由得咧著嘴笑了起來。

「大嫂，妳醒醒！」忽然間，桃花的聲音從很遠的地方傳了過來。

「嗯……」喬春皺了皺眉，用力撐開沈重的眼皮，疑惑地看著桃花，輕聲問道：「桃花，怎麼啦？」

桃花重重吁了一口氣，眼眸亮晶晶地看著喬春，嘴角向上微微翹起，喜悅的語氣中夾帶著些許驚慌，道：「大嫂，妳再睡下去，可真要把我嚇死了！妳不知道昨天我有多麼擔心害怕！」

喬春抬起手，輕輕覆上桃花的臉頰，滿臉疼惜道：「對不起！大嫂錯了，是大嫂害桃花擔心了。」

喬春這才發現桃花右邊的臉頰上有一個淺淺的梨渦，剛剛她嘴巴向上翹時，梨渦若隱若現的，漂亮極了。

梨渦？喬春皺起眉頭。難道出現在自己夢中的男人是唐子諾？

「桃花，大嫂都不知道妳右邊的嘴角上有個梨渦呢！」忽視自己夢中的景象，喬春笑著向桃花報告自己的新發現。

「呵呵！娘說這個梨渦可是咱們唐家的專屬品，我和大哥都一樣，只有右邊嘴角上才有。等過段時間，小姪子跟小姪女長大一點會笑的時候，妳一定可以看到他們嘴角上的梨渦！」桃花撫著臉，開心地笑了起來，眼睛不自覺地瞅著睡在喬春身邊的寶寶。

或許是早產的緣故，這兩個寶寶的體重平均不到四斤，而且從昨天生下來以後，就一直酣睡著，也沒哭著要奶喝。雖說一般雙生子都容易早產，可昨天喬春那樣是突發狀況，否則這兩個孩子根本不該這麼早出生。幸虧喬春是農村婦女，從小就習慣需要花體力的勞動，身子骨算很結實，不然可就糟了。

在喬春沈睡的一天一夜裡，桃花和林氏輪留守在床邊，看著喬春和孩子。

喬春側過身子，怔怔地看著兩個粉嫩的寶寶，他們的睫毛很長，微微向上翹翹，也許是母子連心，就在喬春微笑著打量孩子的同時，兩個孩子居然不約而同地睜開眼睛，好奇地看著他們的娘親。

「他們睡醒了！好可愛哦！瞧，他們的眼珠子好黑好亮呢！」桃花興奮地看著剛剛睜開眼的孩子，像是想起了什麼，轉過頭對著門外大聲喊道：「娘，大嫂和小姪子、小姪女都醒啦，快進來看啊！好可愛哦！」

林氏趕忙推了門進來，咧著嘴直直向床邊走來，笑呵呵地站在床前看著已經睡醒過來的喬春母子三人，下一刻，笑容璀璨的臉上，卻驟然流下兩行清淚。

「嗚……」林氏忍不住喜極而泣，她抹去眼淚，合掌感恩道：「真是祖先庇佑，讓你們母子三個平安無事，唐家的香火也得以再續！」

「娘快別哭了，我們應該開心的，不是嗎？」喬春笑看著林氏，輕聲地安撫著她。

桃花見狀，也流下眼淚，屋裡頓時洋溢著溫馨的氣氛，緊緊包圍住兩個剛出生的小寶貝。

桃花端著飯菜和雞湯，輕快地走進喬春的房間，俐落地將東西放在床邊的小桌子上，微笑著將熱氣騰騰的雞湯遞到喬春手裡，道：「大嫂，吃飯了。」

桃花說完，忍不住低下頭溫柔地看著那兩個熟睡中的小寶寶。他們真是可愛，粉粉嫩嫩的，微微翹起的長睫毛像是蝴蝶的翅膀，愈看愈讓人移不開眼睛。

喬春接過雞湯，看到上面還漂浮著黃澄澄的油花，忍不住皺起眉頭，癟了癟嘴，對桃花求饒道：「桃花，妳可不可以跟娘說一下，我明天不再喝這油膩膩的雞湯了？」

「噗。」桃花的視線從寶寶移到喬春那張苦瓜臉上，看她癟著嘴的樣子，一時忍不住噗笑起來，她輕啟唇瓣道：「大嫂，娘說山中村坐月子的婦人中，也就只有妳一個吃得好些，妳還嫌棄起來了呢！」

喬春低下頭無語地望著手裡的雞湯。雖然只喝了兩天，但雞湯再好喝，也不能天天喝，照三餐補吧？山珍海味吃久了，也會乏味啊！

「大嫂，妳就喝了吧，待會兒冷了，油都浮起來，更是喝不下。」桃花輕蹙著眉，收起剛剛玩笑的心思。她又怎麼會不明白呢？同樣的東西連續喝上幾天，是人都會膩。

這次生寶寶她可是傷了身子，再說，這兩個孩子還需要奶水呢，大人不補，哪裡有奶水給孩子喝？

「大嫂，喝吧！妳不喝，奶水怎麼夠？」桃花繼續勸著。

喬春聽了，皺著眉，昂起頭，一鼓作氣將一大碗湯全都喝了下去。桃花見狀，這才將眼光移向較為瘦弱的寶寶身上。

喬春放下碗，抹了抹嘴，順著桃花的目光，看著躺在自己身邊的女兒，忍不住一陣心酸，淚水瞬間在眼眶裡打轉。

這兩天喬春每分每秒都不安寧，每天總是動不動就輕顫著將手指伸到豆豆的鼻孔前，試探她的鼻息。

豆豆從生下來就只睜開過一次眼睛，後來一直酣睡，連奶水都不喝一口，不哭不鬧的，安靜得讓喬春害怕，她總是擔心豆豆會這樣一聲不吭就離她而去。

「大嫂，咱們想辦法把豆豆弄醒吧！她這樣不喝奶又不哭不鬧，我好擔心。」桃花瞅著喬春緊皺的眉頭，沈思了一會兒，還是忍不住出聲向喬春建議。

喬春明白桃花的意思，可是看豆豆安靜沈睡著，她又不忍心搖醒她。「算了，如果晚上她還不醒，咱們再想辦法，現在還是先讓她睡吧。」

雖然豆豆不喝奶，卻不能不喝水，因此喬春總是守在孩子身邊，一有機會就幫豆豆餵點水進口，省得身體受不住。至於果果，現在喝奶水就已經足夠補充養分和水分了。

「可是……」桃花輕蹙著眉，不太同意，只是才剛開口，門外就傳來巧兒的聲音。

「大嫂、桃花，巧兒來看妳們了！」隨著推門聲響，巧兒飛快進了房裡，又隨手關上了門，以防冷風會吹進屋裡來，淺笑著朝床邊走來。這屋子裡有正坐月子的產婦，按老一輩的說法，可不能讓產婦吹冷風。

「巧兒姊姊，妳來啦？」桃花連忙站了起來，給巧兒騰出凳子，開心地迎上去牽她的手。

「巧兒，妳怎麼有空過來？」喬春淺淺一笑，眸光掃過巧兒笑容下的一絲苦澀，不禁一怔。

這是怎麼啦？按說她早產的事情，巧兒知道也不稀奇，如果她猜得沒錯，那個豆眼男應該是錢財的兄弟。

「大嫂，您身子沒什麼大礙吧？孩子好嗎？」巧兒沒直接回答喬春的問題，而是問出她心裡最想知道的事——當然這也是少爺要她來唐家最重要的目的。

希望唐大嫂和孩子一切無恙，不然少爺現在的身子根本受不了打擊，狀況恐怕是雪上加霜。

巧兒低下頭看到兩個熟睡中的寶寶時，忍不住驚訝起來，晶眸閃閃發亮地看著喬春，道：「大嫂，您生的是雙生子啊？好可愛哦！」

「呵呵！」喬春臉上洋溢著幸福的笑容，輕輕瞥了一眼顧左右而言他的巧兒，收起笑容，一臉正色地問道：「巧兒，是妳家少爺差妳來的嗎？妳是不是還有話要跟我說？」

喬春的第六感很強烈地告訴她，巧兒今天來這裡，不會僅僅是為了看望她，肯定還有什麼事。過小年那天發生的事情，估計錢財已經知道了，這會兒派巧兒過來，勢必是要向她解釋。

「呃……」巧兒飛快地抬眸，有些為難地看著喬春，猶豫著要不要將少爺的情況告訴她。今天少爺只是讓她來看看這邊的情況，並沒有允許她透露別的事情。

巧兒腦子裡不禁浮現錢財蒼白的臉，只要一想到錢財現在的境況，她的心就像被一隻手緊緊擰著一樣，疼痛無比，有種瀕臨窒息的感覺。

巧兒咬了咬牙，看著喬春緩緩道：「大嫂，今天少爺只是差我來看看您，不讓我說其他事情，待會兒我說的這些話，您可別在少爺面前說起。」

「嗯。」喬春輕輕點了點頭，眼睛直直盯著巧兒，好整以暇等待下文。

「那天少爺聽說二少爺來唐家鬧事，就回府上找二少爺理論，結果被他和夫人的口不擇言氣得不輕，再加上聽說您出事了，當場就怒氣攻心暈了過去，長年以來的心疾復發，這會兒正在家裡養病呢。」巧兒說著，忍不住抽噎起來，伸手拭了拭眼角的淚花。

巧兒接著小心翼翼打量起喬春，卻看到她一副淡漠的表情，不禁皺了皺眉，續道：「我家少爺也是苦命人，從小身體就不好，明明是大少爺，卻被夫人和二少爺踩在腳下。說起來都怪我家老爺，當年拋妻棄子，娶了現在的夫人，不然我家少爺哪會像現在這般憋屈地活著？就算老爺疼他，也不能彌補少爺的生母不在身邊的寂寞啊！」

巧兒腦子一旦發熱，便有些收不了口，能說的、不能說的，全都講了出來。末了，她再次不著痕跡地觀察喬春的表情，見她依舊淡然，心裡不禁為自家少爺叫屈。

少爺事事都為唐大嫂著想，可她倒好，聽到他病了，也就這副漠不關心的模樣。

「巧兒，妳家少爺想不想增加自己的勢力？」喬春在心裡默默分析錢財在錢府的地位和所受的委屈，從他這般積極想要發展茶業，不難看出他想要證明自己的決心。

雖然她無心理會別人家的宅鬥，更不想參與，但是那個豆眼男是她的仇人，他害她差點失去寶寶，讓她傷了身子，最重要的是，早產導致豆豆身體不好，這是她最無法原諒他的地方。敢傷她的命根子，就得準備好接她的招，她一定會為豆豆今日所受的苦報仇！

「這……」巧兒不敢回答。雖然幾個跟在少爺身邊的人，都明白他受的不平等待遇，也知道少爺其實很想做出一番事業，好讓老爺跟夫人刮目相看，但這些話似乎不該由她這個下人來說。

喬春知道巧兒不方便說什麼，但她已經弄清楚錢財的意圖了。她抬起迸發著火苗的眼眸，定定看著巧兒，一字一句道：「我幫他！還有，妳回去告訴妳家少爺，那人的下場得由我來決定！」

「咦？」巧兒驚愕地看著喬春雙眸底下的火花和臉上冰冷的恨意，心裡不由得升起一絲怯意，半天才找回自己的聲音。「我會轉告我家少爺，請大嫂放心，我就先回去了。」

「大嫂，妳要怎樣幫錢少爺？」桃花送巧兒出門後，又重新返回房裡，憂心忡忡看著喬春問道。

剛剛聽到巧兒姊姊說的那番話，桃花多少理出了一些頭緒。原來那個可恨的豆眼男是錢少爺的兄弟，只是他們兩個的外表實在有天壤之別，那男人的尊容，她可不敢恭維。看大嫂的意思，是打算要介入別人的家務事，這樣真的好嗎？

她明白大嫂對那個男人的恨意，因為她自己也是恨得牙癢癢。如果不是那個男人，大嫂就不會早產；如果不是早產，豆豆就不會因為在肚子裡憋久了，嗆了胎潰而傷了喉嚨。到現在豆豆都酣睡著，也不肯喝奶水，睡著時偶爾發出來的聲音很是嘶啞，讓她們聽了都忍不住落淚。想到小姪女這麼小就要受這樣的苦難，桃花忍不住輕聲哭了起來。

「桃花，快別哭了。我一定會找最好的大夫幫豆豆治喉嚨，他讓豆豆受苦受難，我一定不會輕易饒了他的！」喬春伸手溫柔擦拭著桃花臉上的淚水，強忍住心如刀割的悲痛，一臉堅決地道。

聽到豆豆嘶啞的聲音，她就難過得不得了。這是她經歷兩世才擁有的寶貝，她捧在手裡怕融了，含在嘴裡又怕化了，她疼都來不及，又怎麼能允許別人傷害?!

「桃花，有些事情大嫂現在就是說了，妳也不會明白。妳放心，我自有分寸，目前我們只要種好茶樹，以後自然會有那人受到教訓的日子。報仇不用見血，也不急於一時，但一定會讓他付出慘痛代價。妳待會兒出去可別跟娘說起這些事，省得她擔心，明白嗎？」喬春拍著桃花的手交代著。

「嗯，我明白！那大嫂妳先休息，我幫娘幹點活兒去。」桃花乖巧地點了點頭，收拾好碗筷便出去了。

喬春長長的吁了一口氣，低頭溫柔地看著兩個熟睡中的寶寶，俯首在他們小臉上輕輕各親了一口，腦子裡不由得幻想著他們長大時，一定會很可愛……

喬春伸手從桌上拿過一本書，那是唐子諾箱子裡的書。坐月子的日子實在很難打發，於是她就從箱子裡找了幾本關於大齊國地理方面的書籍。

喬春翻看著手中的書籍，腦子裡卻突然閃過錢財跟她第一次相遇時的畫面。當時看到他嘴唇微微發紫，她就懷疑他有心臟方面的疾病，想不到是真的。只是，關於他的身世，她倒沒想到會是這樣。

原來他在錢府的日子也不好過。也不知他娘是個什麼樣的女人，在錢老爺那樣對待自己和兒子之後，還能忍耐這麼久？

「哇啊……」此時耳邊忽然傳來嬰兒的哭聲，喬春頓時精神一振，連忙讓思緒滿天飛的大腦停下來。她溫柔地將正在放聲大哭的果果抱入懷裡，揭開衣服餵他吃奶。

果果聞到熟悉的奶香味，就張大嘴巴蹭了過去，大口大口吸了起來。

「哇啊……」不甘落於人後的豆豆自出生以來第一次睜開了眼睛，聲音沙啞地哭著。由於喉嚨受到創傷，她的哭聲含混不清，既不清脆也不響亮，光聽著就讓人心痛。

「豆豆乖乖，娘親疼！別哭了，小寶貝，等哥哥吃飽了，娘親就餵妳，好不好？」喬春心中一痛，急忙伸手輕輕撫拍著豆豆，微微彎下身與她眼神交會，嘴裡則不停柔聲勸哄。

「好不好？豆豆小美女最乖了，是吧？」喬春看著慢慢停下哭聲的豆豆，眉歡眼笑地繼續哄著她。

「春兒，我好像聽到豆豆在哭？」林氏在廚房裡聽到嬰兒的哭聲，立刻放下手裡的活兒，火速走進喬春房裡，抱過已經不想再喝奶的果果。

「娘，豆豆終於睡醒了，可是她一直都沒喝奶水，這可怎麼辦？還有她的喉嚨……」喬春將豆豆抱入懷裡，低下頭把耳朵湊到豆豆脖子邊，緊皺著眉，聽著她喉嚨裡傳出來的雜音。

該怎麼辦？要是豆豆的喉嚨因此毀了，往後只能以沙啞的聲音示人的話，她這個做娘的又怎麼對得住她?!

林氏無語地望著喬春懷裡的豆豆，一句話都沒說。不是她不想說，而是不知道該說什麼才好。她的孫女怎麼就這麼可憐，一出生就多災多難，讓她心痛難耐。

「娘，要不找個大夫過來瞧瞧吧？」喬春抬眸看著同樣一臉憂愁的林氏道。她真的擔心這樣拖下去會出問題，如果因為她們的誤判而讓豆豆的嗓音變壞，她絕對無法原諒自己。

林氏滿臉心痛地瞅著乖巧窩在喬春懷裡的豆豆，沈思了半晌，嘆了口氣，幽幽道：「春兒，豆豆這樣我也很心痛，可是妳還在坐月子，找個大夫來家裡看診，妳覺得方便嗎？」

以前她一直擔心喬春肚子裡的是雙生子，結果還真的是。家裡多添一個人她不是不高興，可她就是害怕老人家的話會成真。

相傳雙生子總有一個不易養活，要不就是有一個身上多少會有缺陷。現在也不知是否真應了那話，豆豆一生下來喉嚨就出現問題，這怎麼能不讓她揪心呢？

「娘，您別擔心這個，孩子的健康最重要，那些小節可以暫時放一邊。在我眼裡，沒有什麼比果果和豆豆的健康重要。他們可都是我身上掉下來的肉，我不能因為這些無謂的堅持，罔顧豆豆的健康。」喬春騰出一隻手，覆在林氏手上，臉上滿滿都是懇求。

「那好，明天我就去鎮上請一個大夫回來。春兒，妳別以為娘狠心，娘也心疼，豆豆可是我唯一的孫女啊！」林氏淚水潸然，嗚咽著道出她的心情。

試問這天下間哪有做奶奶的人會不心疼自家孫女的？不論是男是女，都是子諾生命的延展，是唐家血脈的延續。

「娘，您也別太擔心，豆豆一定會沒事的。」喬春用力握緊林氏的手，朝她重重點了點頭。

只要有她一口氣在，她就不會讓自己的孩子有事。如果有誰要傷害她的孩子和家人，她就遇神殺神、遇鬼殺鬼。

現在喬春希望錢財的身子可以快點好起來，好讓自己隱身在幕後，與他一起打響山中村的茶葉跟茶具名號。只要錢財的財產和勢力變強，那豆眼男自然不會有好日子過。

「嗯。果果睡著了，妳也休息吧。這次傷了妳的身子底，可得聽話把雞湯都喝了。別太憂心，我也相信豆豆會沒事的。」林氏輕輕將果果放回床上，將被子掖好才站起來，回廚房繼續幹活。

再沒幾天就過年了，還有好多東西得準備。明天還得找個信得過的人幫忙去喬子村一趟，春兒娘家的年禮還沒有送呢！

第三十二章　柳神醫與徒弟

林氏將要送給喬春娘家的禮交到鐵成剛手裡後，又啟程準備去鎮上大藥堂請個大夫回來幫豆豆看診。昨天豆豆哭了一整個晚上，聽聲音確實是傷了喉嚨，甚至有可能傷到其他她們不知道的地方。

林氏緊緊擰著眉，大步往鎮上走去。

她現在可算是半喜半憂。喜的是家裡添了人，憂的是豆豆的情況。這些天，每想起豆豆的狀況，林氏就笑不出來，背著喬春不知哭了多少回。

「伯母，您怎麼在這裡啊？」巧兒遠遠看到那個走在路上的人很像林氏，沒想到靠近一看，還真的就是她，便親切地出聲問候。

林氏聽到熟悉的聲音，連忙抬起頭，看到巧兒手裡抱著幾個木盒，正微笑看著她。

「原來是巧兒！我來鎮上請大夫出診，可是後天就是除夕了，沒有大夫願意出診。」林氏低下頭，輕聲嘆道。

巧兒聽到林氏要請大夫出診，不由得有些著急，連忙問道：「伯母，這家裡頭誰病啦？嚴重嗎？」

「唉……因為早產，而且接生時大夥兒都不知道春兒肚子裡還有一個，所以豆豆的喉嚨受到了創傷。從出生到現在，她都不喝奶水，所以妳大嫂就叫我來請大夫回去看診，省得日子久了，拖壞孩子的身體。」

林氏也沒多想，就一五一十道了出來。這些話她早就想找人聊聊了，因為憋在心裡實在太過難受。可是在喬春面前，她不敢再多露半點憂色，就怕她會憂心，不能好好坐月子。

巧兒聽著，突然想起還在家裡替少爺診病的柳神醫，生了請神醫去看診的想法。反正如果少爺知道唐家的情況，也一定會請求神醫幫忙的。

「走，伯母，我帶您去找我家少爺。我家少爺心疾犯了，有個神醫正幫他調理身子。只要少爺開口，他一定肯去替豆豆看診的。」打定主意，巧兒便要林氏跟她一起回去。

「真的？」林氏的雙眼驟然亮了起來，她激動地抓著巧兒的手，臉上揚起了燦爛的笑容，興奮道：「走吧巧兒，咱們趕緊去問問人家神醫願不願意幫忙？」

「嗯。」巧兒嘴角彎彎地看著林氏，與她並肩往「錦繡茶莊」走去。

基本上，錢財住在「錦繡茶莊」，因為他不想再與「那兩人」同住一個屋簷下，而最主要的原因，其實是錢老爺希望他可以靜養，畢竟患了心疾的人不能讓情緒波動太大。為此錢老爺特地擴建茶莊，在後面興建方便人居住的房子，挑了幾個得力又細心的家丁和丫鬟專門伺候錢財的日常起居。

其實錢老爺很疼愛這個大兒子，只是礙於當初他得靠劉家的官聲與財產來發展事業，所以才會腦子發熱休了髮妻，與劉家千金結為連理。幸好，因為劉家千金與舊情人有糾葛的事情被他知道了，所以她不得已才讓錢財進了錢府大院，至於原本的妻子，則是依照她的心願，另外安置在別處。

「少爺。」巧兒帶著林氏回到茶莊後，放下手裡木盒，交代錢歸要好好招待林氏，便抬腳往後院走去，來到錢財房間。巧兒這些日子幫忙打理茶莊，錢財見她細心、懂事，因此特地交代她可以不通報就直接來找他，現在巧兒在茶莊的身分相當於管家。

「巧兒，這麼快就回來啦？省城訂的貨，都包裝好了沒？」錢財躺在貴妃椅上，身上披著錦被，房間中央燒著暖爐，暖烘烘的。從他蒼白的臉色和泛紫的唇色中，可以知道他的身體狀況不佳。

「都處理好了，我在回來的路上還遇到唐老夫人。」巧兒頓了頓，小心地打量了一眼錢財。

「唐伯母來鎮上有什麼事嗎？」錢財聽到林氏居然撇下喬春這個產婦，隻身來到鎮上，猛地抬頭，雙眼微瞇地看著欲言又止的巧兒，語氣中略有些著急。

巧兒心裡微微發澀，輕啟紅唇道：「唐老夫人說，由於早產，唐夫人的女兒喉嚨受了傷，這幾天都不喝奶，大半時間都在睡覺。過年也就這幾天的事了，鎮上的大夫都不願意出診。」

巧兒向錢財彙報事情大概，接著就乖巧地候在一旁等錢財吩咐，因為她知道不用她提，少爺也一定會找柳神醫幫忙的。

果然，巧兒的話才剛落下，錢財就急著接下話題，吩咐道：「巧兒，妳去請柳神醫上唐家看診。備好馬車，妳也隨著一起去看看情況，對了，記得帶上一些補品。」

「是，少爺，我這就去辦。」巧兒應了聲，向錢財福了福身子，便退了出去。當她關門時，眼睛不由得瞟向錢財，輕輕嘆了口氣，之後就轉身往柳神醫住的客房而去。

房間裡，只見錢財緊緊蹙著眉，怔怔地盯著暖爐發呆，誰也猜不透他的心裡在想些什麼。

馬車裡，四個各懷心思的人坐在一起。

顧慮到柳神醫的徒弟是個年輕男子，所以巧兒一路上都是閉目假寐；柳神醫則是細細向林氏詢問孩子的症狀，原本林氏該好好回答，這會兒卻有些心不在焉。她的眼光總是不停瞄向柳神醫旁邊，那個戴著面具的男子，總覺得對他有種莫名的熟悉感。

「咳咳，唐老夫人，我徒弟的臉受過傷留了疤，為了不嚇到別人，所以一直戴著面具。」柳神醫看了看自家徒弟，對林氏解釋道。

如果他再不出聲，他這徒弟就要淡定不下去了。由於臉上有道大傷疤，他的心也變得很敏感，甚至有點自卑，平時最惱怒別人的窺視和打量，這會兒都忍了這麼久，算是破紀錄了。

「對不起！這位小哥，真是對不住！」林氏趕緊收回視線，語氣慌亂地解釋。她只是覺得那個年輕人身上有股熟悉的氣味，所以就多看了他幾眼，沒想到造成人家的困擾了。家裡的豆豆還等著大夫去看診呢，她可不能得罪了這位神醫！

柳神醫看著林氏窘迫的樣子，微笑著安撫道：「唐老夫人大可不必如此，我徒弟只是不習慣別人的眼光而已。」

看樣子自己一番話嚇到這個婦人了。想來也是，山中農婦平日見的世面總是比較少，與外人打交道的機會也不多，若像這樣不小心踩到人家的痛處，又被人提醒，肯定不知如何是好。

柳神醫本來一直在外雲遊四海，這次來這裡的主要目的，是幫他的徒弟找到家人。七個多月以前，他受錢老爺的邀請來替他家的大公子看診，剛出鎮子口幾里路外，就在河灘上遇到暈迷不醒的他。經過他三天三夜救治，這個年輕人才悠悠醒轉，可是腦袋卻因撞過河中的石頭，失去所有記憶。

考慮到他頭上和臉上的傷需要長時間治療，加上一時之間找不到他的家人，他就只好帶他一起回他居住的霧都峰。

時間經過這麼久，柳神醫見徒弟的傷好多了，碰巧又要來和平鎮看診，便帶他來這個地方，看看他能不能尋回以前的記憶，找到自己的家人。

常言道，醫者父母心，柳神醫不僅醫術卓越、武功過人，心地更是善良。經過這些日子相處，他對這徒弟真心疼惜，更無微不至地陪他度過治療身體的灰暗時期。

「嗯。」林氏低聲應道。

接下來，車上的人都不再說話，相對無語地來到山中村的唐家院子門口。

「娘，您可回來了！大夫請到了沒？豆豆從今兒上午就哭個沒完，這會兒，這會兒……嗚嗚……」桃花一聽到馬車聲，就從屋裡衝了出來，一把眼淚一把鼻涕地抓著林氏的手嗚咽著，小手不停顫抖。

林氏一聽，腦子裡頓時一片空白，雙腿一軟，身子頓時就往地上滑去。

「娘，您怎麼了？」桃花抓起林氏的手，著急地問道。

「唐老夫人，您沒事吧？」站在林氏旁邊的柳神醫徒弟，突然伸手穩住她往下滑的身體，語氣中夾帶著不明的著急和心疼。

「啊！你怎麼……」桃花抬起頭，那銀色面具忽然映入眼簾，冷不防嚇了一大跳，不由得驚叫起來。

桃花驚覺自己太過失禮，連忙用手捂住自己的嘴，迅速低下頭掩飾尷尬，但心中卻浮現出一絲疑惑：怎麼這個人的聲音那麼熟悉？

「唐老夫人，您還是快帶我去看孩子吧！」柳神醫緊蹙著眉頭，無心理會自家徒弟的反常。看那小姑娘緊張的樣子，孩子有可能快不行了，只得出聲提醒林氏，省得誤了診治。

「對對對！」林氏回過神，掙開桃花和柳神醫徒弟的手，快步向屋裡走去。

「神醫，您先稍等，我進去抱孩子出來。」林氏站在喬春房間門口，轉過身子攔著柳神醫，對他福了福身子，阻止他前進的腳步。

柳神醫微微怔了怔，眉毛不禁皺了起來，心中略有不悅。都什麼時候了，她還講究這些禮教束縛，難道不知道救人如救火嗎？更何況剛出生幾天的嬰兒，哪能出房間來吹冷風？

「唐老夫人，我是大夫，救人要緊，那些細節上的東西先放一邊。」柳神醫勸道。

「娘，您快點讓大夫進來，求您！」房間裡傳來喬春略帶哭腔的聲音。

柳神醫一邊從徒兒的手裡接過藥箱，一邊對他吩咐。「逸凡，你在堂屋等我，為師自己進去就可以了。」說著，也不管一旁還在沈思的林氏，推開門便進去，林氏見狀，趕緊跟在他背後進房。

「救人要緊，老夫就越禮了，望老夫人見諒！」柳神醫站在床前，探頭打量著喬春懷裡不停掙扎，小臉蛋有點脹紫，哭聲微弱的豆豆，一邊向林氏解釋，一邊伸手接過豆豆。

「不打緊，孩子的健康最重要，謝謝大夫！」喬春難過地看著表情痛苦的豆豆，輕輕將她交到柳神醫手裡。

柳神醫欣賞地瞥了一眼喬春，然後看著自己手上的小嬰兒，輕輕將她平放在被子上。他轉身打開藥箱，拿出一個狀似喇叭的東西，眼角餘光瞄到一旁顫巍巍地站著的林氏，輕聲道：「唐老夫人，請在暖爐裡加點炭，我待會兒要拉開孩子的衣服，怕她會著涼。」

「我馬上就去！」林氏聽了，不敢有所拖延，立刻拿炭去了。

柳神醫熟練地解開豆豆身上的衣服，將那個喇叭口平放在豆豆胸前，接著瞇起眼睛，將耳朵湊在喇叭另一端，凝神探聽豆豆胸部發出來的聲音。

喬春看著柳神醫那愈擰愈緊的眉頭，心不禁一下子提到了嗓子眼上，大氣不敢喘地看著他。

好半晌過去了，柳神醫來來回回確認好幾次，這才緩緩移走那個小喇叭，將豆豆的衣服拉攏好，讓她側躺。

他向又回到房裡的林氏要了一塊乾淨的布，摺成一個四四方方的布塊，細心地墊在豆豆臉下，然後轉身飛快從藥箱裡拿出一個錦盒，再從裡面拿出一顆紅得像血的丸子放在豆豆鼻前，讓她嗅那顆藥丸的味道。

喬春緊緊蹙著眉頭，一頭霧水地看著他的舉動，卻並沒出聲問他原因。她明白大夫診治時最忌分神，另外，從她剛剛聽林氏恭敬地叫他「神醫」時，她就知道他的醫術超凡，不需要她插嘴。

「嘔……」細微的嘔吐聲傳入眾人的耳朵，只見豆豆嘴裡吐出一口濃稠、又黑又綠的液體出來。她的小臉蛋緊緊皺了起來，但臉色倒是沒有方才那麼紫了。

柳神醫看著豆豆吐出東西，眉頭才稍稍鬆了一點，他伸手柔柔地拍著豆豆的背，幫助她繼續將東西吐出來。

接著，他輕輕將豆豆的臉擦拭乾淨，吁了一口氣，抬眸看著一臉緊張的喬春道：「夫人，這孩子在肚子裡悶得久了，喝了些羊水和胎漬，所以喉嚨受了傷，現在喉嚨很是紅腫，肺部也有點損傷，因此她這幾天還會咳嗽。」

「那……神醫，這該怎麼辦？求您一定要救救我家豆豆，她可是個遺腹兒，我們唐家唯一的孫女啊！只要神醫將她治好，再多錢我們也給，求求您啦！」林氏一聽豆豆的傷這麼嚴重，情急之下跪在地上，對著柳神醫就是一陣磕頭，一把眼淚一把鼻涕地懇求。

「唐老夫人，請您快快起來，這樣我可受不起啊！」柳神醫想伸手去扶她，可他手上還抱著豆豆，只得著急地擺手請她起來。

喬春看到婆婆那副模樣，也忍不住流淚嗚咽道：「娘，您快點起來吧，我相信神醫一定會盡力的。」

「沒錯！我們做大夫怎麼會對病人袖手旁觀？我一定會竭盡所能治好豆豆，您就快點起身吧，老夫真的受不起！」柳神醫朝喬春點了點頭，趕緊對林氏保證。

「真的？真是太謝謝您了，您是救苦救難的觀世音菩薩！」林氏淚花斑斑的臉上露出了笑容，又重重地向柳神醫磕了三個響頭，這才起身。

「今天老夫帶的藥不齊全，沒辦法做更進一步的處理。我先將這顆藥留下來，妳們每日三次按剛剛的方法幫孩子將胃裡、肺裡的雜物都嘔出來。等會兒我開個方子，妳們再找個人去鎮上抓藥吧。」

柳神醫將裝著藥丸的錦盒交到林氏手裡，向喬春細細交代。他眼光瞄到不知何時已經醒過來的果果，沈思了一會兒，便將他抱起來仔細檢查一遍，然後才將他放回被子裡。

「這個小孩的身體很好，妳們可以放心，另一個孩子雖然受了點創傷，但是只要妳們好好照顧，一定會沒事的。老夫就不再打擾了，請夫人跟孩子好好休息吧，告辭！」說完柳神醫俐落地收拾桌上的藥箱，向喬春點了點頭，轉身就往門外走去。

「謝謝您，大夫。」喬春向他鞠躬道謝。

柳神醫寫下藥方子後，對愣坐在一旁，若有所思的徒弟柳逸凡道：「逸凡，時候不早，咱們該回鎮上，順道帶人去鎮上抓藥了。走吧！」

「娘，您請神醫等一下。您進來一下，好嗎？」喬春在房裡朝外面喊了喊。

「好。」林氏應了聲，轉過身微笑對柳神醫道：「神醫，您先稍等一會兒，我去去就來。」

「好的，唐老夫人請。」柳神醫微微頷首。

過了一會兒，林氏就從喬春房裡走了出來，轉身又走進另一間房，過沒多久，只見她手裡拿著一個用油紙包著的東西走了出來。

林氏笑著將東西遞到柳神醫面前，道：「柳神醫，我家兒媳說，如果給診金，神醫一定不會收，所以就讓我拿了一些柿餅給您。她說您一定會喜歡這東西，她要我轉告您，這柿餅性味甘涼，有清熱、潤燥、化痰之效，可治肺熱、燥咳、咽乾喉烈、口舌生瘡等症。」

「哦？」柳神醫一聽，趕緊將東西放在桌上，打開油紙，捏了個柿餅輕咬了一口，頓時被口中的東西驚得一臉詫異，點頭讚道：「果然是好東西，又甜又軟。多謝了，告辭！」

柳神醫很詫異喬春怎麼會知道柿餅的藥用功能，在他吃了一個之後，不得不佩服她處理柿子的手法，如果可以，他很想多了解一下這個年輕的唐家夫人。

不過，眼下沒有時間了，他們明天就得啟程趕往霧都峰，煉在山洞裡的丹藥快到時辰了。這時辰可千萬誤不得，不然就白白浪費那些上好的藥材了。如果以後還有機會，自己一定得再來這裡向她討教。聽錢大少爺說，她的茶藝也是一等一的好，就連那套好用又奇特的茶具，也是她畫的草圖，真是讓人欽佩！

「逸凡，怎麼還不走？」柳神醫一腳已經踏出門，卻未見徒弟跟上來，不禁回頭問道。

「啊？哦。」柳逸凡回過神來，略顯呆滯地點了點頭。

也不知道是怎麼一回事，自從他進到唐家以後，心裡就有股說不上來的感覺。尤其是剛剛從裡面的房間裡傳來了清脆聲音時，讓他的心竟然不明所以地顫動起來。只不過，儘管心裡疑惑，他的腦袋裡始終找不到任何相關的影像。

柳逸凡重重甩了甩頭，扛著藥箱，頭也不回地跟隨在師父身邊，上了馬車。

林氏從兜裡拿了一些銀子給桃花，要她跟著柳神醫去抓藥回來。她站在院子門口看馬車漸行漸遠，直到馬車在拐彎處沒了蹤影，才轉過身子回到廚房準備給喬春吃的月子餐。

此時，林氏腦子裡不由自主地浮現出柳逸凡的身影，內心一陣激盪。像，實在太像了！只是……

唉！剛剛自己也親耳聽到柳神醫叫他「逸凡」，而不是「子諾」，再說如果他真的是子諾，見到娘親、妹妹，又回到自己家裡，怎麼會一點反應都沒有？況且只是身材跟整個人的感覺令她熟悉而已，完全不能說明什麼。

林氏坐在灶前的木墩上，點火準備燒水做飯，可腦子卻是不聽指揮地亂轉。

她一直不相信自己的兒子就那樣被大水給沖走死去了，他是那麼好的一個人，老天怎麼可能讓他連屍體都找不到呢？雖然被大水吞噬必定凶多吉少，但作為一個母親，她內心始終存有一絲希望，始終不願意相信兒子真的走了。

「啊！」林氏猛然回過神，飛快拿起灶邊的掃帚撲滅燃到灶外的火苗，她望著狼狽的廚房，忍不住蹲下身子，將頭埋在膝蓋上，低聲哭泣起來。

「唐大嫂，妳在家嗎？」院子裡傳來了鐵成剛的聲音。

「在，鐵兄弟，你先等會兒啊！」林氏應了聲，隨意用衣袖擦乾臉上的淚水，順手整理了一下衣服和頭髮，轉身離開廚房。

林氏才剛走到走院子，就看見鐵成剛手裡提著幾隻雞和兔子，揹了一個大布包，咧著嘴朝她笑。

「唐大嫂，我從喬子村回來啦！這些是他們回的禮，說是給春兒補身子的，另外布包裡是春兒她娘縫的衣服。妳說說這些東西要放哪裡，我放好了再回家。」鐵成剛對林氏問道。

「你就幫我把那些雞和兔子都放到雞窩旁邊吧，布包就給我，我拎進去給春兒。鐵兄弟，真是謝謝你，讓你在年關最忙的時候幫我們跑這一趟，趕快進來喝杯水，暖暖身子吧。」林氏微笑著接過布包，很是感激地看著鐵成剛。

「唐大嫂，就憑咱們兩家的交情，不說這些見外的話，下次有什麼需要幫忙的體力活兒，可一定要出個聲，別的幫不上，體力可是一把罩。家裡還有事要忙，我就不進屋，先回去了。」鐵成剛憨憨笑道，朝林氏揮了揮手，轉身就出了院子。

林氏的眼睛微微發酸，她用力眨了眨眼，將眼淚逼了回去，這才提著布包往喬春屋裡走去。

「娘，鐵叔從喬子村回來啦？」喬春放下手裡的書，抬眸淺笑看著林氏問道。

她剛剛好像聽到鐵成剛的聲音了，也不知喬子村那邊的情況怎樣。今天早上，林氏請鐵成剛送回禮到喬家時，她特地讓林氏給喬家捎上兩疋布、一些乾貨跟肉，還有二十兩銀子。

既然自己代替原本的喬春活了下來，就一定要替她盡應負的責任。

據這段時間從桃花那裡打聽到的情況，自己的娘家也只是普通農家，家裡沒有兒子，只有四個閨女，因此日子稱不上寬裕。現在她有點能力了，自然該孝敬父母。

「是啊，妳鐵叔可真是個俐落的人！春兒，妳看這些衣服，都是妳娘親手為果果和豆豆縫製的，好不好看？」林氏坐在床前的木凳上，打開布包拿起一件淡粉色的棉衣展開給喬春看。

「真好看！」喬春驚喜地打量棉衣上繡的幾朵栩栩如生的迎春花，看來她娘的繡功很厲害，這花看起來就跟真的一樣！

「親家母的繡功果然出色，瞧這些工，還真不是誰都可以繡得出來呢！」林氏放下淡粉色棉衣，又拿出一件銀色棉衣抖了抖，向喬春展開。

「咦，這是什麼？」喬春伸手拾起從衣服裡落下的東西，拿到面前仔細端詳。那是兩個摺成三角形的黃紙，上面用朱砂畫了一些她看不懂的圖形，這黃紙還用一根紅繩繫著。

看這個樣子，像是平安符。

「親家母可真是有心！這應該是她從青山鎮的古寺那裡求來的平安符。那麼遠的路程，又是這般天氣，真是辛苦她了。」林氏伸手接過喬春手裡的平安符，打量了一番，不由得感動起來。

青山鎮離唐、喬兩家住的和平鎮可有一百多里路，那裡的霧都峰上有座古寺，相傳那裡的神佛很靈驗，只是就算坐馬車，來回也得兩天，看來親家母是一聽到消息就趕去求平安符了。

「春兒，快點幫果果和豆豆戴上，這可是他們姥姥求來的平安符，下回見了親家，我可得好好謝謝她！」林氏露出開心的笑容，彷彿有了這道平安符，豆豆的病就會馬上好起來，孩子們就能平安長大。

「好。」喬春將平安符為果果和豆豆戴上，雖然她不相信這平安符有什麼實質效果，但這是他們姥姥的愛心，愛可比什麼都來得珍貴！

「娘，我們家這次可是給鄉親們添了不少麻煩，後天就是除夕夜了，有件事情我想跟娘商量一下。」喬春筆直坐好，直視林氏的眼睛道：「我想給那天來家裡幫忙的鄉親，還有送過生產賀禮的人都回一份禮。娘，您看這樣好嗎？」

現在唐家的條件說不上突出，但比起村裡的人卻算好。飲水當思源，她們受到大家幫助，也不能把人家的好意當成理所當然。

「春兒，妳的意思我明白，也很贊同。可是，我們家備的年貨不多，這會兒再去鎮上買也來不及了，妳覺得這禮該怎樣安排？」林氏點了點頭，並向喬春說明她的憂慮。

這個兒媳婦是個懂人情世故的孩子，這件事情如果不是她提起，她自己都給忘了。

喬春沈吟了一會兒，盤算著錢財送來的那些禮品。過了半晌，她抬頭淺笑著看向林氏，道：「娘，家裡以前曬的柿子餅，應該還有不少吧？請您去把錢少爺送來的東西和柿子餅都搬到我房裡來，再備些油紙，我們來看看怎樣搭配送禮比較好。」

「好，我這就去拿。」林氏點了點頭。

不一會兒，林氏就把東西全都搬到喬春房裡。這幾次錢財送來的東西，合計起來可真不少，桌上堆成小山不說，地上還放了好多，折成銀子不知有多可觀！

了。

「娘，我們來包裝這些禮品吧！」喬春淺笑著向林氏提議。包得漂亮一些，心意就更足

「好。」林氏也跟著微笑起來。

「娘、大嫂，我回來啦！」桃花將藥放在堂屋裡，將小手圈在嘴邊用力呵了呵氣，便笑嘻嘻地推開喬春的房門，鑽了進來。「還是大嫂的屋裡暖和，外面的風好大，冷死了！」

「能有多冷啊？我看妳現在是愈來愈嬌貴了，我明明就聽見有馬車聲，準是錢少爺差人送妳回來的，妳只是從院子口走到屋裡，能冷成什麼樣？」林氏抬起頭好笑的瞥了一眼桃花，出聲揶揄。

「娘，您有了孫子和孫女，就不再疼桃花了。」桃花癟著嘴，跺了跺腳，向林氏撒嬌。

「哇，娘，您和大嫂包這些東西做什麼？包得好好看哦！」

桃花這才看到桌上擺了很多東西，很像是前幾天巧兒姊姊送來的禮品。看著林氏和喬春包著分好量的東西，忍不住好奇問道。這好好的，人家送來的東西，幹麼又要大費周章包起來？

「桃花，我和娘商量過了，準備給那些幫過我們、送過禮給我們的鄉親們都還上一份禮。」

喬春看著越發開朗的桃花，向她解釋她們的用意。當她的眼光瞄到桃花手裡的小瓷罐

時，忍不住出聲問道：「桃花，豆豆的藥都抓回來了嗎？」

「抓回來了，這小瓷罐是柳神醫要我交給妳的，他說把它塗在豆豆的脖子上。」桃花將小瓷罐交到喬春手裡，轉頭看著睡夢中的果果和豆豆。

桃花接著坐了下來，幫忙包裹禮品，三個人忙了好一會兒，才將所有東西都包好。

「桃花，天色也不早了，妳在這裡照妳大嫂說的做，我先去做飯了。」林氏透過窗戶看了看天色，站起來向桃花交代了一聲，就往門外走去。

第三十三章　歡聚除夕

一大早天剛亮，林氏和桃花就起床忙了起來。

今天是除夕，有很多事情要打點，尤其家裡還有個正在坐月子的產婦跟兩個小嬰兒需要照顧，因此林氏早早就將桃花從暖被窩裡揪了起來，更恨不得自己多長出幾雙手，好將裡裡外外的事情一次搞定。

「大嫂，早飯妳趁熱吃，吃完放在桌上就好，等我回來再收。」桃花將早飯放在喬春房間桌上，又探過頭看了一下果果和豆豆，便有些急忙地出去了。

今天要忙的事情真是太多了，之前包好的禮品也得在上午送出去，因為山中村不興下午送禮。桃花是個未出閣的大姑娘，不方便走家串戶去送禮，所以這些活兒得林氏親力親為才行。

「桃花，待會兒吃過早飯後，就去妳鐵叔那兒把咱們家訂的豬肉提回來。堂屋桌上的那些禮就順便拿給妳鐵叔，廚房那一份妳就送到隔壁廖大娘家去，明白了嗎？」

林氏一手提著一個籃子，裡面裝著滿滿的禮品，交代好要桃花做的事情之後，便出了家門。

去。

桃花將衣服洗好、晾好後，便把東西送到隔壁廖氏家，又提著給鐵家的禮往上圍下走去。

剛走到轉彎的下坡路，桃花就聽到前面傳來淒厲的豬叫聲，她有些著急地大步上前走，生怕遲了就買不到大嫂昨晚特地交代過的豬肚。

「鐵嬸子，把豬肚留給我好嗎？」桃花見鐵家門口圍了一堆人，人還未到就扯著嗓子喊了起來。大嫂好不容易有想吃的東西，可不能讓別人搶先。

「桃花，這麼早就來啦？妳放心，嬸子一定把豬肚留下來。外頭天冷，妳進嬸子家去坐坐。秀玲昨天從她姥姥家回來了，妳們兩個好久沒見了，進去找她聊聊吧。」鐵嬸子一聽到桃花的聲音，就站了出來，笑呵呵地對她說道。

「秀玲姊回來啦？那嬸子，我把籃子放妳這兒，妳可得把東西留下來，這是我大嫂特地要我買的。」桃花開心地笑了起來。她已經大半年沒見過秀玲姊了，以前她們經常一起上山打柴，關係可好著。

「桃花，這籃子裡裝的是什麼東西啊？」鐵嬸子看著籃子裡包裝好的東西，不解地問道。

「瞧我！一高興就忘記我娘交代的事了。這些東西是我娘要我送過來給您的，您收著吧，我先進去找秀玲姊了。」桃花不好意思地笑著向鐵嬸子解釋，話落就如同輕燕般往屋裡跑去。

「秀玲姊。」桃花走到鐵家堂屋，甜甜地喚了聲正在繡花的人兒。她眼睛上下打量著半年沒見的秀玲，只見她身子長高了不少，亭亭玉立的，肌膚也變得白皙了。

鐵嬸子的胞弟近些年來在省城一家客棧裡當掌櫃，日子過得寬裕不少。鐵嬸子眼看自家閨女也大了，想要她舅舅在省城幫她物色一個好對象，起碼不用窩在山裡頭過著面朝黃土背朝天的日子，畢竟沒有哪個做父母的人不希望自家兒女一生幸福。

「桃花，快進來坐。」秀玲放下針線，笑著站了起來。

「秀玲姊，妳變美了！」桃花由衷讚美道。

真是沒想到以前有著一身麥色肌膚的秀玲，只是去省城住了半年，就變得如此白皙，那濃密的英眉也修成彎彎的柳葉眉，襯得一雙眼睛更加水靈，美得讓桃花移不開眼睛。

「貧嘴的丫頭，今早不會是喝了蜜吧？半年不見，嘴巴倒是比以前更甜了。」秀玲笑了起來，她這一笑，更是讓桃花吃驚不已。

以前大家都大剌剌，咧開嘴就笑，現在秀玲居然拿著手絹掩著嘴輕笑。舉手投足間十足淑女風範，讓桃花愣愣地看著她，連嘴都忘了合攏。

「桃花，來嗑瓜子，妳再這樣看我，我可就不高興了。」秀玲瞧著她那副愣神的樣子，心中很是得意，卻故意板著臉。

呵呵！這怎麼能不讓她開心呢？以前村裡的人都說桃花天生麗質，現在她去省城小住了半年，也脫胎換骨回來了。昨天她到家時，硬是連她自己的爹娘都驚得嘴巴都閉不起來。

「我知道了。不過秀玲姊，妳真的好美呢！」桃花笑道。

鐵嬸子拿著桃花帶來的禮，笑呵呵走進堂屋，看著她倆笑道：「桃花，妳的東西好了，要不要嬸子幫妳提回去，好讓妳們兩個多聊一會兒。」

「沒關係啦，我自己拿就好了。嬸子，妳以後可有福嘍！瞧秀玲姊出落得這麼漂亮，以後準能找個好人家，到時妳和鐵叔就能過上好日子了。」桃花笑嘻嘻地站起來，學著大人的樣子，朝鐵嬸子雙手打揖，鞠躬道喜。

「娘，您瞧，怎麼桃花半年不見，就變得這麼伶牙俐齒，打從進屋嘴上就沒個正經，老是拿我開玩笑！」秀玲抿唇輕笑，嬌羞地跺了跺腳，一臉羞澀地嗔道。

「呵呵，桃花的嘴可真甜！」鐵嬸子被桃花的話逗得笑不攏嘴，驕傲地瞅著自家閨女，心裡很是贊同桃花的話。日子一年一年的過得可真是快，眨眼間她這閨女也出落得這般水靈，自己年紀也大了，是該等著享兒女的福嘍！

「謝謝嬸子誇獎！今天是除夕，妳家的事都忙不過來，我也該回家去了。我大嫂一個人在家帶果果和豆豆，我再不回去幫忙做年夜飯，娘又要唸我了。」桃花輕笑道。

「秀玲，咱們送桃花出門吧，之後再去幫妳爹。」鐵嬸子輕輕用手肘碰了碰一旁的秀玲，與桃花一同來到院子裡。

桃花提起竹籃子，掛在臂彎上，對著她們笑道：「嬸子、秀玲姊，我這就先回去啦！之後再過來拜年，先祝你們闔家平安幸福！」

「呵呵，真是個乖巧的孩子！」鐵嬸子笑瞇了眼，朝桃花揮了揮手。

「娘，還是讓我來貼對聯吧！等我一下，我先把東西提到廚房去。」桃花走進院子，就看到林氏手裡拿著對聯，站在大門前上下比劃著。

娘年紀大了，實在不必凡事都親自來，這樣對身體的負擔實在太大了。桃花想著，便加快手邊的動作，之後趕緊從廚房跑出來。

「娘，東西給我吧，您站後面一點，看看有沒有貼整齊？」桃花從屋裡端了一張木凳出來，站了上去，接過林氏手裡的對聯。

「好，妳站穩一點，小心啊。」林氏看著桃花站在凳子上，不太放心地叮嚀著。她往後退了幾步，瞇著眼開始對桃花指揮。

「上去一點。」

「過了，再下移一點點。」

「往左一點點。」

「再往右微微挪一點。」

「啊！」桃花專心調整對聯的位置，腳底卻不小心打滑，差點跌下凳子。

「妳小心一點，別大意了！」林氏大步上前扶住桃花，微微不悅地瞪了她一眼，輕蹙著眉，道：「妳看看妳，都這麼大了，哪有一點姑娘家的樣子？看看鐵家的秀玲，人家哪像妳這樣，像隻毛猴子似的上下亂竄。」

林氏之前曾碰巧遇到鐵嬸子跟秀玲一起出門，當時就驚訝於秀玲的改變，但這幾天實在太忙，就沒向桃花提起秀玲回來的事情。現下見她這麼粗魯，又想起她剛剛去過鐵家，想必已見過秀玲，忍不住拿兩個姑娘做比較。

「娘，您怎麼這樣？不然趕明兒您乾脆認秀玲姊做女兒得了！」桃花不服氣地跺了跺腳，氣鼓鼓道。娘也真是的，她哪裡像隻猴子？還真沒見過有誰這樣說自家閨女的。

「桃花，妳進來一下，嫂子有事想請妳幫忙。」林氏還想說些什麼，屋裡卻傳來喬春輕柔的聲音，及時將桃花從林氏的嘴裡救了下來。

「來啦！」桃花笑著朝屋裡清脆應了聲，轉過頭對林氏道：「娘，您就別心理不平衡了！這山中村沒有一個女子比我大嫂漂亮，更沒有一個人能有她一身才氣和本事。咱們家裡有她一個就得了，娘該知足！」

「呵呵！」桃花看林氏被她說得一愣一愣，心情大好，抬步便向喬春屋裡走去。

喬春坐在桌前，看桃花眉眼俱歡的樣子，心裡格外開心，嘴角微翹地向她招了招手。

喬春親暱地拉著桃花的手，指了指桌上的東西，道：「桃花，妳待會兒把這幅對聯拿到隔壁廖大娘家去幫她貼。還有這些福字，在咱家每道門上都倒著貼一個，明白了嗎？」

喬春一直窩在房裡，實在無聊，就請林氏幫她備了紅紙，寫了幅對聯和一些福字。想到林氏說，隔壁廖大娘今年一個人過年，什麼東西都沒有備，於是特地提筆寫了一幅對聯，要桃花過去幫忙貼上，好讓她屋裡有點過年的氣氛。

「為什麼要送給她？她以前最愛在外頭說咱們家的是非了，我不去。」桃花見喬春特地寫了對聯，要送給隔壁的廖大娘，還要幫她貼上，心裡有些不痛快，嘟著嘴搖了搖頭，直接拒絕喬春。

桃花記得很清楚，就是因為廖氏在外面亂說話，娘才會幾番生大嫂的氣。反正廖氏送的禮早上娘已經要她還禮了，算起來也沒欠她什麼人情。

「桃花，聽大嫂的話，別使小性子。」喬春看桃花的嘴嘟得高高的，忍不住打趣。「瞧，妳這張好看的嘴都翹得可以掛油壺嘍！」

喬春將桌上收好的對聯遞到桃花面前，細聲勸道：「桃花，妳的心情我理解，大嫂也很開心妳這麼向著我。只不過，咱們兩家就隔著一道竹籬笆，再怎麼說，遠親都不如近鄰。

「妳不記得了嗎？大嫂生果果他們那天，在那麼危險的情況下，多虧廖大娘忙前忙後，還幫大嫂去請石大娘來接生。」喬春看桃花的表情漸漸軟化，又道：「廖大娘的心腸不壞，只是一個人住太孤單了，所以才會老是想跟別人說說新鮮事，讓大夥兒可以關注她而已。說到底，她也是個可憐的老人。」

喬春說著說著，不禁想起在二十一世紀的父母，他們要忍受白髮人送黑髮人的痛苦，內心一定更加悲傷吧！想著，豆粒般的眼淚從她的臉上滑落。

「大嫂，妳別這樣！我去，我馬上就去，好嗎？」桃花被喬春的眼淚嚇得手足無措。

自己真是不懂事，大嫂說的話哪會有錯，自己怎麼就不按著辦呢？桃花胡亂地用自己的衣袖幫喬春擦拭眼淚，嘴裡不停道歉。「大嫂，我錯了，我不該不聽妳的話。我馬上就去，快別哭了，聽說產婦哭多了對眼睛不好。」

「嗯。」喬春吸了吸鼻子，穩住自己的情緒。

桃花見喬春止住了眼淚，這才放心地拿著對聯，撒腿就往隔壁家跑去。

晚上吃年夜飯時，因為喬春不能出房門吹冷風，因此林氏把飯菜全部端進喬春房裡的桌上，一家人熱熱鬧鬧地共度除夕夜。令喬春最意外的是，桃花居然將廖氏也請過來跟她們一起吃年夜飯。

「廖大娘，吃飯吧！」喬春淺笑著向坐在一旁，有些拘禮的廖氏招呼著。

林氏將最後一道菜端了進來，放在陶製的小爐子上，頓時熱氣蒸騰，滿屋都飄著菜香味。

「對啊！廖大嫂，這裡您最年長，您先動筷吧，當是自個兒家就行了。」林氏笑呵呵地看著廖氏。

廖氏朝她們三人掃了一眼，眼眶頓時發紅，嗚咽道：「唐弟妹、春兒、桃花，我對不住妳們！我不值得妳們對我這般好，我……我……」

廖氏紅著臉，不好意思將自己在人後做的那些事當面說出來。

「大娘，過去的事，咱們都別再提了。俗話說，遠親不如近鄰，我們應該互相扶持才是。大娘，春兒敬您一杯，祝您身體健康、心想事成！」喬春輕聲安撫廖氏，率先向她敬酒。

「春兒說得沒錯！廖大嫂，我也敬您一杯，祝您身體健康！」林氏被喬春的話感染了，也端起面前的酒杯，向廖氏敬酒祝福。

「桃花也敬大娘，祝大娘身體健康！」桃花也淺淺微笑。她送對聯給廖大娘時，心裡惦記著喬春說過的話，便自作主張邀請她過來吃年夜飯。幸好娘知道了以後也表示同意，現在看滿桌氣氛和諧，這才放下心。

「好好好！謝謝妳們！我也祝妳們好人有好報，平平安安，幸福美滿！」廖氏感動得兩眼淚花，端起酒杯與她們豪爽地乾了一杯。

飯後，她們幾個人還一起守在喬春屋裡逗弄孩子，喝茶嗑瓜子，一起守歲，迎來嶄新的一年。

喬春還用寫對聯剩下的紅紙幫她們每個人都包了個大紅包，就連果果和豆豆也有分。喬春將紅包塞放在他們衣兜裡，討個吉利。

霧都峰這邊，只見兩個男子坐在圓桌前，舉杯談笑，共度他們師徒第一個除夕夜。

酒一杯一杯下肚，過沒多久，許多年沒有人陪伴過除夕的柳神醫——也就是柳如風，因高興而喝急了，這會兒已醉趴在桌上。

柳逸凡將喝醉的師父扶到床上，細心地幫他蓋好被子，輕輕闔上門，有些頭重腳輕地走進自己的房間，一頭栽到床上，雙眼盯著床幔發呆。

自從去了一趟山中村後，他腦子裡不知為何一直重複著那個女人清脆的聲音，可他就是想破了頭，腦子裡也還是一片空白。

嘆了口氣，柳逸凡閉上眼睛，放任自己墜入黑暗中，不再深思。

第三十四章　新年新氣象

一大早，喬春還在睡夢中——準確的說，是剛睡下沒多久，外面就傳來噼哩啪啦的鞭炮聲，嚇得豆豆大哭起來。

山中村的除夕守歲，真的得守到天濛濛亮之際，才可以睡下。不過，村民一般都不會再回房睡，而是著手開始做早飯，因為過不了多久就會有人到家裡來拜年。

「大嫂，幫果果和豆豆捂著耳朵，可別嚇壞了他們。」桃花急匆匆地從門外閃了進來，坐在床邊替果果捂住耳朵。

只見那小傢伙睜開如黑寶石般的黑眼睛，非但不哭，還骨碌碌地朝四周打量，嘴角若有似無地逸出一抹淺笑。

「大嫂，妳看果果好像一點都不怕，男孩子的膽量果然比女孩子大！」桃花看果果對外頭的聲響滿臉好奇，又瞄了瞄正在喬春懷中放聲大哭的豆豆，輕聲笑道。

「桃花，妳聽聽，豆豆的喉嚨是不是好一點了？好像沒有之前那麼沙啞了，昨晚她還喝了不少奶水呢！」喬春語帶喜悅地看著桃花。

「對耶，現在她的哭聲已經這麼響，沒有那麼沙啞了！這個柳神醫果然了不得，他的藥可真是見效！」桃花聽喬春這麼一說，連忙俯身認真聽了一下豆豆的哭聲，在滑到她脖子旁，確定沒有任何雜音時，臉蛋頓時笑開。

喬春也笑了，自從生了果果和豆豆以後，她第一次笑得那麼開懷甜蜜，就像獲得無價之寶一樣。

「大嫂，妳看著果果和豆豆，我出去幫娘做早飯，待會兒就要有人上門來拜年了。我順道把這個好消息告訴娘，讓她也開心開心！」桃花溫柔地放下果果，滿臉笑容地轉身出去了。

喬春懷裡的豆豆已經停止哭泣，正專心致志地吸吮自己的手指頭，彷彿手指頭上沾有甜甜的蜂蜜般。

喬春臉上洋溢寵溺的笑容，將視線調到窗外。

外面的鞭炮聲還在作響，傳到山裡再回音過來，讓整個山中村分外熱鬧起來。如果她可以出門，一定會看到整個村莊像是被濃霧籠罩般。

這樣的場景，讓喬春想起小時候在老家過年時，家家戶戶都會在除夕夜的午夜零點整準時放鞭炮。那些煙火讓整個村莊都變得璀璨起來，異常漂亮。

此情此景，讓喬春再次深深思念起身處異界的父母和姊姊。她眼眶含淚，輕輕放下豆豆，起身來到窗前跪下，重重磕了三個響頭。「爸、媽，春兒就在這裡給你們二老拜年了，祝你們健康長壽！」

象徵性地對家人拜了年，喬春回到床上，一手一個將孩子抱在懷裡，低下頭聞他們身上淡淡的奶香味，感受到前所未有的平靜和滿足。

「我的寶貝，你們知道嗎？娘親有了你們，就像擁有整個世界，是你們圓了娘親的夢，給娘親活下去的勇氣，還帶來了滿滿的幸福。」

「咕……」果果和豆豆發出了細不可聞的聲音。

喬春驚喜地看著果果和豆豆，剛剛她好像聽到他們發出聲音，就像在回應她一樣。可這會兒她不禁懷疑是自己的錯覺，因為這兩個小傢伙又睡著了。

「春兒，妳把果果和豆豆放到被子裡去，小心著涼了。來吧，吃早飯，待會兒家裡會有很多人來拜年。」林氏端著熱氣蒸騰的飯菜進來，探過頭微笑看著在床上熟睡的兩個寶寶。

「我聽桃花說，豆豆的喉嚨好很多了，是嗎？」林氏問道。

「聽起來是這樣，喉嚨裡好像也沒有沙沙的聲音了。娘，放心吧，柳神醫的藥很有效，我相信多用幾次，豆豆一定可以痊癒。」喬春微笑著將豆豆的狀況告訴婆婆，省得她成日擔憂。

「唐大嫂，我們來拜年啦！」此時堂屋裡傳來鐵成剛的聲音。

「來啦！鐵兄弟，稍等一下！」林氏一邊朝外面應著，一邊向喬春點了點頭。

「恭賀新春，祝大嫂闔家幸福！」鐵成剛雙手作揖，向林氏拜年，說著吉祥話。

「我也是，祝鐵兄弟日子愈過愈好！」林氏淺笑著，向鐵成剛回了個禮。

「來，吃些乾果。」林氏從桌上的盤子裡拿了一包寓意吉祥如意的乾果包遞到鐵成剛手裡，笑呵呵地看著他。

山中村有個風俗，就是要事先準備一些寓意吉祥如意的乾果包，送給來家裡拜年的人，人手一份，算是主人家對客人的祝福。

「謝謝大嫂。我先去別家拜年，妳得空了就去我家，找我婆娘聊聊吧！」鐵成剛向林氏道了聲謝，暗暗用手肘碰了下打從進門就四處張望的牛子，示意他趕緊向長輩拜年。

「噢。牛子祝唐伯母身體健康！」鐵牛子回過神來，窘迫地紅著臉向林氏拜年。

「伯母謝謝牛子，來，吃乾果。」林氏輕輕蹙著眉，心裡微微不悅，將一包乾果遞到鐵牛子的手裡，心中不禁暗斥牛子不懂事，因為他很明顯在尋找桃花的身影。

送走了鐵家父子，陸續到唐家拜年的人一直沒停過，累得林氏口乾舌燥，臉都笑僵了。

至於桃花則被林氏趕進喬春的房裡，因為她實在不樂意再碰到像鐵牛子那樣的男孩子，進門就想盯著自家閨女看。

桃花倒是樂意得很，因為喬春到現在都還沒教她識字，趁著大嫂坐月子，這幾天只要一有空，她就纏著喬春教她識字。現在桃花正趴在桌上，專心寫著自己的名字。

「大嫂，妳看我這次寫得怎樣？還行嗎？」桃花將剛剛寫好的名字遞到喬春面前。

喬春放下手裡的書，接過桃花寫滿字的紙，邊看邊點頭。「不錯哦，妳以前沒有任何基礎，這才寫了幾次而已，就能有這麼大的進步，真的很棒。」

其實，紙上的「唐桃花」三字除了「花」字勉強看得出來，其他兩個字都已被墨水暈染，根本看不清筆畫。但是喬春知道，像桃花這樣一點基礎都沒有，甚至連拿毛筆都不會的人，幾天下來能有這番成績，實屬不易。

喬春將手裡的紙遞給桃花，看著她微笑道：「桃花，妳拿筆寫字的時候，不要緊張，手要穩，下筆要快，筆也不要蘸太多墨水。加油，大嫂相信桃花一定能寫得很好，等以後果果和豆豆大一點，我還想請妳教他們識字呢！」

「真的嗎？讓我來當果果和豆豆的夫子？」桃花興奮地看著喬春，明眸中閃爍著點點星光，反手指著自己，一副不敢相信的模樣。

「對呀，讓妳當他們的夫子。」喬春朝桃花重重點了點頭。

「好啊！可是……大嫂，『加油』是什麼意思啊？」桃花抓住剛剛喬春話裡的「加油」兩字，眼睛發光地盯著她問道。

糟！喬春當場被桃花的問題給難住了，不禁有些頭大。自己經常不小心從嘴裡蹦出一些現代用語出來，也不知以前她們聽到時，會不會很是詫異或暗地裡猜測意思？

「加油……就是堅持、努力的意思。」喬春想了想，大概向桃花解釋了一下。

「我懂了，大嫂是希望我好好學、認真學，是不是？」桃花聽了以後理解地應道。

「對，就是這個意思。」喬春笑了。看樣子桃花真的很聰明，可惜這裡對女子的教育並不盛行，一般人都希望女兒早日尋個好對象嫁了，根本沒讓她們有什麼識字念書的機會。

此時房門突然被推開了，林氏臉上帶著僵硬的笑容走了進來，滿臉疲憊地坐在桃花身旁。

桃花放下筆站起來，提起爐子上的銅壺，幫林氏倒了一杯熱水，遞到她面前，輕聲道：「娘，忙了一上午，累了吧？」

林氏將杯子放在桌上，伸手輕輕拍了拍自己的臉頰，看著一臉擔憂的喬春和桃花，笑道：「累是不累，就是笑了一個上午，這會兒臉都僵了。」

「真是辛苦娘了。」喬春溫柔地笑著，伸手抱起已經睡醒的果果，見他在吮手指，便揭開衣服餵他喝奶。

「娘，您這樣微笑很美，大過年的人家看了也覺得喜氣，一舉兩得呢！」桃花抿著嘴，笑得眉眼彎彎。

「都說閨女是娘的貼心小棉襖，怎麼到妳這裡就變了個味？」林氏瞪大了眼睛，佯裝生氣地看著桃花，可眼裡和嘴角的笑意卻是暖暖的。

「娘，人家說的是事實，而且您都不知道，現在您的臉已經不再僵硬啦！不信，您問問大嫂去。」桃花咬著唇，不依不撓道。

「呵呵，桃花說得沒錯。」喬春笑著附和。

她們三個人就在喬春的房裡喝茶嗑瓜子，時而說說笑笑，時而逗逗睡醒的果果和豆豆，度過了其樂融融的大年初一。

也許是因為除夕那晚溫馨的年夜飯，廖氏的心慢慢與唐家的娘子軍貼在一起。在年後的日子裡，她偶爾會在喬春的房裡幫忙照顧果果和豆豆，也經常在廚房一邊幫林氏，一邊跟她閒聊。

一次次相處下來，林氏跟廖氏才發現彼此很合得來，又因為都是在同一年守寡，更惺惺相惜起來。以往兩家雖然是鄰居，她們卻不交心，只維持表面上的禮儀，現在卻覺得多了一個好朋友，最後兩人乾脆以姊妹相稱，看得桃花和喬春傻了眼。不過看林氏自此有了個可以掏著心窩說話的人，倒也是很為她們高興。

喬春在坐月子期間透過唐子諾的藏書，大致認識了大齊國的文化，更利用空閒的時間教桃花識字，自己也畫了不少茶具草圖，等著交給錢財打理。

「大嫂，我回來了！」桃花飛快閃進房，隨手關起門，笑呵呵地朝喬春走過來。

「桃花，累壞了吧？那些草圖都交給錢少爺了嗎？」喬春放下手裡的筆，轉過身子笑著看桃花。

元宵節已經過了，鎮上的店也都開業了，再過幾天喬春就要出月子了，與林氏商量後，她們決定擺一場滿月宴，好好熱鬧一番。

為此林氏請了鐵成剛幫忙到鎮上採買擺宴用的食材，而喬春就讓桃花帶著這些日子畫的草圖，還備了一些禮，代表自己去探望錢財。一來是關心他的身體狀況，二來是將新的草圖交給他處理，第三則是問他關於茶樹苗的事情。

等她正式出了月子，也該準備開始種茶樹的事了，只是現在她卻連茶樹苗在哪裡都不知道。雖然錢財辦事她放心，但這會兒只要得不到準確的訊息，她一顆心就吊得老高。畢竟種茶樹是她發家致富的關鍵，可不能有個什麼閃失。

「大嫂，瞧妳急的，妳不是一直都很穩重，怎麼只要關係到茶樹苗，就緊張成這個樣子？」桃花一屁股坐了下來，提起銅壺幫自己倒了一杯熱水，連著喝了幾杯才放下來，揶揄著喬春。

「桃花，我是教妳識字，可不記得教妳伶牙俐齒！」勾了勾唇角，喬春瞋了桃花一眼，笑道。

桃花愈來愈活潑了，她很喜歡這樣的桃花，可是林氏就不高興了，好幾次明裡暗裡有些責備她不該這樣寵桃花。畢竟在林氏的觀念裡，姑娘家還是淑德賢慧比較好，不需要識什麼字。

像鐵家的秀玲，從省城回來後直接變成大家閨秀，她舅舅年後已為她在省城謀取了一份好差事，就只差在這一年半載中給她物色一門好親事了。

喬春無力改變林氏的觀念，她只希望桃花能活得快樂無憂，做自己想做的事情。也就一個十三歲的小姑娘，何須給她那麼多束縛？只不過有些話只能做不能說，桃花需要的她儘量給，林氏倒也不會為此直接跟她翻臉。

「伶牙俐齒還不是向大嫂妳學的？妳不知道，當妳與錢少爺談合作的事情時，那口才可不是誰都能有的！」桃花讚美了喬春一番，接著便站起來，探頭看著床上的果果和豆豆，微微笑了起來。

現在這兩個寶貝總算不再天天酣睡了，而且很貼心，作息時間跟大人差不多，白天大部分時間都是睜大眼睛四處張望，晚上就乖乖睡覺，不像一般嬰孩那樣日睡夜吵。

「得了！妳也別再誇我，再誇都要被誇上天去了，還是快點把我想知道的事情告訴我吧！」喬春有些著急地催促道。

「喏，這封信是錢少爺要我轉交給大嫂的，妳想知道的事情全都在裡面。還有，這是第一個月剩下的分成，因為過年休業的關係，到結帳日時只有三十兩，全交給妳了。我也該出去幫娘幹活了，就快擺滿月宴了，要忙的事情可多了。」

桃花從衣袖中的暗袋裡拿出一封信給喬春，又從腰間拿出一袋銀子出來，輕輕放在桌上，說完轉身就出去了。

過年期間休業，還能分到三十兩銀子，實在超乎她的想像啊！喬春不由得慶幸自己找了個好夥伴，才能讓經商之路有了個好的開始。

喬春伸手打開信封，細細的看著錢財寫的信，他的字比唐子諾略顯柔美，沒那般蒼勁有力。

咦？自己這是怎麼了？怎麼看封信也會無緣無故拿他的字體與唐子諾的做比較呢？

他們一個是自己已故的丈夫，一個是生意上的夥伴，自己這般行為實在有點可笑！喬春搖了搖頭，忍不住暗暗責怪起自己，將注意力放回信的內容中。

看來大約十天後，她的茶樹苗就會運到了。這段時間她好好盤算過了，這裡的旱地全是黃泥沙地，土質太過貧瘠，如果沒有肥料補給，估計茶樹的長勢也不樂觀，看來還得想個辦法才行。

最好的辦法是改良土壤，具體實施時要看土壤的酸鹼值而定，進而增施鹼性有機肥或漚肥，可是現在根本不可能測出土壤的酸鹼值，這裡更沒有現代化的肥料。年前翻地時雖然地裡埋下了一些草灰，但那是杯水車薪，根本不夠用。

思及此，喬春決定過幾天親自去找錢財一趟，好好跟他商議解決方案才行。畢竟茶園他也有股份，這趟還能順便跟他簽訂茶園的股份分配協議，省得自己以後還得奔波。

第三十五章　滿月宴

在林氏找了不少鄉親幫忙的情況下，果果與豆豆的滿月宴總算有模有樣地擺了起來。

這天一大早，喬春就請桃花燒了許多熱水，準備好好清洗自己一番。桃花還特地請人從鎮上送來一個大浴桶，幫喬春放置在房裡，好讓她盡情泡個熱水澡。

「大嫂，這樣行吧？」桃花將最後一盆水倒進大浴桶裡，打量著熱氣蒸騰的大浴桶，笑看著喬春問道。

看起來好像很過癮！大冷天的泡在裡面，一定很舒服！看來她也該幫自己跟娘備一個大浴桶，那樣以後她們就可以窩在房裡，每天都舒服地泡熱水澡了，只不過事後的收拾可能有些費事就是。

喬春滿意地點了點頭，道：「行！真該好好謝謝心靈手巧的桃花，居然幫我弄來一個大浴桶，嫂子真是太開心了！熬了一個月，總算解放了，要是再不讓我洗澡，我看妳們都不敢進我屋裡了，臭烘烘的！」

終於告別禁忌一籮筐的日子了，她總算可以走出這道房門，好好呼吸外面清新的空氣。

「那大嫂先好好梳洗一下吧，洗好後再叫我，我幫妳梳一個好看的髮型，是前幾天秀玲姊教我的，據說現在省城裡的女子都喜歡那樣梳。」桃花想到秀玲教她的髮型，有點躍躍欲試，可是又不敢太張揚，便想到找大嫂當練習對象，看看自己到底梳得好不好。

「好啊，待會兒大嫂的頭髮就交給妳了。」喬春開心地應了下來。來到這裡以後，她最不喜歡的就是梳頭髮，因為在二十一世紀時她總是留著一頭短髮，不像現在這麼麻煩。有時為了方便，她乾脆隨便編個麻花辮，省得浪費太多時間。

桃花想幫自己梳一個好看的髮型，她有什麼好拒絕的呢？今天是果果和豆豆的大日子，她這個做娘親的也不能太隨便。

桃花出了房門後，喬春便落好鎖，迫不及待地脫下身上的衣服，一臉享受地坐在浴桶裡，盡情享受熱水擁抱身體的感覺，最後將油膩膩的頭髮也給洗乾淨，整個人頓覺神清氣爽。

桃花跟廖氏合力將大浴桶搬走以後，又折回來站在喬春身後，溫柔地幫她擦拭頭髮。看著銅鏡裡照映出的影像，桃花忍不住稱讚：「大嫂，妳真的好美啊！」

她一直都知道大嫂是個大美人，現在卻比往常美上好幾分，渾身上下都散發著一股成熟的韻味。

「桃花，看來娘說得沒錯，妳還真是該學學人家那些大家閨秀。這張小嘴不僅愈來愈甜，也沒個遮攔呢。」喬春忍不住對桃花打趣道。

「大嫂，妳怎麼這樣，人家只是實話實說而已！妳不是要桃花做個對自己的心誠實的人嗎？現在又這樣說人家！」桃花跺了跺腳，扭了幾下身子，不依不撓地向喬春申訴。

喬春看著她那樣子，嘴角不禁高高翹起，笑道：「大嫂還沒說完呢，我是想說——可是我很喜歡！」

「大嫂，妳、妳怎麼這樣逗人家……」桃花羞得無處躲，只能任由喬春取笑。

「哈哈……」喬春大笑起來。

堂屋裡的林氏和廖氏聽到喬春房裡傳來的笑聲，忍不住彎起唇角，忙起手邊的活兒時也更輕快了。

「桃花的手真巧，這個髮型真好看！」喬春看著銅鏡裡的自己，高興得合不攏嘴，直誇桃花手藝好。

桃花剛剛幫她修剪頭髮時，她還有點擔心，想不到她居然幫自己修了一個桃形劉海，烏黑的長髮被她左轉右扭地盤在後腦勺，還在耳邊留下兩縷髮絲，整體看起來既有些成熟，又帶了些俏皮，還有一點甜美。這桃形劉海柔軟地覆在她潔白如玉的額頭上，真是為自己這張瓜子臉增色不少。

「真的好美，想不到這個髮型這麼適合大嫂！」桃花放下梳子跟剪刀，也是一臉驚喜地看著眼前完全換了個樣的喬春，由衷讚美著。

「桃花，大嫂可不可以求妳一件事？」喬春轉過頭，滿臉乞求地盯著桃花。

「啊？」桃花輕蹙著眉，有些不明白喬春的意思，愣愣地問道：「大嫂，有什麼需要桃花幫忙的，直接說就可以了，妳這個樣子讓我有點不習慣……」

喬春看桃花那微微窘迫的模樣，噗哧一聲笑道：「嫂子就是想請桃花以後有空就幫我梳這個髮型，真的很好看！我實在喜歡得緊，呵呵。」

喬春忍不住又朝鏡子裡看了看，她實在太愛這個桃形劉海了！

「求之不得！想不到我居然這麼厲害，第一次就成功了。」桃花爽快地應了下來，對眼前的成果樂得有點飄飄然。

第一次？喬春看桃花那洋洋得意的模樣，臉上布滿黑線，瞇著眼問道：「桃花，妳是第一次梳這個髮型？敢情妳是拿自家嫂子當白老鼠了？」

「啊？」桃花發現自己說溜了嘴，連忙裝傻。

「好啊！」喬春見桃花眼神閃躲，伸手就撓向她的腋下。

「哈哈！好癢啊……別癢我了，大嫂，求妳……求妳……求妳放開我吧！哈哈……」

喬春這招惹得桃花沒命地笑，笑得眼淚都流了出來，卻仍舊不見喬春有放過她的意思，只得一邊大笑，一邊求饒。

「呵呵，大嫂和桃花這是在玩什麼呢？」

巧兒笑意盈盈地走了進來，看桃花笑得上氣不接下氣，忍不住翹起嘴角，跟著笑了起來。今天是果果和豆豆的滿月宴，由於少爺身體還未養好，就由她代表他過來道賀。

「巧兒妳來啦？快來坐！」喬春停下手，笑著向巧兒打了聲招呼，又轉過頭對肚子笑得發痛的桃花道：「要我原諒妳也可以，就罰妳以後天天都幫我梳頭。有新髮型可以用在我身上，但可別毀得我不敢出門見人。」

「啊？」巧兒一頭霧水地聽著喬春的話，不明所以地看向桃花。

「巧兒姊姊，妳說我兔不兔？我使出全身的勁和招數幫我大嫂梳了個新髮型，弄得這麼美，她居然怪我是第一次。妳快來幫我評評理，我第一次都給了她，而且還表現得這麼好，她怎麼還這般對我？」桃花可憐兮兮地噘著嘴，向巧兒訴說心裡的委屈。

「噗！」喬春幫巧兒倒了一杯水，自己也正端著杯子喝水，可水還含在嘴裡，卻全被桃花這般委屈的話給嗆了出來，噴得旁人滿身水，自己也嗆得直咳嗽。什麼「第一次」啊？她實在忍不住，太好笑了！

天才啊！第一次？這樣的用詞，讓她不知不覺就往「那方面」想去。

「大嫂，妳……妳真不講衛生。」桃花瞪大了眼睛，一臉不可思議地看著自己衣服上的水，跺了跺腳。

喬春止住咳嗽，拿出手絹，幫還處在呆滯中的巧兒擦拭，輕聲道歉：「巧兒，真是對不住，都怪大嫂沒能忍住，早知道我就該拚命忍住……」

桃花和巧兒聽著喬春懊悔的話語，忍不住雙雙笑了起來。

「這個髮型很適合大嫂，桃花的手真巧，第一次就能梳得這麼好。」巧兒打量著喬春的新髮型，不由得讚嘆。

在這髮型襯托下，喬春的瓜子臉顯得更白皙精美，一雙大眼睛更為有神，晶眸裡好像盛滿了波光粼粼的春水，攝人心神。

「謝謝，都是桃花的功勞。」喬春淺笑著，不再逗弄桃花。

「桃花，以後得空就教教我。」巧兒轉過頭看著桃花，笑道。

「好啊！」桃花樂得立刻應允。

此時，喬春被床上發出聲音的兩個小傢伙給吸引，站起身來離開梳妝檯。

「大嫂，妳先在屋裡照顧果果和豆豆，我出去幫忙了。」桃花笑道。

「我也去幫忙。」巧兒連忙出聲，挽著桃花的手，兩個人親暱地出去了。

喬春在屋裡幫果果和豆豆餵了奶，將他們哄睡以後，便換上一套廖大娘幫她縫製的新裙子。

這套裙子的顏色是她最喜歡的水綠色，為了不顯得單調，廖大娘可是下足功夫，在衣服和裙襬都繡上了花樣。那一片片綠色的葉兒，讓人一看就覺得生機盎然，穿在身上是清新又美觀。

整理好了自己的儀容，喬春又朝睡得正香的寶貝們看了一眼，轉身輕輕踏出已經一個月未曾出過的房門。

「哇！」

「啊！」

喬春怔怔看著剛剛還在準備食材的人，怎麼一個個都停下手邊的活兒，張大了嘴，直溜溜地盯著自己？

「咳咳。」喬春被大夥兒的眼光盯得有些窘迫，輕咳了兩聲，輕啟唇瓣。「伯母、嬸子們，這一個月沒見過春兒，大家都不認識了嗎？還是春兒的臉上有什麼髒東西？」

「沒、沒有。」

「呵呵，好看！」

「真是好看呢！」

所有在堂屋裡幫忙的婦女頓時收回心神，一個個笑著稱讚起喬春。

「辛苦大家了，我先出去走走。」喬春伸手指了指外面，撇下一屋子羨慕的目光，轉身就往外面走去。還是出來透氣好一點，省得自己有種被人看光光的感覺。不過就是換了個髮型，穿上一套新衣服而已，她們真是太大驚小怪了。

喬春走出大門，眼光往院子裡一掃，頓時覺得視線好像寬了很多。仔細看一下才發現，原來是以前隔在她們家和廖大娘家的竹籬笆被拆除，院子裡擺了不少桌椅，一些村裡的年輕小夥子，正陸陸續續搬桌椅往她家來。

雖然如今還是春寒料峭，但喬春卻覺得心裡癢癢的，不禁開始在腦子裡打算起她的種茶樹計劃。希望新年新氣象，一切都能順順利利。

「春兒，妳出門啦！」廖氏提著兩大籃青菜回來，桃花和巧兒也隨在她身後，揹著籃子，正說說笑笑往自家院子走來。

「大娘，您偏心！」桃花幾步上前，站在廖氏身旁，瞥了一眼喬春身上的新衣服，嘟嘴道。

廖氏一聽，一頭霧水地偏過頭看著桃花，問道：「桃花，這話是什麼意思？大娘怎麼就偏心啦？」

喬春嘴角含笑地看著桃花，不禁搖了搖頭，看來桃花真是變了不少。以前的桃花很乖巧，也很老練，像個小大人似的，現在倒覺得有些孩子氣了。

不過喬春還是比較喜歡現在的桃花。雖然在這裡十三歲已經是大姑娘，大部分也都訂親了，可在她看來十三歲不過就是個半大不小的孩子。

也不知婆婆打算給桃花說一門什麼樣的親事？畢竟這裡不是二十一世紀，十三歲訂親，十五、六歲成親，都是這裡的風俗，姑娘過了十八歲還沒成親，可就要被人嫌棄了。

只是擔心歸擔心，這些事情喬春也無力改變，因為自己不過十七歲，卻連孩子都生了。

「大娘，桃花定是眼紅您給我縫製了這套新衣服。」喬春見桃花嘟著嘴，一副受了天大委屈的模樣，忍不住輕笑著開口向廖氏解釋。

桃花瞅著喬春，道：「大娘本來就是偏心嘛！」

「原來桃花是指這個啊，大娘可沒有偏心哦！前幾天妳娘拿了一疋粉色的布給我，說是給妳縫新衣裳呢。大娘已經趕了好幾天了，桃花怎麼還怪大娘呢？」

廖氏聽完喬春的解釋時，忍不住笑了起來，緩緩將前幾天林氏請她幫忙的事，全部說了出來。

「真的?!大娘，您可一定要縫得比我大嫂的衣服還要好看！」桃花開心地向廖氏撒起嬌來。其實她也不是真的這麼想，而是存心想跟喬春鬧著玩。

幾個人一聽，全都笑了出來。

「妳呀！」廖氏豈會不懂桃花的心思？她笑著捏了一下桃花的鼻子，接著便說：「走吧，還有事情要忙呢！春兒，妳儘管去走走吧，這些日子怕是悶壞了。」

「謝謝廖大娘，桃花、巧兒，妳們辛苦了！」喬春見每個人都為果果還有豆豆的滿月宴這麼盡心，很是感動。

「別這麼說，快去吧！」廖氏說著，便示意桃花跟巧兒一起進廚房。

喬春見她們都提著菜進了廚房，便踏出院子打算四處轉轉，可剛走到拐彎處，就碰到全員出動的喬家人。

喬春的爹娘停下腳步，怔怔地打量著自家閨女，好半晌，才在喬冬那一聲軟軟的「大姊」中回過神來。

喬春的娘親雷氏眼眶紅紅地走上前，牽著自家大閨女的手，上下仔細看了一番，這才點了點頭，哽咽道：「春兒，娘看到妳這樣就放心了。妳知道嗎？聽到妳早產時，娘可是急得不得了！」說著說著，終究沒能忍住，掉下了眼淚。

「大姊，我們都擔心死了！幸好大姊好人有好報。」喬夏和喬秋也圍了上來，向喬春訴說當時的心情。

喬春感動地看著這些至親，內心湧過一陣陣暖流。她抽出手絹輕輕幫雷氏擦眼淚，道：「娘，都是春兒不孝，讓娘擔心了！娘，請您別再擔心，瞧，春兒現在不是好好站在您面前嗎？我還長胖了不少，正想著要減減身上的肉呢！」

喬春有些誇張地比劃著自己的腰身，看得雷氏破涕為笑，輕斥道：「春兒，妳這身段剛剛好，可別減什麼肉！孩子還要餵奶，當娘的身體不調養好一點，哪夠奶水餵兩個孩子啊！」

「可不是嘛，大姊現在比以前更漂亮了呢！」喬夏和喬秋趕忙附和起雷氏。

「大姊，抱抱。」喬冬扯了扯喬春的裙襬，軟軟地喊著她，張開雙臂。

聽說喬冬是她爹娘的老來女，本以為能生個老來子，出來才知道又是一個沒帶把的。不過，她爹喬梁也不是那種非要兒子的人，他當時對著哇哇大哭的雷氏，說了一句很是感人的話：「閨女也不比男兒差。」

喬梁也不是說好聽話，而是確實如此。喬家雖然只有四個閨女，但她爹對她們姊妹可是很寶貝，要不是因為當年家裡孩子稍多，娘一個人實在理不過來，才會把她送到姥姥家去，直到大一些才帶回來。

「咳咳，有什麼話進屋裡再說吧，親家母已經在院子口等著啦。」一直被眾母女排除在外，插不上嘴的喬梁，雖不忍心打斷這溫馨的場面，可是也不能讓親家母在那邊乾等。再說，春兒今天才算坐滿了月子，外頭風大，還是快些進屋才好。

「爹，女兒好想您哦。」喬春一把抱起喬冬，走到她爹面前，眼眶紅紅地說道。喬梁那雙眼睛與她二十一世紀老爸的眼睛，可謂如出一轍，頓時讓喬春的眼淚忍不住落了下來。

「嗯。好，好！」喬老爹聽著喬春的話，明顯愣了一下，隨即回過神來，眼眶微紅地朝她點了點頭，率先朝屋裡走去。

喬春看著他那偉岸的背影，突然更加明白「父愛如山」這四個字的意思了。雖然她爹是個莊稼漢子，可是剛剛她明顯聽出那簡短的幾個字帶著顫音，不難看出她爹是真的很愛這些閨女。

一家人並肩來到唐家，喬父只是進房抱了一下果果和豆豆，就出去與鐵成剛聊天了，貼心地把空間留給一群女人家。

「大姊，我那時就覺得奇怪，妳的肚子怎麼會那麼大，比以前娘懷冬兒時還要大很多，原來是因為裡面有兩個小傢伙啊！呵呵，他們長得真可愛，臉蛋也幾乎一模一樣，幸好是一男一女，不然以後我可就分不清了。」喬夏說道。

其實照一般的狀況，這兩個孩子應該不會長得特別像，因為龍鳳胎畢竟大多為異卵雙胞胎。只不過果果和豆豆卻像得不得了，倒是讓喬春感到驚奇不已。

喬夏和喬秋一人抱一個寶寶，開心地逗著果果和豆豆，而兩個寶寶一點也不怕生，眼睛骨碌碌地盯著他們的阿姨看，不時發出聲音回應她們，反而逗得喬夏和喬秋笑個不停。

「春兒，妳以後有什麼打算？」雷氏的眼光從果果和豆豆那邊抽了回來，溫柔的看著喬春，低聲問道。

這個女兒很長一段時間沒跟雷氏住在一起，雷氏因此覺得自己虧欠她很多。本以為自己幫她找了門好親事，畢竟唐子諾是個相當不錯的年輕人，誰知道才短短三個月女兒就成了寡婦。為了這事，雷氏背著喬梁不知哭了多少回。

自己閨女連新嫁娘的日子都還沒過足，就成了寡婦，眨眼間一家人的生計就落在她的肩膀上，偏偏又懷著孩子，還一生就是兩個。雖然值得開心慶祝，可是未來要面對的生計問題也不容忽視。

想到閨女的命運如此坎坷，雷氏忍不住又落下眼淚。

「娘，您快別這樣。對於家裡的生計，我有計劃，現在我已經出了月子，也該著手準備了。娘，您就放心吧，我一定會過得很好！」喬春紅著眼，握著雷氏的手，輕聲安撫她。她怎會不清楚雷氏心裡在想什麼，從古到今母親總希望兒女能衣食不愁，畢竟這是最實際也最殘酷的問題。

只不過，有人關心雖很令喬春感動，但她不得不同意那句經典形容詞——女人是水做的。才短短相處沒多少時間，雷氏已經哭了好幾回，哭得她心裡像被貓抓了似的，麻麻痛痛。

「計劃？妳有什麼計劃？」雷氏收住眼淚，怔怔地看著喬春問道。

「我準備種茶樹。」喬春一臉堅定地看著雷氏，將自己的計劃全盤告訴她，也大概將自己如何學會這些東西，按照跟林氏說的版本粗略地講了一下。

誰知雷氏聽了以後，眼淚掉得更猛，那個勢頭可真是嚇壞喬家四女了，又是哄又是勸的，都沒能止住她的淚水，最後喬夏準備去喊她爹了，雷氏這才奇蹟般地收住了眼淚。那說來就來，說收就收的哭功，又讓喬家四女看傻了眼。

喬夏暗想，怪不得爹在家裡被娘吃得死死的，實在是功力太深，就是百鍊鋼，也只能化為繞指柔了。

「娘，喝杯水。」喬春幫雷氏倒了一杯熱水，遞到她手裡。她身上的水分流失得太快，估計該補充了。

果然，連續喝了好幾杯水，雷氏才放下杯子，拿出手絹擦拭了一下嘴角，道：「既然春兒心裡已經有了打算，妳婆婆也贊同，那娘親也沒什麼好不放心的了。只是妳一個柔弱女子要種上十幾畝茶樹，不管是茶種還是日後的培育，都是件耗時間、耗體力的事，妳們三個人忙得過來嗎？更何況，現在還有孩子要照顧，妳可別累壞了自己，娘會心疼的。」

雷氏說著，眼眶又紅了起來。

喬春見她又像是要哭了，連忙出聲解釋道：「娘，這個您放心。每逢要幹活的時候，我會請村裡的鄉親們來幫忙，去年年底翻地，也多虧他們幫忙。」

「可是……這樣不是欠下很多人情嗎？要是碰到農忙，他們就是有心，也無力幫忙啊？」雷氏又繼續道出心裡的憂慮。

有人幫忙是好事，可是人家也不可能天天等著來幫忙。畢竟大家都是莊稼人，家裡都有農田、土地要伺候，一年的生計可都指望自家的田地，再說這人情債欠多了，也不是件好事。

「娘，您放心！我都是出工錢請他們幹活，不會欠下什麼人情債，也不會讓他們吃虧。」喬春喝了一口水，淡淡說道。

「出工錢？妳哪來那麼多錢來請人做事啊？」雷氏和喬家妹妹們一聽，都怔怔地盯著喬春，等待她的回答。

「親家母、喬家姑娘們，開飯了，都出來吧！」林氏打開房門，探頭進來喊道。

喬春暗暗感謝林氏及時解圍，不然按這問法，還不知要問到什麼時候去了。她從喬夏和喬秋手裡接過不知何時睡著的果果和豆豆，將他們放在床上，溫柔地蓋好被子，便親暱地挽著雷氏的手，到外面去吃飯。

這天唐家喜氣洋洋，擺了九大桌，代表祝福果果和豆豆久久平安、健康長大。

村裡一些和唐家關係好，或是輩分高的人，基本上都被邀請了過來。林氏特地將喬春她爹安排與村上的男人們坐一桌，以方便他們聊天、喝酒。而喬春則與自家娘親、婆婆、妹妹、桃花這些親人，以及廖氏、鐵嬸子這些平日裡友好的人坐到一桌。

男人們行著酒令，開懷暢飲，婦女們則是說說笑笑地邊吃邊聊，唐家院子裡到處都是歡笑聲。

「娘，妳們先到我房裡休息一下吧？爹跟鐵叔他們聊得正開心呢。」喬春放下碗，望了一眼喬父那桌，偏過頭對說要準備回家的雷氏道。

只見喬父那一桌的人都還喝個沒完，這個時候叫她爹回家，恐怕不太合適。

「不行，我得去叫他。就他那點酒量，哪裡喝得下這麼多的酒！要是待會兒喝醉了，怎麼回去？」雷氏遠遠看著喬梁的臉紅紅的，不禁著急起來，站起來就想往他那一桌走去。

從山中村要回到他們喬子村，需要不短的時間，再加上山路不好走，天色又慢慢暗了下來，如果丈夫喝多了，又吹上冷風，要是染上風寒，可不得了。窮人家最怕的就是生病，因為根本沒多餘的銀子看大夫。

「娘，您別去。聽我說，您先進我屋裡去，待會兒讓我婆婆出面。這會兒您過去，他們還不笑爹是妻管嚴？這男人在人前的面子可得給夠了，私下愛怎麼弄都成，爹哪敢說個不字？」喬春拉住雷氏的手，揀了重點跟她挑明了說。

男人就算再愛自己的女人，如果在眾多男人跟前失了面子，要是覺得難堪，會說些什麼、做些什麼，可沒個準兒。喬春可不想因為這點小事，讓爹娘傷了感情。

雷氏有些意外地看著喬春，這些話從她嘴裡說出來，實在讓人不太相信。若不是成親多年的人，哪能總結得出這麼精闢的夫妻相處之道？自家閨女雖是成了親，也生了孩子，可是她與唐子諾也就一起生活了三個月，怎麼可能說出這麼老練的話？

「好吧，妳找人勸一下妳爹，他要是喝醉了，可真沒人送他回去！」雷氏壓下內心浮出的各種疑問，輕聲對喬春交代了一下，轉身就往她房裡走去。

也好，就趁現在進去抱抱外孫們吧，以後也不能天天見面，還是帶幾個閨女進去享受一下天倫之樂好了。

結果雷氏才領著自家閨女進房，抱起果果和豆豆哄著，喬春就進來告訴她，喬父已經醉趴在飯桌上了。急得雷氏將豆豆交到喬秋手裡，立刻跑了出去，看著喝得醉醺醺的喬梁，又是心疼又是生氣，更是著急。

他們還得趕回喬子村去呢！在山中村這個地方，可沒有在親家家裡過夜的習慣，再說，眼前唐家也沒有多餘的房間讓他們暫住，因此這會兒雷氏已經急得跳腳了。

林氏也是一臉擔憂地站在一邊，而鐵成剛等人則是窘迫不已，紛紛暗斥自己不該讓喬梁喝太多酒，實在是因為大家都沒想到喬梁酒量這麼差。

喬春看了院子外面的馬車一眼，在人群中找到巧兒，將她拉到一邊，微笑著道：「巧兒，待會兒可不可以麻煩妳讓馬伕送我爹娘跟妹妹們回喬子村？妳看我爹他真的是喝醉了，不然實在不敢麻煩錢府的馬車。」

喬子村跟巧兒回鎮的方向相同，只是還要從大道上繞進去，說起來並不順路，但是山中村根本沒有人家有馬車，思來想去也只能麻煩錢府出個力了。

「大嫂，我剛看伯父喝醉了，正想跟妳說這事呢。妳放心吧，我這就跟著送伯父他們回去，保證把人平安送到。」巧兒探著頭往身後看了一眼，將自己心裡的想法說了出來。

喬春欣喜地點了點頭，轉身來到雷氏身邊，將這事跟她說了。這下雷氏也舒開了眉，遠遠朝巧兒微笑，點頭致謝。

桃花回屋裡叫喬夏她們出來，醉趴的喬梁則由鐵成剛等幾個漢子合力抬到馬車裡。

一行人站在唐家院子口目送他們離開，之後參與滿月宴的村民都幫忙收拾東西，才各自將自家的碗筷和桌椅帶了回去。

第三十六章 新的一步

一直惦記著種茶樹的喬春，在滿月宴結束後幾天，就找了林氏與桃花，在自己房間裡開起家庭會議，三個人商議改良土壤的事情。

「春兒，妳的意思是年前我們燒的那些草灰不夠用，還要買肥料是嗎？可這裡的人世代都以種田維生，不太可能願意把肥料拿來賣的。」林氏提出了她的看法。對於喬春說想要向鄉親們買肥料這個方法，她覺得不可行。

田地裡的收成除了看天以外，肥料可是占了很大一部分原因。最近年年糧食都接不上，又哪會有人願意將攢下來的肥料給賣了？

「大嫂，如果我們上山割草來燒，不就有草灰了嗎？若實在不行，咱們就去向鄉親們買草灰，妳看這樣好不好？」一直保持沈默的桃花，向喬春提出了她的想法。

「娘，您覺得鄉親們願意嗎？姑且不論一大堆的草燒出來的草灰不多，買草灰的價錢又該怎麼定？」喬春有點猶豫了。現在天氣還冷，哪有什麼草可以割，山上的樹也都光禿禿，總覺得實行起來的可能性不大。

林氏沒有吭聲，只是緊擰著眉，默默盤算各方面的可能性，卻仍舊沒有結論。

她不過就是一介農婦，只知道田地的莊稼都是用一些肥料澆灌。草灰還是經喬春說了以後，她才曉得，所以這事她還真是有心無力。

「娘，您怎麼不說話？」桃花倒是沈不住氣，見林氏半天都不吭聲，便伸手搖晃她的手臂。

她早就期待可以跟大嫂一起種茶樹，讓這個家的日子更好過。現在好不容易要進行開種前的準備了，哪有不心急的道理？如果可以，桃花可是恨不得現在就有一大片茶園，天天都可以摘新鮮的茶葉。

這些日子下來，在喬春和巧兒的雙重薰陶下，桃花的想法早就改變了。她心裡很清楚茶葉的價值有多高，如果她們家將十幾畝的茶樹種好了，可就相當於種上一棵棵搖錢樹。

「春兒，我不太贊同桃花的看法，就像妳說的，一大堆草也沒能燒多少東西出來。要不，妳再想想別的法子。都怪娘人老腦笨，一點法子都沒有。」

林氏苦惱地說著，偏頭看了一眼躺在床上的果果和豆豆，又道：「娘說過，這家裡的事情就交給妳了。從現在開始，我就專心在家照顧孩子，妳們就安心種茶樹。」

現在家裡有兩個嬰孩，勢必得有個人專心照顧，而且她看喬春做事也很用心，許多事情想得比她更周到。既然自己幫不上什麼忙，不如在家裡照顧小孩、洗衣做飯。

「娘，我也正有這個意思，果果和豆豆真的要有人專門照顧才行。娘的年紀也大了，外頭的事就讓我來吧，家裡的事就要辛苦娘了。」喬春點了點頭，很是同意林氏的說法。

其實她一直想找合適的時機跟林氏商量這件事，雖然年前婆婆說過家裡的田地交由她管理，可是畢竟婆婆才是一家之主，自己還是得徵求她的意見才行，省得她心裡不高興，覺得自己沒將她放在眼裡。現在婆婆既然自己提出來，她哪有不贊同的道理？

「對了，娘，我還有一件事要跟您商量呢！果果和豆豆的名字，您心裡有沒有合適的？我想把果果和豆豆這兩個名字當成是他們的小名，正名不知娘的意思如何？」喬春小心地打量林氏的臉色，果果和豆豆畢竟是唐家的血脈，當初她說就叫果果和豆豆時，她可是沒有漏掉婆婆眼裡一閃而過的失落。

幾番思量，喬春覺得還是問問婆婆的意思比較好。

「春兒，本來娘心裡有個屬意的男孩名字，可是這段時間以來，我覺得果果和豆豆也是滿好聽的，還是按妳的意思吧。什麼名字不重要，重要的是孩子們能健康長大。」

林氏有些驚訝地看著喬春，她本以為自己那點小心思喬春沒看出來，原來一切都逃不過她的眼睛。不過，現在她想通了，不過就是名字而已，遠不比孩子的健康重要。

「娘，您就說說看嘛，唐果和唐豆這兩個名字，確實不夠大氣，我看的確有必要替他們另外取個正名。」喬春淺笑看著林氏。雖然名字只是個符號，但她還是想知道林氏取的名字是什麼。

「唐憶。」林氏緩緩道出她放在心裡好久的名字。

「唐憶？娘，您怎麼不早說呢？這個名字很不錯啊！」喬春低聲唸了一遍，瞬間明白林氏的用意。她是想讓唐子諾的孩子記住自己的爹爹，所以才有這個「憶」字。

看來林氏還沒有從喪子之痛中走出來。既然這個「憶」字承載了婆婆對兒子的思念與對孫子的提示，那就叫「唐憶」吧。

「娘，果果叫唐憶，那豆豆呢？」喬春問道。

「春兒，豆豆的正名還是妳來取吧。我是個農婦，識的字不多，取名字可不是我的活兒。」林氏聽喬春同意將果果的正名改為唐憶，隨即高興得合不攏嘴，就連眼眸底下都閃爍著笑意。

林氏將豆豆的名字交由喬春來取，主要是她不好意思讓喬春知道，她根本就沒有想過會生個孫女。她心心念念盼的都是個金孫，好為唐家延續香火，不過現在更好，既有孫子，又有孫女。

「唐心。」喬春沈思了一會兒，緩緩吐出這兩個字。

她二十一世紀的老媽叫葉心慈，所以她就從老媽的名字中抽了一個字來用。唐心、糖心，同樣不失她希望他們甜蜜成長的寓意。

「唐心？這個名字好聽！大嫂，我喜歡這個名字。」桃花的臉上漾出一朵微笑。

「唐心是很好聽。」林氏也是開心地點了點頭，接著她打了個大大的哈欠，偏過頭看著桃花，道：「桃花，走，睡覺去。有什麼事情，咱們再接著說。春兒，晚上果果和豆豆就辛苦妳了。」

「這是我應該的，娘、桃花，晚安，祝好夢。」

喬春送她們出房後，便輕輕闔上門。她來到床邊看兩個小傢伙，他們似乎正在作美夢，臉上若有似無帶著笑。

晚安，我的寶貝！

分別在兩個孩子臉上留下一吻，喬春這才心滿意足地躺在他們身邊睡下。

這天，早早吃過早飯後，喬春將果果和豆豆先餵飽，然後就和桃花結伴往鎮上去。

這些天她一直都在想關於改良土壤的事情。既然她們三個人想不出更好的辦法，說不定錢財有法子。再者，作為生意上的夥伴，人家還時常差巧兒過來探訪，現在既然自己身子已經方便了，前來探望他一下也是應該的。

「唐姑娘，妳怎麼來啦？」茶莊才剛剛開門不久，錢歸還在擺放、整理貨物，就看到桃花和一個年輕女子走進來，連忙迎了上去。

現在唐家與他們茶莊的關係可不一般。剛開始他有眼不識泰山，不過自從見識唐夫人那沖泡茶湯的驚人功夫，還有她畫的那些茶具草圖以後，他可是對她佩服得緊。只是，不知桃花今天帶著這個年輕貌美的女子來茶莊所為何事？

「小二哥，好久不見啊！」喬春看著許久未見的錢歸，淺淺一笑，出聲招呼。

「呃……您是？唉唷，瞧我眼拙的，竟然沒認出唐夫人來，真是該死！」錢歸定睛一看，由原來的疑惑慢慢轉變成驚訝，伸手用力拍了一下自己的腦袋。

「小二哥可不能這麼說，實在是小婦人不請自來，多所打擾了。」喬春笑著，連忙向錢歸擺了擺手。

「唐夫人，請到這邊坐，我進去向少爺通報一聲。」錢歸領著喬春和桃花來到上次她沖泡茶湯的地方，讓她們坐了下來。為她們兩姑嫂倒茶後，便笑呵呵地轉身往後院走去。

喬春沒有喝茶，而是站起來，直直走向那個擺放茶具的貨架邊，細細打量起那些既熟悉又陌生的茶具。

這大齊國的工藝水準可真高，她畫的只是形，他們燒製出來加工後，卻是形神俱合，茶具上那一朵朵含苞待放的花兒，模樣就像真的一樣，光看就能讓人感受到芬芳的氣息。

只不過他們的擺放方式實在不夠顯眼，根本吸引不了注意，看來古人這種含蓄的貨架該改良一下了。這麼好看的茶具，如果可以擺放得突出一點，效果肯定更讚。

「唐大嫂，您覺得這些茶具可燒製出您要表達的意境？」喬春耳邊突然傳來錢財的聲音，她轉身將眼光停留在他臉上，迅速瞄了一下他的嘴唇。

呵呵，看來自己是多慮了。柳神醫的醫術她可領教過，既然有柳神醫出馬，錢財定當不會有什麼事，只是他的臉色還是蒼白、憔悴了一點。

「錢少爺早安！這些茶具燒製得比我想像中更好，只是我覺得如果換一個貨架來擺放，再調整一下角度，或許呈現出來的效果會更好。」喬春收回視線，偏過頭掃了一眼擺賣茶具的貨架，淡淡道。

既然這些東西是她設計的，她也算是個小老闆，有意見就該適當提一下，畢竟東西賺錢對自己也有好處。

「唐大嫂，請到那邊坐，咱們邊喝茶邊聊，在下對大嫂的提議可是很感興趣。」錢財側開身子，讓喬春走在前頭，自己則緩緩跟在後面，眼光情不自禁地鎖在她身上。

生完孩子的她，多了幾分成熟的韻味，新的髮型、纖美的體形，讓她整個人美得讓人失了神，去了魂。

他不是個輕佻的人，但不知從何時起，他的腦海裡總是不時閃過她的模樣，情不自禁地沈淪了。

他知道以自己的身子不該對人動心，因為患有心疾的人，最好忌愛、忌恨，保持一顆淡泊的心。

錢財甩了甩頭，用力壓下自己蠢蠢欲動的心。他走到茶檯前坐了下來，側眸看著喬春，伸手指著水已開了的銅壺，淡淡道：「唐大嫂，有勞了。」

喬春彎唇淺笑，點了點頭，開始熟練地沖泡起茶湯。

錢財、桃花、錢歸一個個都怔怔地看著喬春那一氣呵成的手法。雖然已經見識過她的功夫，但畢竟已經很久不見她沖泡茶湯了，因此眾人沈迷中還夾帶了一絲想念。

錢歸更是微微張著嘴，愣愣看著她，眼裡浮現出濃濃的欽佩之情。雖然巧兒由她專門調教過了，沖泡茶湯的手法也甚是熟稔，但「神韻」可學不來。

「錢少爺，請！」喬春將純色的茶湯推挪到錢財面前。

「唐大嫂，請！唐姑娘，請！」錢財抬眸，客氣地請喬春和桃花共飲茶湯，然後優雅地端起茶杯，慢慢品味這杯一直縈繞在他心裡的茶湯。

這茶湯自己已經很久沒喝了，這種能讓人深深烙印在腦子裡的味道，除了她，誰都泡不出來。

口裡的茶湯緩緩入喉，濃郁的茶香久久縈繞在口內、鼻腔內。錢財緩緩睜開眼睛，看著喬春，問道：「唐大嫂，剛剛您提到茶具擺放的問題，不知您有何看法？」

喬春轉過頭，再次向貨架那邊掃了一眼，道：「我覺得，如果錢少爺讓人做幾個層式展櫃，將那些茶具擺在上面，一定會更加顯眼。顧客不必入門，只要從外面看過來，就能看到這些好看的茶具。」

喬春伸手替錢財續了一杯茶，接著道：「那些展櫃上可以擺放一些飾品跟花瓶，花瓶裡還可以插上幾朵花，如此一來與咱們的茶具外型頗為契合，還能交相輝映，給人浪漫的感覺，無形之中更吸引人。」

錢財邊聽邊點頭，對喬春這種新鮮的貨物擺放法很是欣賞。有時他實在想不通她這顆腦袋裡，怎麼會有這麼多新奇的想法？她處世通透、眼光深遠，根本不像個十七、八歲的人。她的一切都是猜不透的謎團，讓他愈是想看清，就陷得愈深。

喬春興致勃勃地繼續講解，其他三個人則聚精會神地聆聽，誰也沒有注意到茶莊外，一雙閃爍著毒光的眼睛，正無聲無息地窺視著他們的一舉一動。

「唐大嫂，可否請您畫個展櫃的草圖給我，在下也好請人製作。另外，種茶樹的事情有沒有什麼需要幫忙的？」錢財的黑眸散發著淡淡星光，他一邊拿著細鐵桿撥了撥銅壺下的炭塊，一邊淡淡問道。

喬春含笑抬眸看向錢財，卻不禁怔住了。只見陽光形成一層昏黃的光，籠罩在他臉上，襯得他臉色蒼白透明，狹長的眼瞼微微半合著，長長的睫毛輕顫。

這病態的美，讓人的心不自覺泛上微微的痛楚。喬春不明白自己為什麼對他有種莫名的疼惜，也不知是不是自己做了娘親之後，母愛更氾濫了。

「大嫂？」坐在一旁的桃花見喬春久久不語，便用手輕輕碰了她垂放在膝蓋上的手一下，低聲叫喚她。

「咳咳。」喬春收回心神，為了掩飾窘迫，連忙輕咳兩聲，潤了潤喉嚨，道：「我今天來，還真是有些事情想與錢少爺商議一下。」

喬春見錢財點了點頭，續道：「我們家裡的地都是黃泥沙地，如果想讓茶樹苗早日長成，還是得用心下一番功夫。我想改良土壤，雖然年前翻地時，在地裡存放了一些草灰，可那些並不足夠。目前，我需要大量的肥料。」

喬春一口氣說完，端起茶湯喝了一口，靜靜等錢財接下話題。

既然他比自己還著急種茶樹，相信他也一定會積極解決這個問題。只是，喬春看錢財又拿著鐵桿撥起炭爐，眉頭微蹙，一副陷入沈思的模樣，心裡又有點過意不去了。人家還是個病人，自己卻這般不負責任，直接將燙手山芋丟給人家，會不會有點超過？

「既然大嫂需要大量肥料，在下定會想想法子，待有了結果，會差人去一趟山中村。」

就在喬春以為錢財不會回答時，他卻突然開了口。

「那就麻煩錢少爺了，另外，小婦人還有一事相議，關於茶園的股份，依錢少爺的意思，該怎樣分配呢？」

「股份？」錢財抬起頭，怔怔地看著喬春，輕聲反問道。

「呃……股份的意思，就跟分成差不多。」喬春見他一副沒聽懂的樣子，連忙解釋。

唉，語言習慣還真不是一朝一夕就能改過來的！

桃花聽大嫂提到這個話題，趕忙坐直身子，雙眸緊緊盯著錢財。畢竟那些茶樹苗可都是由他出錢又費力買來的，人家要是想拿這點多要些分成，也不是不可能。

「一成。」錢財嚅動了一下薄唇，輕輕吐出兩個字。

「一成？」桃花瞪大了眼睛，不可置信地看著一臉淡定的錢財。難道剛剛是她太小心眼了，把錢財想得太唯利是圖了一點，還是他根本就是個物質慾望淡泊的人？

錢歸瞪大了眼，不敢相信自家少爺說出的數字。上次少爺看過唐夫人送來的茶園區域圖後，他們一買就是七萬棵茶樹苗，光買茶樹苗他家少爺就用了一千四百兩銀子，這還不包含運送茶樹苗和打點中盤商的費用。

相對於桃花和錢歸兩個人的驚訝，喬春的表現就只能以一派淡然來形容了。其實，聽到這個答案，她怎麼可能會不意外？畢竟買茶樹苗用的銀兩不在少數，當初她是以茶樹之間的距離來計算要用的茶樹苗，結果一算之下嚇了一大跳——竟然要六萬七千棵！再加上一些要用來補栽的茶樹苗，當時她在區域圖下方標注的茶樹苗用量是七萬棵。

在這個茶葉被人當作貴重物品的地方，喬春還真是擔心錢財買不買得到這麼多茶樹苗，更別提得花多少錢了。沒想到結果令她驚喜，錢財居然應了下來。

「錢少爺，每棵茶樹苗的價錢是多少？」喬春緊盯著錢財，輕聲問道。

「二十文。」

「二十文？」喬春眉頭瞬間緊擰了起來。一棵茶樹苗二十文，那七萬棵就得花一千四百兩，再加上其他費用，就算保守估計，也得花兩千兩。他就這麼相信她嗎？就憑她那沖泡茶湯的花拳繡腿，隨便就一擲千金？還是他想發展茶業的決心超乎她的想像？

照現在的情況看來，她還真的是騎虎難下啊！

「您三成，唐家七成。」喬春淺淺一笑，偏過頭看向錢歸，道：「小二哥，帶我去你家少爺的書房吧。我去把展櫃圖畫下來，另外還要再擬一份茶園分成的協議書。」

錢財沒有出聲，而是嘴角微微上揚，提起已經煮開了的水，沖泡起茶湯。她不僅聰明貌美，心腸更美，不會白白占人便宜，還把白花花的銀子往外推。這般美好的人兒，如何不讓他動心？

待喬春將草圖畫好、協議書擬妥後，雙方便簽署文件，轉眼間時間已經到晌午。

喬春接過向錢財從分成裡預支的銀子，放在身上安全的地方，翻也沒翻錢財交給她過目的茶具出售帳本，就拉著桃花的手，婉拒錢財留她們下來用飯的好意，急匆匆地往家裡趕。

她們已經出門整整一個上午，果果和豆豆肯定餓壞了，她得趕緊回家幫他們餵奶，可不能餓壞她的心肝寶貝！

第三十七章　君相助

「妳們誰是喬春？」

正當喬春和桃花急著趕回家時，幾個體型魁梧的男人，在街道上堵住喬春和桃花的去路。為首的是一個只有半邊頭髮的中年男子，他冷冷地盯著她倆問道。

桃花瞧這些男人一副凶神惡煞的模樣，頓時害怕起來，她不安地往喬春身邊挪了挪身子，緊緊抓著她的手。

喬春微笑著朝桃花點了點頭，用力回握她的手，繼而抬眸，目光直視眼前的男人，眸底平靜如水，沒有一絲緊張或害怕，淡淡道：「我是。」

那男人似乎被她的從容給怔住，明顯愣了一下神，爾後瞇起眼，眼底迸射出冷光，道：「請妳跟我走一趟，我家少爺有請。」

他家少爺？

喬春瞬間就明白這到底是怎麼一回事。原來這些人是那個豆眼男的人，還真是有什麼主子，就有什麼下屬，果真半斤八兩，蛇鼠一窩！她剛剛還以為是自己不小心露了財，招來搶匪，原來不過虛驚一場。

「你家少爺是誰？我又不認識你們，為什麼要跟你們走？你們這麼一大群男人，我們就兩個弱女子，要是路上出了什麼事，我們找誰哭去？請你回去告訴你家少爺，喬春不認識他。所以抱歉，請讓開。」

喬春說完，便拉著桃花的手想從他們身邊繞過去，可是那幾個男人就像一堵會移動的鐵牆一樣，她們往東，他們絕不往西，步步緊逼。

「我奉勸妳一句，妳要是識相，最好還是跟我們走一趟。不然可別怪我們太粗暴，用強的。」那個只有半邊頭髮的男人，緊緊皺著眉頭，低頭打量喬春，略有些不耐煩。

「我若是執意不去呢？難道在這光天化日之下，你們還能拿我怎麼樣？」喬春就不信，在這朗朗晴空、眾目睽睽之下，他們真的能對她們用強的，難道這裡沒有王法？

此時那些愛湊熱鬧的人，全都停了下來，圍看著他們。

喬春嘴角蓄著笑意，輕輕往人群中掃了一眼，沒多久眉頭卻微微蹙起，心中暗嘆世態炎涼。

有的人怯怯掃了一眼那幾個彪漢，臉上帶著幾分擔憂，看著她們搖了搖頭；有的人神色冷淡，一副「與我何關」的樣子；有的人更絕，圍在一邊對她們比手畫腳，交頭接耳，不知在說些什麼，時而搖頭，時而低笑。

喬春不禁緊張了起來，看這些人的表情，應該不會有人替她們解圍了。眼前這幾個男子，想必是平常百姓不敢招惹的人，看來今天自己沒那麼容易脫身了。

「你們幾個把她們兩個給我抓起來，全都押到少爺那裡去。」半邊頭髮的男子冷冷瞪了喬春一眼，很是威嚴地向身旁幾個男子下令。

喬春有些悲哀地看著周圍無動於衷的群眾，心中暗道不妙。她緊緊握住桃花的手，默默接受兩人即將成為俘虜的事實。

「啊！」突然間，哀嚎聲響起，那幾個正準備向喬春她們下手的男子，全都撫著自己的手，痛苦哀叫著，滿臉驚訝兼憤怒地朝四周張望。

「誰？出來！居然敢壞錢府少爺的好事？」只有半邊頭髮的男子吃驚地抬眸朝人群中掃了過去，惡狠狠地質問道。

圍觀的人你看看我、我看看你，紛紛猜想會是誰這般大膽，敢壞了和平鎮出了名的頭號惡霸——錢滿江的好事？

「我。」人群外，突然傳來一道溫潤如玉的聲音。

眾人紛紛讓出了一條路，興致勃勃地等待這百年難得一見的好戲。

錢滿江在這和平鎮上是無人敢惹的人物。他平時在鎮上都是橫著走的，不然他這些手下也不會如此目無王法，光天化日之下就想強搶民女。雖然他們心裡也很氣憤，卻誰都不敢吭一聲。要是膽敢為他人打抱不平，槓上錢滿江，下場可能比趴倒在這大街上還要慘。

錢滿江的外公據說以前做過官，雖然眼下已經告老還鄉，但他的兒子卻仍在朝為官，而且，混過官場的人，人脈比起普通人不知好了多少，所以還是別招惹錢滿江為妙。

喬春和桃花迅速對視了一眼，滿臉疑惑地朝人群中望去，她們心裡很是好奇，想知道怎樣的男子敢在這當頭仗義幫她們的忙？

只見兩個身材高大的男子，不慌不忙地朝她們這邊走來。喬春只掃了身穿著紫色長袍的男人一眼，便將目光全鎖在另一個戴著銀色面具的男子身上。他那雙乾淨無瑕的眼眸，就像果果和豆豆的那般清澈、烏黑晶亮。

喬春很是好奇，一個大男人怎麼會有如何清澈的眼眸，好像從未被世事污染一樣。只是……他的臉怎麼了？受傷？還是掩人耳目？不知道那冰冷的面具下，生的是一張怎樣的臉？

桃花也盯著那面具男瞧，如果她沒記錯，他應該是……

「你們好大的膽子，居然敢打傷錢少爺的人，是不是活得不耐……啊！」那個只有半邊頭髮的男人話還沒說完，就被那個面具男以閃電般的速度，賞了幾個耳刮子。

「你……你們走著瞧，有本事站在這裡別走，我家少爺不會放過你們的！」那半邊頭髮的男人吃驚地捂著臉，嘴邊流下一道血絲，又驚又恨地瞪著面具男。

雖然他的武功很好，但戴著面具的男子跟紫袍男子，顯然都不是好惹的角色，在這裡打起來，不但討不到便宜，還可能抓不到喬春，不如先撤退再說。

半邊頭髮的男人轉過身子掃了一眼，對身邊的屬下氣急敗壞地喝道：「走，咱們回去報告少爺！」

說完，他們便狼狽離去了。

「小婦人多謝兩位公子出手相助。」喬春望著那群惡人的背影，收回目光，拉著桃花向他們施禮道謝。

「小嫂子不用客氣！這些人實在太可惡，看來也該讓他們的父母官管管了。」穿著紫色長袍的男子，微笑著向喬春回了個禮，淡淡道。只不過，他的語氣雖淡，卻飽含一種與生俱來的威嚴。

「公子，小婦人出來久了，家裡的人該要著急了，告辭！」喬春淺笑著向他們行了一個禮，抬眸飛快瞥了面具男一眼，拉著桃花轉身就往家裡趕去。

本來時間就晚了，現在又被誤了時辰，這會兒果果和豆豆一定都餓得哇哇大哭了，都怪那可惡的豆眼男！

剛剛她原本想好好謝謝人家，不過看他們的架勢、衣著、說話的口氣，定是非富即貴的人物，她們這種小人物的謝禮不但可以免了，更不用擔心豆眼男找他們的麻煩。自己還是少惹些陌生的男人為妙，畢竟寡婦的身分擺在這裡，閒話被傳多了，總是不好。

「回魂啦！」穿著紫袍的男子用手肘碰了下一旁正盯著人家背影出神的男子，笑著打趣：「人家可是有夫之婦，你剛剛沒聽到她自稱小婦人嗎？」

「有病！」面具男冷冷撇下一句話，轉身甩下他，快步往「錦繡茶莊」的方向走去。

「喂，逸凡，你等我一下！」紫袍男子不甘寂寞地叫道。

「誰理你。」柳逸凡頭也不回地往前走，說真的，現在他實在非常震撼。那個聲音他認得，這些日子以來，那個聲音一直在他夢中出現，只是他沒有想到這聲音的主人竟然長得如此貌美，讓他的心跳突然亂了序。

上次柳逸凡聽到這聲音，是師父到唐家為林氏的孫子、孫女看診時。當時只有師父進房，他則在外面候著，因此沒見到她，可是那聲音彷彿能勾起他無限回憶——雖然他並不知道那回憶到底是什麼。

柳逸凡的腦子就快被那滿滿的熟悉感給擠爆了，可他卻無暇多想，因為現在他還有更重要的事情要做！

「大嫂，走慢一點，我的腳好痛哦。」桃花皺著眉頭，扯了扯喬春的手，輕聲道。從鎮上到這裡已經趕了超過一半的路程，而她大嫂就像後面有鬼在追一樣，沒命地小跑前進，累得她夠嗆。

「哦，好。」喬春輕輕應了一聲，牽著桃花來到路旁的大石頭上坐下。

現在喬春一顆心七上八下，生怕那豆眼男會再次上門找麻煩，又擔心待在家裡的果果和豆豆餓了，所以一路上只顧著加快速度，根本沒注意到桃花已經吃不消了。

「桃花，對不起！大嫂只是怕那些人會追上來，又擔心果果和豆豆已經餓了，所以走得急了些。」喬春看著一臉疲憊的桃花，心疼道。

「大嫂，別這麼說，是我太沒用，才走這麼一段路就喊累了。走吧，我休息夠了，咱們回家吧。」桃花心裡頓時不好受，想到之前在鎮上發生的事，不禁又感到害怕，連忙站了起來，對一旁的喬春催促道。

「不差這一會兒，我看桃花妳是真的累了，咱們再坐一下吧。」喬春扯了扯桃花的手，要她坐下來休息。

兩姑嫂又休息了半盞茶的工夫，才牽著手急匆匆趕回家裡。

「娘，果果和豆豆餓壞了吧？」喬春一進門，就連忙往房裡鑽，看著林氏著急地問。當喬春看到兩個睡得香甜的寶貝時，鬆了一口氣，坐在木桌前，拿起杯子和桃花一起大口大口往嘴裡灌水。

「我剛剛餵他們喝了些米湯，這會兒都睡著了。妳們到廚房去吃飯吧，飯菜還熱在鍋裡呢。」林氏幫果果和豆豆蓋好被子，轉身對喬春和桃花說道。

那一天，從下午到晚上，喬春和桃花一直暗暗擔心豆眼男會上門找碴。奇怪的是，他似乎嚥下了這口氣，沒再來找她們麻煩。

這實在出乎喬春意料。豆眼男確實不像個能吃虧的人，從他那次在唐家吃了悶虧以後，這次又想擄走她，就能知道他為人肯定就像他的長相一樣——小鼻子小眼睛，怎麼可能就這麼算了呢？難道是因為那兩個男子之後又為她們做了什麼事？

柳逸凡不顧身後紫衣男子的叫喚，頭也不回地往「錦繡茶莊」走去。

他知道錢財認識唐家的人，即使那天自己沒親眼見到「她」，卻認得站在她身旁的姑娘，是跟他一起到鎮上抓藥的唐姑娘。錢府的人既然敢當街對她們兩姑嫂發難，這會兒又在他們手上吃癟，以錢滿江的性子，肯定不會善罷干休。

如果因為他們出手相助，反而讓唐家的女人們遭受更大的危險，他可不樂見，因此他現在必須快點去找錢財，讓他杜絕往後的憂患。

「柳兄，你來啦！」錢財坐在茶檯前，悠哉地享受著品茶的樂趣。喬春沖泡茶湯的過程，實在令人身心放鬆，充滿享受。

柳逸凡沒吭聲，整個人顯得有些不安，讓錢財微微感到訝異。

「柳兄，請喝茶！」錢財請柳逸凡坐下來，倒了一杯茶，輕輕挪到他面前，抬眸看著他，淺笑道：「柳兄，怎麼不見皇甫兄和你一起？」

在錢財的印象中，柳逸凡一向冷靜自持，鮮少展露情緒，可現在他的眼眸中，竟然看得到一絲擔憂和不悅，就像往清澈的泉池裡丟進一顆石頭般，泛起了漣漪。

「我在這兒呢！這逸凡也不知怎麼回事，撒腿就走，怎麼喊都不應。」皇甫傑從門外走了進來，微微不悅地瞪了一眼柳逸凡。也不知怎麼了，在碰到那兩名女子後，他就變得怪怪的。

「怎麼回事？」錢財輕笑著替皇甫傑倒了杯茶，淡淡問道。

「錢兄，山中村的唐家和你是生意上的朋友吧？她們剛剛在街上遇到麻煩了。」柳逸凡沒等皇甫傑回答，就抬眸看著錢財，有些著急地問道。

和平鎮是錢府的地盤，這些事情由錢財來處理比較妥當，更何況涉及這件事的人都與他有關係。

「她遇到麻煩了?!現在人在哪裡?快帶我去！」錢財手中的杯子一抖，滾燙的茶水淋在手上，他卻連眉頭都沒皺一下，也不拿手絹擦拭，反而慌亂地看著柳逸凡，大聲問道。

柳逸凡和皇甫傑吃驚地看著驚慌失措的錢財，這麼一件小事情就讓他這般失態，實在不是他錢財的性格。

皇甫傑的嘴角蓄著玩味的笑意，眸底閃過一絲好奇，抬眸淺笑地打量起錢財和柳逸凡。

有意思，真是太有意思了！他們兩個今天的表現可真是讓他驚訝，看來接下來的日子不會太無聊了，呵呵！

「她們已經回山中村，你二弟那些屬下也回去覆命了。以他的性子，怕不會就此干休，你還是回錢府去找你爹吧。」對於錢財的表現，柳逸凡也很訝異，不難看出他對那個女子有特殊的情感。只是……為何自己會如此不是滋味?

「皇甫兄，借用一下你的玉珮。你們先在這裡喝茶，我回一趟錢府，馬上就回來。」錢財說著，眼睛瞄向皇甫傑腰間的玉珮。

「拿去，可別弄壞了。」皇甫傑不問原因，很爽快地解下腰間的玉珮，遞到錢財手裡，半是玩笑半是認真地道。

錢財朝他輕輕點了點頭，轉身向錢歸交代了一下，就往錢府走去。錢滿江實在太過分了，一而再再而三找喬春麻煩，要不是巧兒告訴他，喬春希望自己決定錢滿江的下場，他肯定不會讓他好過！

幸好，一切都還來得及，錢老爺看到皇甫傑的玉珮後，臉色變了幾變，神色複雜地打量了錢財幾眼，當下就命人將已駕車出門準備上山中村的錢滿江追了回來，狠狠責備了一番。

第三十八章 整地

晚上，喬春把果果和豆豆哄睡以後，便將林氏和桃花請到自己房裡。雖然家裡的事林氏已經全部交給她來打理，但是茶園的發展是件大事，還是得聽聽她的意見。

「娘，喝茶。」喬春泡好茶，分別遞給林氏和桃花。「桃花，妳也喝茶。」

喬春幫自己也倒了一杯茶，接著伸手將桌上的錢袋推到林氏面前，微笑道：「娘，這裡面有一百兩銀子，您收著。今天我向錢少爺預支了三百兩的分成，這些您收著作為家用，剩下的就放我這裡，用來準備種茶樹的事情。」

錢方面的問題，喬春認為一定要透明化，讓大家清楚每筆銀子的來處和去處。如果她獨權支配，容易讓一家人心生隔閡，這不是她所樂見的。古往今來，錢都是很重要的東西，但是為此傷了感情，很不值得。

「春兒，妳前面給我的銀子還夠咱們家用很久，這些妳還是自個兒收著吧，馬上就要開始種茶樹了，需要用錢的地方還很多。以後妳就放心去種茶樹，把桃花也帶上，至於家裡，娘有信心可以顧好。」

林氏將桌上的銀子又推回給喬春，欣慰地看著她，又瞄了一眼坐在旁邊的桃花，輕聲道：「桃花，以後就跟著妳大嫂種茶，要多用點心，可不能讓妳大嫂太累了。」

家裡沒有男人撐著，生計問題也就落到喬春肩上，說起來真是苦了她。不過，也幸好有她在，現在這個家的日子愈過愈好，如果茶樹能順利種起來，那麼他們唐家就不愁富不起來。

「娘，我知道啦！我一定會好好跟著大嫂學！」桃花星眸璀璨地看著林氏和喬春，重重點頭。這些事情她早就想好了，就等著種茶樹的那一天。

「娘，這些銀子您還是收著吧，我要用的時候，會找您要的。」喬春將錢袋拿起，直接塞進林氏手裡。

林氏見狀，也就不再推辭。

「對了，娘，這茶園錢少爺占三成，我們家占七成。那七萬棵茶樹苗，可花了他不少的銀子，連運到咱家門口的費用也算進去的話，估計最少也得花兩千兩銀子。」喬春將情況簡要對林氏說明了一下。地是唐家的，婆婆應該知道茶園股份的分配情況。

其實，讓錢財分股份，對她們唐家來說也是件好事。畢竟樹大招風，如果僅僅以唐家的名義，史無前例地在和平鎮種上十幾畝的茶樹，眼紅的人恐怕不在少數。既然茶樹苗由錢財提供，那拉他入夥自然是最好的自保方法。再怎麼說，錢府都是和平鎮第一大戶，從黑白兩道到平民百姓，誰都得讓著幾分。

如今只要對外說茶園是錢府和唐家的，那些有所圖的人一定不敢輕舉妄動，無形之中就會為自家茶園罩上防護傘。

「錢少爺花了這麼多銀子，給他的分成會不會少了點？」林氏有些驚訝地說道。

喬春看林氏一副吃驚的模樣，不禁啞然失笑。婆婆還真夠老實，不過她喜歡！

「娘，三成已經不少啦。您想，我們製出茶以後再賣給他，他轉手販賣，不又賺了一筆嗎？算起來，他可一點都不吃虧！」

「那倒也是。春兒，這地那麼廣，一定又得請人來幫忙吧？要不要我去找一下妳鐵叔，讓他幫忙找人？」林氏突然想起清水山那十幾畝地，根本不可能只靠喬春和桃花來種。

只是每年開春後，大夥兒都要開始整地，要準備種雜糧了，真不知能不能找到人幫忙，如果不事先問好，估計會來不及。

「我正有這個想法，要不，明天娘就抽空去上圍下找鐵叔，請他幫忙問一下有多少鄉親願意幫忙，工錢還是按以前那個價。最好讓鐵叔列一份名單出來，方便我安排。」喬春點了點頭，提出自己的想法，要林氏帶話給鐵成剛。

「那春兒，妳就早點休息吧。」林氏牽著桃花站起來，回屋休息。

第二天吃過早飯後，喬春便和桃花扛著鋤頭準備到地裡去視察，剛走到院子裡，喬春突然想起還有一件重要的事，便折回走進廚房，對正在洗碗的林氏交代：「娘，您這幾天別把果果和豆豆單獨留在家裡，有什麼事要出去的話，就讓廖大娘幫忙照看一下。」

這豆眼男昨天沒找上門來，可保證不了今天、明天、後天都不會來找碴。

「出什麼事了嗎？春兒是不是有什麼事情瞞著娘？」林氏一聽，心裡頓時有一種很不好的預感，雙眼緊盯著喬春問道。

喬春不禁有點頭大。豆眼男的事情肯定不能告訴婆婆，省得她成天提心弔膽，於是輕笑道：「哪能有什麼事，還不是因為孩子們的月分太小！豆豆的身體剛痊癒，身邊沒個人照看，我不太放心。」

「是啊！娘，您又不是不知道大嫂心疼孩子。找鐵叔的事，就等晌午我和大嫂回來再去吧。」桃花接過喬春投過來的求救目光，明白她在擔心什麼，於是連忙安撫林氏已經起疑的心。

林氏略有些懷疑，打量起桃花和喬春，見她們絲毫沒躲閃她的目光，這才真正放下心，笑道：「妳們兩個也真是的，照顧小孩我可比妳們有經驗。都活了大半輩子了，難道還會沒個輕重緩急？放心去吧，家裡我保證顧得好好的。」

有了林氏的保證，桃花跟喬春這才笑著揮手出門。

喬春來到清水山的地，細細察看。這些地雖然已在年前翻過，但種茶樹時還得再翻一次，規劃好茶樹兩旁的人行道，才方便以後採摘茶葉。

「桃花，我們今天上午先去翻最上面那層地。」喬春說著，率先扛著鋤頭從邊上的小路往上走。

桃花聞言，乖乖跟在喬春身後向上爬。

「桃花，我想先理一塊地出來作為範本，好讓來做工的人能照著理平這些地。我算了一下茶樹苗運回來的時間，這幾天就得開始請人來整地了，不然可能會來不及。」喬春指了指腳下的地，掄起鋤頭就翻起地來。

「大嫂，這塊地翻出來了，接著要怎麼處理啊？」桃花拿出手絹墊在地上，一屁股坐了下去，喘著氣，看著同樣累得有點嗆的喬春問道。

「修出兩旁的人行道，然後把地理平，再挖植樹坑。」喬春也拿出手絹鋪在地上，坐了下來。這全靠體力的勞動還真是累人，她現在手臂又痠又痛。

大半個上午過去了，她和桃花也就翻了這層地的十分之一，也不知果果和豆豆餓了沒？那個豆眼男會不會找上門來？

喬春想著，又站了起來，以眼力計算大概的尺寸，然後拿著鋤頭在地兩邊各起了一個頭，把泥土都往中間堆，理出兩條寬寬的走道。

「大嫂，一般地裡不都只留一條窄小的路出來行走就可以了嗎？我們為什麼要留兩條這麼寬的路？把這些地拿來種茶樹不是更好嗎？」桃花不解地看著喬春問道。

「用中間的地來種茶樹就好，兩邊必須留下來，方便以後修剪茶叢、採摘茶葉。要是只留一邊，另一邊的茶葉就不好修剪和採摘了。」喬春停了下來，看著桃花解釋。

待茶樹長到該修剪茶叢的時候，兩邊都要可以作業，否則一旦茶叢修不好，就會影響茶葉的產量。種茶樹也很講方法，並不是多栽就能多產。

「哦，那我也一起來，咱們快點弄好吧。」桃花站在另一邊，按著喬春剛剛起的頭，慢慢往後理。

只見兩把鋤頭不停甩著黃土撲向中間隴地裡，在陽光照耀下，就像一把把金砂。

「呵呵！終於理出來了，大嫂，我們回家吧！」桃花隨意用衣袖擦拭額上的細汗，咧著嘴自豪地審視她們一個上午的勞動成果。

看過去還真是有模有樣，看來種茶樹真不簡單。從大嫂說的那些話裡，可以了解後續作業不僅繁雜，還很講究，怪不得那些茶葉那麼貴！

「走吧！果果和豆豆肯定已經餓了。」喬春心心念念的除了茶園，就是她的寶貝們了。

兩姑嫂說說笑笑往家裡走，半路上，桃花突然想起昨天在街上的事情。她記得那個戴面具的男人就是柳神醫的徒弟，想不到他居然還會武功！

「大嫂，昨天在街上那個戴著面具的男人，我認識他。」

喬春愣了一下，偏過頭看著一臉興奮的桃花，問道：「妳怎麼會認識他？」

「他是柳神醫的徒弟，上次神醫來幫豆豆看診時，他也跟著一起來，大嫂妳在房間裡，自然沒見過他。」

桃花開心地說著，看著喬春感興趣的模樣，心裡有些得意。

愈是相處得久，她愈是喜歡和大嫂之間這種有趣的互動，不但彼此尊重，又能開些無傷大雅的玩笑，連巧兒姊姊也羨慕她們的感情。唯一對此有意見的，就數林氏。開開玩笑，說不夠端莊；識文練字，說不如把女紅學好一點。唉，想起這些，她就很沈重。

「原來他是柳神醫的徒弟，怪不得會幫我們，或許是因為他記得妳吧！」喬春輕輕勾起唇角，腦子裡不由得閃過那銀色面具，還有那雙清澈見底的黑眸。他到底是怎樣一個人……

「娘，我們回來啦！」喬春她們把工具放在院子裡，洗了手，便迫不及待進屋。

「大娘也在啊！」喬春笑著跟幫忙照顧豆豆的廖氏打了聲招呼，從她手裡抱過孩子，俯首深深嗅了嗅嬰兒身上好聞的奶香味。

「寶貝，想娘親了嗎？喝奶嘍，妳餓壞了吧？」喬春抱著豆豆，進門前向桃花努了努嘴，示意要她把果果也抱過來，好進房餵奶。關於這一點，她可沒那麼開放，敢在眾人面前寬衣解帶。

「春兒，妳先在家休息一下，我去上圍下找妳鐵叔，跟他說說找人幫忙的事，午飯我待會兒回來再做。」林氏打開喬春的房門，探頭進來交代道。

「娘，您記得跟鐵叔說名冊的事情。」喬春抬起頭，向林氏重複昨晚商量好的事情。

「我知道了。」林氏點了點頭。

林氏剛走，喬春正想喘口氣，廖氏就微笑著走了進來，她坐在桌前，幾度嚅動著嘴唇，卻沒發出聲音來，神情閃過一絲靦覥。

喬春輕蹙著眉，靜靜地打量著廖氏，心中對她的難啟之言，有些了然，她晶眸底下閃著溫暖的水光，輕聲問道：「大娘有話就請直說，我和桃花可是把您當成是親伯母，不然也不好意思天天讓您照看孩子們。」

正在逗著果果的桃花，聽喬春突然這麼一說，便抬起了頭，有些好奇地看著神色不太自然的廖氏。

「嗯……春兒，我聽妳娘說，妳們家要找人幫忙種茶樹是嗎？大娘也想去幫忙，不知我這年紀行不行？」廖氏抬頭看著喬春輕聲詢問。

廖氏自然知道自己過了她們要求的年紀，可她確實想去幫忙種茶樹。她那兒子自從進了省城以後，已經快一年了，從來沒有為她捎過一文錢，她的老本都快用光了。都說養兒防老，怎麼到她身上就不靈光了？

早些年她用了大半輩子的積蓄給兒子成家，也如願抱了孫子，可是才不過兩年光景，兒子、兒媳卻瞞著她將自家房子賣了，幫她換了兩間唐家的房子安身，便一去不回。如果房子或租或賣換得了錢也罷，偏偏乏人問津。她也想不透，怎麼自家的房子就賣得出去，這兩間屋就沒人要？

「大娘，那些活兒您做得了嗎？會不會吃不消？」喬春本想讓廖氏在家幫忙照顧果果和豆豆，每月給她一些零用錢，可是這些日子相處下來，她也算摸清了廖氏的性子，她是不會答應的。

對於廖氏的情況，喬春心裡十分清楚，估計已經沒有家用了，才會生出這般想法。

「大娘年紀雖大了點，可是身體一直很好。這些日子妳也看到啦，大娘身體好、胃口好，嘿嘿。」聽了喬春的話，廖氏隨即強調自己有多健康，不想失了這個機會。

喬春見她如此興奮，便點頭道：「那行，算上大娘一個。」

如今只能這樣了，等上工後，再幫她尋個輕鬆一點的差事。唉，她兒子怎麼忍心把自己的娘親丟在家裡不管呢？

「嗯，謝謝春兒，大娘一定不會偷懶的！」廖氏咧開了嘴，認真地向喬春保證。

「呵呵，大娘這是哪兒的話？您做事，我還會不放心嗎？」喬春淺笑著。

三個人說說笑笑地在房裡話家常，喝飽奶水的果果和豆豆躺在床上，四處張望，時而手舞足蹈，時而發出聲音，逗得她們開懷不已。

第三十九章　編隊伍

「有人在家嗎？」院子裡傳來鐵龍的聲音，喬春一聽，連忙出聲應道：「鐵伯伯，稍等一下，春兒馬上出來。」

喬春將鐵龍請進堂屋，倒了杯茶遞到他面前，微笑著問道：「鐵伯伯，您有什麼事嗎？」

「鎮上來了通告，三天後，各家各戶要繳地稅，我過來通知妳們一下。」鐵龍向堂屋裡掃了一眼，看到唐家家境改善了不少，這才稍微放下心，不然他還真是擔心她們交不出地稅來。

這裡每年的地稅都會在開春後由官府派人來收，雖然明文規定用銀兩繳稅可以減一成稅金，但是基本上大夥兒都還是繳現糧。儘管過了年中之後，糧食就接不太上了，可是村民們根本沒有餘錢繳稅。

「鐵伯伯喝茶，待會兒我娘回來了，我會跟她說一聲。」喬春合下眼簾，沈思了一會兒，抬眸看著鐵龍，問道：「鐵伯伯，春兒有件事情想請您幫忙，待會兒您去通知各戶繳稅時，順道幫春兒問問，有沒有人願意賣肥料的？春兒願意以糧食的價錢向他們買。」

又要繳一年一次的地稅了，估計又有不少的人要為此心痛。自己都捨不得多吃的稻穀，卻要挪出大部分來上繳地稅，這些地稅還年年漸漲，莊稼人的日子愈來愈不好過了。

希望他們願意賣些肥料出來，畢竟折算下來，他們拿賣肥料的收入繳稅以後，還能留下一些錢。

「子諾媳婦，妳想要向村民買肥料？以糧食的價錢？」鐵龍眼中帶著疑惑，不確定地問道。

「鐵伯伯，有件事我還沒正式跟您提過，我們家今年打算在清水山種茶樹，需要大量肥料，所以我才想請您幫我打聽一下。不知這樣會不會太麻煩鐵伯伯了？」

喬春抬眸看著鐵龍，嘴角微微翹起，坦然地接受他投射過來的探究目光。見鐵龍的茶杯已空，喬春又提起茶壺替他續了一杯。疑惑是免不了的，畢竟在和平鎮從沒有誰家種過茶，她這個大動作，全村的人可都在一邊觀望。

「鐵伯伯，也怪春兒太不知禮數，沒有事先知會您。我會種茶樹是因為我小時候住在我姥姥家，跟著一位奇人叔叔學了很多東西，他教我種茶樹、識字、畫畫。這段時間春兒一直都與鎮上錢府的『錦繡茶莊』合做茶具生意。」

喬春頓了頓，潤了潤喉嚨，又道：「今天春兒就將事情都跟鐵伯伯講清楚，這茶園錢府也有分，不然以春兒的能力，也不可能種這麼一大片茶樹。以後每逢茶園要忙時，春兒都會請村裡的鄉親們幫忙。鐵伯伯是山中村的村長，您有什麼事情要交代春兒嗎？」

鐵龍臉上露出一絲欣慰，眸底含笑地看著喬春，點了點頭。「春兒要種茶樹，鐵伯伯一定會支持妳。我很感動也很欣慰，妳有掙錢的活兒，也沒忘了山中村的鄉親。放心，妳剛剛說的事我會問問看，想賣肥料的，明天過來找妳。妳先忙吧，我去通知其他人。」

喬春目送鐵龍離開，眼眸底下閃爍點點星光。如今茶園有錢財的股份，又有鐵氏兄弟的支持，相信接下來一切都會順順利利。只要村民願意賣肥料，錢財也不用特地幫忙解決這個問題了。

只是，那個豆眼男遲遲沒有行動，弄得喬春一顆心老是緊繃著。看來以後凡事都得提防著一點，省得他做些讓人意想不到的事情來。還有錢夫人的背景，得找錢財問清楚才行，畢竟知己知彼，才能百戰百勝。

晚上，喬春一家人才剛放下碗筷，鐵成剛和鐵嬸子就過來送消息了。

「鐵叔、鐵嬸子，請喝茶！」喬春倒了兩杯熱氣騰騰的茶，遞到鐵氏夫婦面前，笑呵呵地招呼著。

她看廖氏和桃花進房照顧果果和豆豆去了，就和林氏一起留在堂屋裡，聽鐵成剛帶來的消息。

「子諾媳婦，這是願意出工的名單，妳看看這些人合不合適？不行的人，我再去通知他們。」鐵成剛將名單放在桌上，推挪到喬春面前，微笑道。

「辛苦鐵叔了，您稍等一下，我先看看。」喬春微笑著向鐵成剛點頭致謝，偏頭對一旁的林氏道：「娘，咱們家裡不是還有乾果嗎？您拿些出來給鐵叔和鐵嬸子伴伴茶吧。」說完就拿起名冊，雙眼微眯，細細翻看起來。

喬春看著人員名單，時而微微頷首，時而皺了皺眉頭，半盞茶的工夫過去，她才放下冊子，紅唇輕啟。「鐵叔，這些人您怎麼看？」

上一次是十五個人，這回增加了不少，她剛剛粗略算了一下，大約有四、五十人。因為村民的房子座落得比較散，很多人她都不認識，但鐵成剛就不同了，村裡的人沒有他不熟知的，問他的意見準沒錯。

鐵成剛放下杯子，沈思了一會兒，道：「這裡頭的人做事都沒話說，但是春兒的想法我也知道。李大家的王氏，我本來也不想寫上去，可是李大求了我好一會兒，我才答應他讓妳看過之後再決定。」

鐵成剛說到這裡停頓了一下，輕輕瞄了喬春一眼，見她表情沒多大變化，便又繼續往下說：「還要過一陣子才會開始耕種，所以大家這段時間還算閒著，想來出工的人也比較多。子諾媳婦，這次需要這麼多人嗎？」

喬春拿著空杯子不停地轉動著，在心裡盤算茶樹苗運來的時間，思考要多少人出工，才接得上。其實種茶樹的前期工作比較繁雜，翻地、理平、劃線、挖種植溝、放基肥，還要準備一些護苗工作。

「鐵叔，既然這些人您都信得過，我就雇用他們了。但是王氏恐怕不行，我請不起！」

喬春抬起頭，看著鐵成剛緩緩道。

「對！王氏我們唐家請不起，這中間的事，相信鐵兄弟也明白。按理說，大家都是鄉親，本不該這般，可是她實在太過分了！見到她，就會讓我想起她是怎樣在外頭毀我閨女清譽的。」一直未吭聲的林氏忍不住插嘴，贊同兒媳婦的意思。

那個王氏三番兩次為難桃花和春兒，又成天在外頭說三道四，別說是花錢請她幹活，就是想到她，心裡也堵得慌！

「那……我明早就回了李大，相信他不會怪妳們。這些事我們也都看在眼裡，私底下李大也教訓過王氏，但她那人的性子就是爭強好勝，根本聽不了勸。」鐵成剛有些不好意思起來，因為明知這兩家人的恩怨，還一時心軟應了李大。

「唐大嫂子，您放心！明天我當家的就會去找李大說明白，李大哥也是個明白事理的老實人，定是不會有其他什麼想法的。」鐵嬸子也忙著替自家男人解釋。

喬春提起茶壺，淺笑著分別幫他們續滿了茶，彎起唇角道：「這事不怪鐵叔，你們這麼幫我們家，感謝都來不及呢，所以你們千萬別這麼說。我娘說的話，也正是我想說的話，既然大家不合拍，一起幹活實在不太好。」

「我們也明白，只是下午李大求著，我們也就順了個人情，替他問問。」鐵嬸子連忙接下話，將事情的大概跟喬春說了一下。

喬春朝鐵嬸子甜甜笑了起來，她偏過頭對鐵成剛道：「鐵叔，有件事情我還得請您幫忙，因為這次要請的人比較多，而且又是種他們沒種過的茶樹，如果沒有人在一旁指導，恐怕栽種出來的茶樹苗長勢會大不相同。所以，我想請您做這些人的大管事，您只要四處巡視，檢查他們幹活的好壞就可以了，工錢我每天給您五十文。」

栽植茶樹苗很是講究的細工，隨便種絕對會影響長勢、品質和產量。鐵成剛在村民心裡的威望不下於村長鐵龍，喬春便萌生讓他來做大主管的念頭。畢竟她一個女人家，很多事情處理起來並不方便。

「成！我們當家的保證會替春兒管好這些人，絕對不會讓人胡亂做事的！」鐵嬸子一聽，頓時高興得合不攏嘴，雙眼冒著興奮的光芒，忙不迭應了下來，說著還不忘用手肘碰了下一臉呆滯的鐵成剛。

「既然子諾媳婦信得過我，我一定不會讓妳失望！」鐵成剛從震驚中回過神來，憨笑著重重點頭保證。

說不震驚怎麼可能？喬春居然以每日五十文的代價請他做大主管，能不讓他高興嗎？村裡那些外出做工的人，一個月也就領三百文的工錢，現在他一天就能賺五十文，算起來不知比他們強了多少倍！

「這裡面除了王氏，還有五十個人，就分成五個小隊吧，由鐵嬸子、廖大娘、李大叔、石虎子、鐵百川來帶隊，這幾個人我明天會先教好，以後他們再去教自己隊裡的人。既然是小隊長，工錢方面我也漲一點，每人每日三十五文。」

喬春瞥了一眼桌上的名冊，向鐵成剛說明自己的安排。如果不把人分成幾個小隊，讓人帶著幹活，她還真是不放心，都已經投入那麼多心血了，可不能在這關鍵時刻出差錯。

「春兒，妳是說要請我做小隊長，領著十個人幹活？每天給我三十五文工錢？」鐵嬸子微張著嘴，不敢置信地看著喬春問道。

天啊！他們夫婦兩個人，加上牛子那孩子，三個人加起來一天的工錢就是一百一十五文！此刻鐵嬸子有些發暈，眼睛裡全是一串串銅錢，看得她紅心亂冒。

「沒錯！我就是請你們幾個人來帶小隊。」喬春看著鐵嬸子一副活像被銀子砸得暈乎乎的模樣，忍不住抿嘴輕笑，又轉過頭對鐵成剛道：「鐵叔，這些人由您來分給每個小隊長吧，男女要搭配好，每個小隊都需要有力氣跟細心一點的人。」

鐵成剛點了點頭，面帶疑慮道：「行，這個我會辦好。可是，後天官府就要派人來收地稅了，咱們明天開始出工嗎？」

喬春心中閃過一絲懊喪，自己還真把這事給忘了！她迅速盤算了一下，抬頭對鐵成剛道：「明天就讓我剛剛點名的那幾個小隊長先上工吧，我先教會他們，大後天咱們再正式開工。」

今天鐵伯伯答應要幫自己問賣肥料的事，估計明天多少會有人來家裡問這事情，後天又要繳地稅，看來大後天開工，時間上比較合理。

「行，明天我會通知這幾個人來找妳。天晚了，我們就先回去，不打擾妳們歇息了。」

鐵成剛向一旁的鐵嬸子努努嘴，站起來向她們告辭，乘著月色往上圍下走去。

喬春回到房裡，探頭一看，兩個小傢伙已經睡著了。

桃花在練字，廖氏也坐在油燈下做著針線活，她見喬春和林氏進屋，便放下了手裡的工作，驚喜中帶著疑惑地看著喬春。

剛剛她們和鐵氏夫婦在堂屋裡說的話，廖氏都聽見了，她很意外喬春居然要讓她來做小隊長。本來自己的年齡就不在她的要求之內，這下竟出高價工錢讓她帶人幹活，心裡既驚又喜。

廖氏嚅動了幾下嘴唇，有些沒自信地說道：「春兒，妳剛剛說要讓我做小隊長，這事是真的？我怕我這個老太婆會帶不好，誤了妳的事。」

喬春明白廖氏的擔憂，不過她倒對自己的安排很滿意。考量到廖大娘的年紀，這個活兒相對輕鬆一點，而且她也是個細心的人，讓她帶隊自己也放心。

「大娘，您放心。既然我敢讓您來當小隊長，您就一定能勝任。」喬春向廖氏保證著。

「大姊，妳就聽春兒的安排，她說行就一定行，只怕會累壞妳的身子，那樣我們可就過意不去了。」林氏接下喬春的話，微笑著看向廖氏。她沈吟了一會兒，又對喬春交代：「春兒，妳可得多照顧妳大娘，別讓她逞強。」

廖氏的性子她很清楚，她不會願意接受別人的施捨，如今春兒有這樣的安排，她也覺得很安慰。

「娘，我有分寸。」喬春輕輕點頭應了下來，這些事情她自然會考慮。

「那不成，我還做得動，妳們別當我是個七老八十的老太婆！」廖氏聽她們娘兒倆要對她格外照顧，立刻就站起來，急得臉紅眼也紅，伸手用力拍了拍自己的胸膛道。

「大娘，您別急，我沒別的意思，明天您隨我去做一個上午，您就會知道，做個小隊長也很不容易。天晚了，大家都回房休息吧，大娘，您也早點回去歇著，明天還要幹活呢！」喬春唇角微微翹起，輕聲安撫著廖氏。

「那好，春兒，妳也早點歇著。」廖氏點點頭，算是寬了心。

大夥兒各自打了招呼，就各自回家、回房去睡了。

喬春梳洗了一下，也上床睡了。

這一夜她睡得很沈，夢見茶園很繁盛，甜甜一覺睡到了天亮。

第四十章　錢鎮長

「妳們先等一下，我進屋問問春兒去。」

喬春剛為果果和豆豆餵了奶，正想起床梳洗，就聽到院子裡人聲鼎沸，嘰嘰喳喳不知在說些什麼，但是林氏的話她倒聽得清楚。

鄉親們怎麼這麼早就過來找她?!

喬春迅速起床穿好衣服，才剛開始梳頭髮，林氏就笑著走了進來。

「春兒，院子裡有好多鄉親要問關於賣肥料的事，妳出去跟大夥兒說一下吧！」

想不到事情居然出乎她們意料，本以為不會有人肯賣肥料，結果一大早就有十幾個村民來問價錢，看來基肥的問題可以解決了。

喬春不禁雀躍起來，看著林氏問道：「娘，現在鎮上的糧價是多少？」

「聽說是一百文一石米，像這種帶皮的稻穀，算一下大概是七十文一石吧。」林氏不明白，喬春為什麼突然問起糧價來，但還是將最近的糧價告訴她。

「好，我知道了。娘，您去叫大家等一下，我馬上就出來。」喬春說著，便對著銅鏡理了理頭髮，幸好不亂，不然這一時半刻她還真搞不定。

院子裡各家婦人看見喬春出來，立刻安靜下來，齊齊看向她。她們昨天聽鐵村長說起這事，都不敢相信唐家的兒媳婦居然要以糧價來跟她們買肥料。

雖然田地裡的莊稼需要肥料催長勢，但是在她們眼裡，肥料怎樣都不能跟香噴噴的白米飯相比，因此今天一早婦女們在河邊洗衣時，這件事就成了最熱門的話題，大夥兒都相約吃過早飯就來唐家打聽一下，看看情況。

「子諾媳婦，聽村長說，妳想要買肥料？」人群中年紀稍長的胡大娘，代表大家向喬春提出疑問。

喬春站在院子中間，嘴角蓄著淺淺的笑，輕啟紅唇。「各位大娘、嬸子、大嫂，相信大家都已經聽村長提過了。我現在向大家再說明一下，我們準備向鄉親們買肥料，價錢按現在的糧價算。據我所知，現在的米價是一百文一石，稻穀的價位則大概是七十文。我會以一百斤七十五文的價錢向鄉親們買肥料，大家回去商量一下，如果願意賣的就挑過來，我會讓鐵叔幫我收。」

大夥兒聽喬春居然要以七十五文來買一百斤的肥料，全都驚訝得張開了嘴，怔怔盯著她。只見在朝陽照耀下，喬春嘴角的笑容顯得格外溫暖，那眸底的光，讓人完全信服她所說的話。

「那妳準備買多少？可別我們挑來了，你們又不要了。」胡大娘的大媳婦，看著喬春問道。

「有多少，我們就要多少。」喬春微笑著應道。

人群裡頓時又熱鬧起來，交頭接耳聲不斷，最後全部都喜孜孜地離開唐家，回家準備賣肥料的事情。

這樣的好事，在山中村可是頭一遭。大夥兒都是第一次知道，那臭烘烘的肥料居然比稻穀高五文錢。明天就要繳地稅了，如果拿今天賣肥料的錢來交錢，又能省下一筆開銷，有這等划算的事情，她們哪會放過？

「娘，沒想到我們都錯了，還是有人願意賣肥料的。」喬春被基肥的問題壓得微緊的心，終於放鬆了。

林氏也稍微喘了口氣，看樣子事情比想像中順利！

昨晚被點名的小隊長在收到鐵成剛的通知後，陸陸續續來到唐家院子裡，喬春對鐵成剛交代了請他在自家幫忙收肥料的事，便領著五個小隊長跟桃花，扛著鋤頭往清水山走去。

「大家看看這塊昨天我和桃花整出來的地，這土必須深翻二十五至三十一寸，如果大家不清楚的話，待會兒可以靠近看一下。」

喬春站在那塊當作範本的地旁邊，向小隊長們解說種茶樹的用地要求。怕他們聽得不清楚，還指了一下昨天翻好的地，讓他們直接用目視來定標準。

「地的兩邊都需要理出這麼寬的走道，另外，請大家都圍過來，看我怎樣挖種植溝。一般以寬六寸、深九寸左右為宜，大概是這個樣子。至於茶樹的種植方法，等茶樹苗運回來以後，我再做一遍給你們看。現在你們就按我剛剛說的，每個人都理一塊地出來，讓我看看行不行？」

一大段話說下來，喬春又是說又是示範，弄得自己口乾舌燥，也不知道他們到底理解多少，乾脆讓他們每個人都理出一塊地來，自己看過以後再指正，比較容易上手。

「大嫂，我去幫廖大娘。」桃花微笑著向喬春說了一聲，就往廖氏那邊走去。

喬春看桃花臉色泛紅，眸底閃著異樣的光彩，突然明白了某件事。想必是因為鐵百川在這裡吧，讓她一副情竇初開的樣子。

說到底，就是因為清楚桃花根本忘不了鐵百川，喬春才特地這麼安排。

她之所以選鐵百川做小隊長，就是存有私心。她想觀察他到底是不是值得託付的人，包括人品、性格、做事的能力，可得一一考察，如果值得，那她就會想辦法說服兩家長輩；反之，她會早點要桃花死心，將傷害降到最低。

喬春看著大家都埋頭幹活，便也走上前，邊看邊指導。

「石大哥，這地還得再挖深一點，來，把鋤頭給我一下。」喬春接過石虎子的鋤頭，用力翻了幾下，再交還給他，指著自己剛剛翻出來的地說道：「你看一下，就按這樣的深度來挖。」

喬春繼續往前走，站在鐵百川旁邊，細細看了一下他挖的地，微笑道：「不錯！就是這樣。」

「謝謝！」鐵百川很是緊張地看著喬春，輕輕應了聲，又低下頭，飛快地掄著鋤頭。

不知為何，鐵百川很害怕喬春打量他的目光，好像能一眼看穿自己一樣。那目光有時還帶著些許責備，似乎在怪他傷了桃花的心。

對於自己和桃花的事情，鐵百川也相當苦惱。他喜歡她，可是每次看到桃花，就會讓他想起自個兒娘親的病，對於兩家的糾葛，他多少知道一些，所以他現在很矛盾。

喬春繼續一個個檢查，一一指正，直到大家將一塊塊理好的地呈現在她面前，她才微笑著滿意地點了點頭。

一個上午的時間，總算是將這幾個小隊長全都教會了，不過後面要學的東西還很多，現在就只能等茶樹苗運回來後，再繼續教了。

喬春將幾個人集合在地邊，站在他們面前，講解以後的主要工作。「你們後天帶著鐵叔分到你們隊上的人，每個小隊分三層地，帶領他們按照剛剛的方法，把地好好理出來。後面的事情，等茶樹苗到了，我再安排。大家也都累了，回去吧！」

喬春回到家門口時，被自家院子裡熱鬧的場景給怔住了。

只見那些排隊賣肥料的村民，都排到外面的小路上來了。鐵成剛搬了張桌子在院子裡，正忙得團團轉，林氏也在一旁指揮他們堆放肥料。

聞了一下空氣中的異味，喬春有點傻了，想不到自己忘了這件事。如果這些肥料全部堆在自家院子裡，那她連飯都別想吃得下。

喬春往房子旁邊掃了一眼，眼眸一亮，頓時有了想法。

喬春從人群中穿回院子裡，向鐵成剛與林氏打了招呼，就回房幫果果和豆豆餵奶，接著又折回院子裡幫忙，把林氏和廖氏催進廚房。

「啊，好累啊！」桃花伸手捶了一下痠痛的肩膀，挪步到水缸邊，打水洗手。

喬春站在院子裡，看著那堆得高高的肥料，轉過頭對正在核對帳本的鐵成剛說道：「鐵叔，您也洗手吧，我娘已經做好飯了。」

「我回家吃，妳們先吃吧。」鐵成剛怔了一下，微笑著搖了搖頭。

「鐵兄弟，你快點洗手，進來吃飯吧。你都忙了一個上午了，如果不留下來吃，我們家以後哪裡敢再麻煩你呢？」林氏端著菜站在廚房門口，對正在推辭的鐵成剛喊道。

喬春彎唇淺笑，贊同地點了點頭。「鐵叔，我娘說得沒有錯。再說，我待會兒還有事情要麻煩您呢。」

「鐵叔，洗手吧。」桃花打了一盆水，手裡拿著一條乾淨的布，笑著對鐵成剛道。

鐵成剛也不好再推辭，咧嘴憨笑，洗過手便進堂屋吃飯。

飯後，喬春將自己剛剛萌生的想法，對鐵成剛說明了一下。

喬春請鐵成剛找幾個人幫忙在自家茅房旁邊搭一個棚子，將院子裡的肥料全都搬到那裡去。

鐵成剛恍然大悟，直說自己粗心，連忙找了幾個人，馬不停蹄地搭了一個簡單的棚子，又將肥料都搬了過去。喬春和桃花則用水洗刷自家院子，直到聞不到一絲異味才停下來。

「子諾媳婦，我把虎子家的狗牽了過來，晚上就把牠繫在棚子下面吧。」已經回到家的鐵成剛，又折了回來，手裡還牽著一隻大黃狗，笑呵呵地看著喬春。

他回去後，轉念一想，如果是以前，這些肥料自然不會有人覬覦。可現在情況不一樣了，它們可比糧食還值錢，誰能保證不會被有心人盯上？思來想去，他就去石虎子家把這條大黃狗牽了過來。

喬春感動地看著鐵成剛，臉上揚起了燦爛的笑容，甜甜地道謝。

翌日上午，大夥兒早早就候在老屋坪壩上，等鎮上的人來收地稅。

喬春來到坪壩上時，沒看到有哪家人挑著稻穀來繳稅，大家見她過來，全都笑咪咪地跟她打招呼，不少婦人更是誇張，親暱地拉著她的手不放，把她圍在人群中問東問西。

「春兒，妳買這麼多肥料用來做什麼？」

「妳家的茶樹要種幾天？」

「春兒，我娘家在隔壁村，妳還要肥料嗎？」

「妳怎麼這麼厲害，還會種茶樹？」

「春兒……」

那一聲聲此起彼落的「春兒」、一個個接踵而來的問題，還有幾張一開一合的嘴巴，讓喬春覺得耳朵嗡嗡直響，忍不住嘴角狂抽。她實在很想衝著她們喊停，卻又不能這麼做，只得淺笑著，不時點頭應和。

她今天總算見識到什麼叫「三個女人一台戲了」。此刻自己就是那孫猴子，而她們則是正在唸緊箍咒的唐僧。

忽然間，不遠處傳來馬蹄聲，才將婦人們原本專注在喬春身上的視線給吸引了過去。

沒多久，馬車就在坪壩上停了下來，眾人不約而同扭頭朝馬車看去，想看看今年是誰來山中村收地稅。

只見一個身穿醬色長袍的中年男子，在馬伕攙扶下跳下馬車，他並沒有往人群中走來，而是站在馬車旁邊輕聲道：「少爺，山中村到了。」

他就不明白，皇甫傑為什麼要纏著他來山中村？他不會真的相信他說的，是為了看山景才來到這裡。

眾人大多都識得眼前的中年男子，他就是和平鎮赫赫有名的錢老爺——錢萬兩，也就是和平鎮的鎮長。只是大夥兒都很好奇誰有這麼大的面子，竟然讓錢鎮長如此恭敬和卑微，這會兒一個個全都伸長了脖子，瞪直了眼珠子，緊緊盯著馬車。

「呵呵！好熱鬧啊！」

隨著一個溫潤如玉的聲音響起，只見一個身穿紫色長袍的男人，從馬車上探出了頭，朝人群中掃了一眼。當他看到喬春時，嘴角露出了滿意的笑容。

皇甫傑優雅地跳下馬車，淡淡瞥了站在旁邊的錢萬兩一眼，勾了勾唇角道：「錢鎮長，你和你的人都忙自己的事去吧，我隨便看看就好。」

在場的男女老少全都愣愣盯著眼前這個男子，他身上散發出來的高貴氣息是如此不同凡響，讓人不禁心生敬畏。

喬春柳眉微蹙，這個紫衣男子的身分果然非富即貴，居然能讓錢老爺這般恭敬！他身上散發出來的華貴氣質，可偽裝不來。

見皇甫傑隔空打量著自己，喬春向他回以一笑，輕輕點頭，便轉身排隊準備繳地稅。她心中暗道：這人不像是來收地稅的，他來這裡幹什麼？還有，怎麼沒看到那個戴面具的男子？

「少爺，要不要找人陪您？」錢萬兩緊緊跟在皇甫傑身邊，微笑問道。

「不用，你先去忙吧，我一個人四處看看，待會兒再回來找你。」皇甫傑向他擺了擺手，淡淡道。

「那好吧。少爺，小心點！」錢萬兩向他拱手行禮，轉身朝迎面而來的鐵龍走去。

鐵龍在坪壩上擺了兩張桌子和椅子，請錢萬兩坐在一旁的桌前喝水，自己則與他帶來的人開始登記收地稅。由於大家都是繳現銀，所以很快就輪到喬春。

喬春繳了銀子，將收據摺放在袖中暗袋裡，正想回家，此時神色原本淡然的錢萬兩，突然放下杯子，抬頭看著喬春的背影，冷聲問道：「妳叫喬春？」

喬春停下腳步，轉過身子，坦然看著錢萬兩，淺笑應道：「我是喬春，不知錢鎮長有何吩咐？」

錢萬兩深邃的眼眸閃爍著冷光，上下打量喬春。見她非但沒有一絲害怕，反而始終帶著淺淺的微笑，落落大方地回望自己，心裡突然有些明白錢財為什麼會對她另眼相看了。

這外表、氣質、膽量，還有才氣，怎麼可能不讓男子為她傾心？只是這動心的男子，誰都可以，唯獨他的兒子不行！

「不請我到家裡去喝杯茶？我聽說妳沖泡茶湯的手藝可是一絕，不知老夫有沒有這個榮幸？」

喬春見錢萬兩冷眉冷眼的，卻說出這般虛假的話，心中頓生反感。他這哪是問人家的意願，明明就是已經自行決定了，只差沒直接說「我要去妳家喝茶」。

不過，看來這喝茶也不是真的，該是有什麼話要對她說吧？他不會也認為自己和錢財有什麼私情，所以想來質問？

喬春淡笑，輕聲道：「錢鎮長，這是哪裡的話？小婦人榮幸之至，只是家中簡陋，怕會唐突錢鎮長。」

「不會唐突，走吧！」錢萬兩伸手往前指了指，示意喬春帶路。

老狐狸！明明就是不顧別人的意願，還要故意多此一問。也不想想他是一鎮之長，是他們的衣食父母，她怎敢不讓他上家裡喝杯茶？

喬春憋屈地走在前面帶路，眉梢緊緊擰著，希望待會兒婆婆別有什麼想法才好……

——未完，待續，請看文創風117《旺家俏娘子》2

棄婦當嫁

魚音繞樑 著

全套二冊

慧黠調香師 vs. 偷香貴公子

騎傲的將軍之女淪為下堂婦，未免太窩囊！
既然好運得以重生，她不會再沈溺在小情小愛，棄婦當自強！
她以成為大齊第一調香師為目標，就算是火裡來、水裡去，
這一回她會挺直腰桿，勇敢接受挑戰——

文創風 114 上

面對忘恩負義的夫家，
她的不甘與怨懟化作業火，燒盡過去，
而她，在烈焰中浴火重生——

文創風 115 下

她不是不識情愁，只是假裝不懂，
直到命懸一線的瞬間看見他逆光的身影，
不安的心終於找到正確答案……

溫馨樸實、生動活潑／**農家妞妞**

穿越時空／經商致富／婚姻經營之動人小品！

旺家俏娘子

全套五冊

聰慧靈巧，是脫穎而出的基本條件；
找對方向，致富強國並非遙不可及。
她要讓這些人瞧瞧，一個農村小婦也能有大作為！

文創風 116 1

原本躺在手術檯上，默默忍受失去孩子的椎心之痛，
誰知一醒來卻穿越時空，靈魂附在一個剛懷有身孕的農婦身上！
這個與自己同名同姓的女子，丈夫為了救人被洪水沖走，
頓時從新嫁娘變成寡婦，空有副漂亮皮囊，日子卻過得苦哈哈。
看著滿臉悲苦的婆婆與小姑，還有窮得什麼都不剩的家，
喬春下了決心，定要發揮所長，讓這家人徹底翻身！

文創風 117 2

先是合夥對象的弟弟上門鬧事，害她早產；
接著還有他那仗勢欺人的母親，不甘被黃口小兒作弄，
竟將歹毒的惡心思動到孩子身上……
面對這群不知罷休的陰險賊人，喬春在心底默默發誓，
就算得化成厲鬼，也要他們付出代價！
只是她完全沒料到，那應該已經成為天邊一顆星的丈夫，
不但好好活著，還大大方方上門認親，親暱地叫著她的小名！

文創風 118 3

俗話說樹大招風，這句話真是一點也沒錯！
不過就是她的茶藝了得，連頭腦都比一般人清晰、敏捷，
再加上長得漂亮一些罷了，怎麼不但大齊國皇上對她念念不忘，
貴妃嫉妒得兩眼發紅，甚至連敵國王爺都別有心思，
害得她不僅差點在村子裡混不下去，身邊的人也無辜遭殃……

文創風 119 4

原以為從此能平靜度日，卻萬萬沒想到，女兒豆豆生了場大病，
還被人藉機擄走，連個影兒都找不到！
這下不得了，不僅全家上下人仰馬翻，婆婆也對她不諒解，
不但白眼相待，甚至來個相應不理，當她是隱形人，
讓喬春有苦說不出，瞬間從商場女強人降格為悲情小媳婦……

文創風 120 5 完

色迷迷的皇帝終於伸出魔爪，更有詭異至極的國師給他撐腰，
讓他們如同砧板上的魚兒，只能任人宰割！
不，她想要一家人快快樂樂、四處雲遊啊，怎能讓惡人得逞呢？
說什麼都得化解所有困難，保全這個小小的心願，
才不枉她穿越時空走這一遭！

匠心獨具、妙筆生花／七星盟主

重生／宅鬥／言情／婚姻經營之雋永佳作！

庶女出頭天

全套五冊

人善可欺，天真與單純必須留在過去；
重生一回，計謀及陷阱都是為了自保。
這次，她要昂首闊步，走出屬於自己的另一片天！

文創風 109 1

若說她司徒錦真有什麼不可饒恕之處，就是身為庶女，
不僅不得父親喜愛，嫡母、姊妹更以欺負她為樂，
最後甚至落得遭砍頭處刑，連母親都因心碎而死在自己身邊！
她含冤受辱，走得不明不白，如何能甘心 ?!
幸而老天垂憐，給了她一次重生的機會，讓她能再返人間……

文創風 110 2

她司徒錦是招誰惹誰，為何重生了一回，命運依舊如此多舛 ?!
好在她頭腦冷靜、聰慧過人，不但逃出重重陷阱，
更將計就計、反將一軍，不但給足了教訓，
還讓那些惡人一個個啞巴吃黃連，有苦說不出，只能自認倒楣！
只不過，她的十八般武藝，在他面前全成了空氣，
他非但無視她的抗拒跟退縮，甚至得寸進尺，藉機吻了她！

文創風 111 3

原以為成親後能稍微喘口氣，享受片刻寧靜，
沒想到這王府裡除了有瞧不起自己的王妃婆婆，
還有備受王爺公公寵愛的勢利眼側妃、專門找碴的小姑跟大伯，
更過分的是，竟然住了個對夫君用情專一的小師妹！
天啊，難道她的考驗現在才正式開始 ?!

文創風 112 4

好不容易處理完這一團爛帳，也坐穩了當家的位置，
皇位爭奪之戰卻一觸即發，不僅王爺失蹤，世子也不知去向。
就在全府上下人心浮動之際，皇后竟下了道懿旨宣她進宮，
太子甚至親自來迎接她——這葫蘆裡賣的是什麼藥，
著實讓人丈二金剛摸不著頭腦……

文創風 113 5 完

當司徒錦準備迎接新生命到來時，卻傳來太師爹爹暴斃的消息，
母親也忽然病重，弟弟則是身體有恙。
看樣子，那些幕後黑手還不死心！這群傻瓜怎麼就是不懂，
跟她作對，就是跟她親愛的相公為敵，
膽敢打擾他們幸福過日子，挑戰冷情閻王隱世子的底限，
後果請自行負責！

機關算盡、局中有局之絕妙好手／玉井香

任何磨難，凡是殺不死她的，
終將化作她的養分，令她變得更強，
她就像懸崖上的花，牢牢抓著岩間的縫隙，
什麼風吹雨打都無法令她低頭！

豪門守灶女 全套七冊

文創風 102 **1**

她焦清蕙是名滿京城的守灶女，也只有良國公府的二子權神醫配得上她了，
所謂生死人而肉白骨，這個權仲白是名滿天下的神醫，連皇帝后妃都離不開他，
偏偏他超然世外、不爭世子位的態度，與她未來要走的爭權大道不同，
看來想扳倒權家大房之前，她得先收服了二房這個不成器的夫君才行吶……

文創風 103 **2**

這輩子她焦清蕙沒嚐過第二的滋味，到死她都是第一。
不過，人都死了，就算生前是第一又有什麼用？
這輩子她也就輸這麼一次，甚至連死都不知道是怎麼死的！
她不想再死一回，所以重生後就得好好活，活得好，並揪出凶手來！

文創風 104 **3**

權仲白這個人實在是有趣得緊哪，講話直來直往又任憑自己的意思而活，
焦清蕙承認，一開始自個兒的確是小瞧了他，以為他好拿捏得很，
但仔細想想，能在詭譎多變的皇宮中自由來去多年又深得君臣后妃看重，
他，又怎麼可能會是個頭腦簡單、不懂揣度人心的平凡人物呢？

文創風 105 **4**

焦清蕙不得不說，大嫂林氏這個人也確實算得上是個對手了，
若非天意弄人，始終生不出一兒半女來，世子位早非大房莫屬，
也因此自己一進門，林氏就急了，暗中使了不少絆子，甚至還給摸出喜脈了！
成親多年都未能有孕，二房剛娶妻就懷上了胎兒？這也太巧了吧？莫非……

文創風 106 **5**

焦清蕙的體質與桃花相剋，才食用攙有丁點桃花露的羊肉湯竟險些喪命！
而出事前便知道她與桃花相剋的權家人只有四個：兩個小姑、大嫂、老四。
兩個小姑就不用說了，老四早在她懷孕時便知相剋一事，要害早害了，
如此推算下來，所有的矛頭便指向了剩下的那個人——大嫂林氏！

文創風 107 **6**

該怎麼品評權家老四權季青這個人呢？焦清蕙一時還真有些沒底。
初時，她只覺得他是個想在大房和二房間兩邊討好之人，
但相處過後，她卻漸漸發現他不若表面上的良善無害，
相反地，他狼子獸心，竟存著弒兄奪嫂，想將她占為己有之心！

文創風 108 **7** **完** 隨書附贈：繁體版獨家番外二篇，首度曝光！

懷璧其罪，焦清蕙手中的票號分股引來了有心人的覬覦，天家便是其一。
皇帝想方設法要吞了票號，又怕吃相太過難看，於是變著法從她這邊下手，
她一方面得跟皇帝斡旋，一方面還得追查當年想殺害她的幕後黑手，
沒想到這一抽絲剝繭，竟發現權家藏著一個連權仲白都不知道的驚人秘密……

她年紀雖輕，卻也非省油的燈！招招精彩的權謀比拚，盡在《豪門守灶女》中！

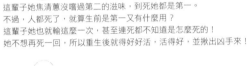

文創風 116

旺家俏娘子 1

國家圖書館出版品預行編目資料

旺家俏娘子 / 農家妞妞著. --
初版. -- 臺北市 : 狗屋, 民102.09
冊 ; 公分. --(文創風)
ISBN 978-986-328-136-8(第1冊:平裝). --

857.7 102016272

著作者 農家妞妞
編輯 連宓均
校對 黃薇霓 林若馨
發行所 狗屋出版社有限公司
地址 台北市104中山區龍江路71巷15號1樓
電話 02-2776-5889～0
發行字號 局版台業字845號
法律顧問 蕭雄淋律師
總經銷 知遠文化事業有限公司
電話 02-2664-8800
初版 102年9月
國際書碼 ISBN-13 978-986-328-136-8
原著書名 《农家俏茶妇》，由瀟湘書院（www.xxsy.net）授權出版

定價240元
狗屋劃撥帳號：19001626
網址：love.doghouse.com.tw E-mail：love@doghouse.com.tw
版權所有·翻印必究 倘有倒裝、缺頁、污損請寄回調換